피아노, 나의 생존회로

Playing the Piano to Survive

박신영 에세이

청어 도서출판

피아노, 나의 생존회로

박신영 에세이

발 행 처·도서출판 **청어**
발 행 인·이영철
영   업·이동호
기   획·이용희
편   집·방세화
디 자 인·이해니 ㅣ 이수빈
제작부장·공병한
인   쇄·두리터

등   록·1999년 5월 3일
(제1999-000063호)

1판 1쇄 인쇄·2019년 10월 10일
1판 1쇄 발행·2019년 10월 20일

주소·서울특별시 서초구 남부순환로 364길 8-15 동일빌딩 2층
대표전화·02-586-0477
팩시밀리·0303-0942-0478

홈페이지·www.chungeobook.com
E-mail·ppi20@hanmail.net
ISBN·979-11-5860-635-0(03810)

이 도서의 국립중앙도서관 출판시도서목록(CIP)은 서지정보유통지원시스템 홈페이지
(http://seoji.nl.go.kr)와 국가자료공동목록시스템(http://www.nl.go.kr/kolisnet)에서 이용
하실 수 있습니다.(CIP제어번호: CIP2019012046)

피아노, 나의 생존회로

Playing the Piano to Survive

박신영 에세이

들어가며

책을 내기까지 꽤 많이 망설였다. '이 책이 누군가에게 도움이 될까?'라는 것이 가장 큰 고민이기도 했는데, 사실은 무엇보다 나 자신에게 도움이 될 수도 있고 안 될 수도 있다는 점도 참 중요한 고민거리였다.

글을 쓴다는 것은 굉장한 상상력과 구상력을 가진 사람이 새로운 이야기를 만들어내는 일이 아니라면, 반드시 자신의 이야기를 할 수밖에 없다는 것을 깨달았기 때문이다. 이 깨달음 이후에는 그러한 글을 쓰는 일은 자제하게 되었다. 한 해 두 해 나이가 들다 보니 철이 든다고나 할까. 느려지고 조심스러워지는 모습에 노파심이라는 단어의 의미 그리고 왜 그런 의미에 그 단어가 선택되었는지 절로 알게 되었기 때문이다.

하지만, 이왕이면 써놓은 글이니 에라 모르겠다 하는 심정으로 그 많은 서가의 책 중에 한 권으로 자리잡아두는 것도 개인적으로는 영광스럽고 썩 나쁘지 않은 일이 아닐까 하는 생각도 들어서, 어쩌면 이 책을 서가에서 볼 수 있을지도 모르겠다.

영문학을 전공하고 금융업을 생업으로 살아오며 나는 늘 내가 선 자리가 버거워 숨 쉴 공간을 찾아다녔다. 아들이 어릴 적에는 육아와 직장을 병행하는 일이 특히 더 힘들었고, 그럴 때마다 나에게 숨 쉴 공기가 되어준 것이 피아노였다. 틈틈이 피아노를 공부해오다 기회가 되어 교회 부속 문화센터에서 피아노를 가르치기도 했으며, 이 책은 피아노를 공부하고 가르치며 보낼 수 있었던 최근 몇 년간의 이야기를 담은 글이다.

영국 왕립음악원의 체계적인 음악교육 프로그램인 ABRSM에 대해 소개하고 싶었는데, 학문적인 논문이 아닌 영리 목적의 책에서는 악보를 인용할 수 없다고 하여 악보를 싣지 못하고 글로만 설명할 수밖에 없었던 몇몇 글은 아쉽기만 하다.

글의 순서가 썩 정돈되지 못한 점도 아쉽긴 하지만, 이해를 부탁드린다. 하나의 글이 하나의 완성으로 단락 지어져 전후를 맞추어 읽을 필요는 없을 것 같다. 목차를 보고 마음 내키는 대로 읽어도 괜찮으며, 49개의 글 중 어느 것을 먼저 읽어도 크게 상관없는 것은 장점이다.

세상에서 가장 위험하고 긴 항해를 한 번 끝냈다 해도 뒤에는 두 번째 항해가 기다리고 있을 뿐이며, 두 번째 항해를 끝냈다 해도 뒤에는 세 번째 항해가, 그 뒤에도 또 다른 항해가 영원히 기다리고 있을 뿐이다. 그렇다. 세상에서의 우리의 노고란 그처럼 끝이 없고 견뎌내기 힘든 것들이다.

−허먼 멜빌의 『모비 딕』 중에서

지루하기 짝이 없고, 견뎌내기 힘든 것들로 가득 찬 세상을 견디며, 살아내기 위해 애써왔다. 소소한 나만의 방법들을 하나씩 함께 공유하고 싶다. 수줍게, 그 첫 번째 방법을 공유해본다.

박신영

차례

1. 피아노를 배우며

2. 피아노를 가르치며

3. ABRSM Piano 준비하기

4. 음악을 들으며

5. 우리가 예술을 하는 이유

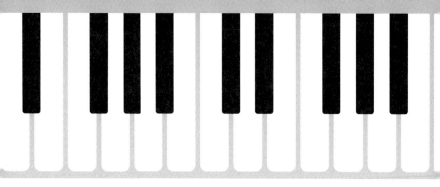

1

피아노를 배우며

—

백석 컨서버토리에서 피아노전공 과정을 수강하며

연습에 대하여

과정을 즐기는 연습을 통해
오늘의 삶을 사는 법을 배우며

정답이 없는, 대한민국 여자 직장인의 30대를 지나오는 데 큰 힘이 되었던 것이 음악이었다. 일과 육아로 지친 어느 날 밤, 아이를 재우려다 문득 피아노 앞에 앉고 싶어졌다. 어릴 적부터 모아온 피아노 피스와 악보들을 펼쳐놓고 되든 안 되든 주욱 몇 곡을 연주해본 후 잠을 청한 다음 날, 일기장에 남겼던 글을 다시 읽어본다.

어젯밤엔 마음이 너무 허해서 피아노를 쳤다.
예쁜 아이가 엄마에게 피아노를 쳐도 된다고 했다.
아침이슬, Love of my life, 바흐 인벤션 1번, 10월의 어느 멋진 날에, Love affair, 영화 피아노 OST를 치고는 Butterfly Waltz를 쳤다. Walk in the Forest까지 치고 있으려니 아이가 스르르 눈을 감는다. 그만 치고 내려오려니 더 들려달란다.
피아노 소리를 들으니 마음이 조금 채워졌다.

오랜만에 그때 끼적여둔 글을 읽는데 감회가 남다르다. 이제는 훌쩍 커서 소년이 되어버린 아이가 얼마나 예뻤는지 가끔 사진을 보며 그때를 회상한다. 당시에는 끝날 것 같지 않던 매일의 반복이던 30대가 지나고 지금의 여유가 생긴 것은 너무나 감사한 일이지만, 아이가 아이이던 시간에 온전히 함께 많은 시간을 보내지 못했던 점은 오래도록 슬플 것 같다. 이 마음으로 할머니가 되어 우리 아이의 자식들, 내게는 손자 손녀들을 만난다면 그 아이들은 얼마나 예쁠까. 그때 내 못다 한 소망들을 이룰 수 있기를 다시 한번 꿈꾸어본다.

내게 피아노는 가끔 생각날 때마다 한 번씩 주르륵 곡을 훑고 멜로디를 들으며 지친 심신을 달래는 기쁨이었다. 그러나 학교에서 연주곡을 배우는 일은 그렇게 피아노와 함께 노는 일만이 아니었다. 같은 곡의 마디마디를 수없이 반복하여 제대로 연주할 수 있는 하나의 곡을 완성해야 했기에 힘들고 어려웠다. 학교에 다시 입학한 후 3학기쯤 지나고 나니 시험과 수업, 사람들 앞에서 들려주어야 하는 연주에 대한 강박감이 심해졌다. 한숨 돌린 느슨한 방학이 끝나고 개강일이 다가오니, 다시 그 압박감에 시달릴 두려움에 수강 등록을 해야 할지 말아야 할지 이만저만 고민되는 것이 아니었다.

방학 레슨을 신청하고도 몇 주째 연습을 제대로 안 해가고 시간을 때울 생각만 하는 모습을 보고 교수님이 요즘 어떤지 물으신다. '실력은 너무 하찮은데, 곡을 사람들 앞에서 들려줄 만한 수준까지 가는 일은 마치 태산을 바라보고 서 있는 티끌보다 작은 사람 같다'고 하소연했다.

몇 주 전만 해도 피아노 휴가(아직 못 다녀온 휴가를 연습실에서 보내는 일)를 권하시던 교수님은 지금 상황이 그렇다면 아예 아무것도 하지 말고 쉬어보자고 하셨다.

매우 솔깃했다. 음악을 하면서 생기는 인내와 의지, 곡을 완성해보리라는 목표와 성취의 기쁨을 강조하시던 말씀은 사라지고, 앞으로 한동안 압박감 없는 편안한 시간을 보내보라고 하셨다.

그리고 혼잣말처럼 덧붙이는 말씀이 있었다.

"결과에 집착하기보다 과정을 즐길 수 있다면 좋을 텐데요……."

난 못할 것이라고, 학우들 앞에서 교수님들 앞에서 창피만 당하고 말 것이라고, 또 한 번 나 스스로에게 떳떳하지 못한 순간을 참아야만 할 것이라고, 연습을 해도 안 될 것이라고 생각하며, 연습은 하지 않고 걱정만 하고 있던 내게 그 말씀 한마디가 깊게 와 닿았다.

나는 방관자인가, 참여자인가.
내 인생과 내가 정한 일에 주인공인가, 관찰자인가.
머언 눈길로 나의 삶이 흘러가는 것을 그저 관조하는 사람인가. 아니면 직접 그 삶의 한가운데로 뛰어 들어가 온갖 것을 느끼며 깊이 울고 환히 웃을 수 있는 사람인가.

처음 학교에 와 모든 것이 신기하고 새롭던 때가 있었다. 아무것도 모르고 음표만 맞게 치면 되었던 시간과 타인 앞에서의 연주라는 긴장된 시간들도 겪어왔다. 집과 회사라는 반복적인 일상의 매너리즘에 젖어있던 내게 신선한 충격으로 다가왔던 시간들. 내가 살아있다고 느끼던 시간들. 그 시간들이 다시 일상이 되어 매너리즘에 빠지고 음악공부의 주객이 전도되어 남들 앞에 보이는 순간의 결과에만 신경 쓰다가 아무것도 못하는 사람이 되어버린 것 같았다.

늘 처음 그 마음처럼. 결과를 생각하기보다 과정 안에 푹 빠져서 살아야 내가 내 인생의 주인공이 될 수 있다. 관조하게 된 것 같은 삶이 싫어 택한 음악공부마저 그렇게 되어버리면 안 될 것이다. 연습 과정이 지루하고 어려워 보이고 안 될 것 같은 느낌이 드는 것은 푹 빠져있지 않아서이다. 내일 일을 걱정하며 기다리지 않고, 오늘의 하루 연습을 즐기는 것이 내 삶을 진짜 사는 일이다.

언제나 삶의 힘들었던 순간 음악이 가져다주었던 기쁨과 위안을 떠올리면, 내게 얼마나 이것이 필요한 것인지 알기 때문에 과정이 고되다고 하여 공부하고자 한 결심을 번복하는 것도 곧 후회할 일임을 깨달았다. 여력이 닿는 한 음악의 끈을 놓지 않고 연습의 즐거움을 상상하며, 내 생생한 삶에 푹 빠져 살아야겠다고 다시 한번 다짐했다.

피아노라는 애증

There is a fine line between Love & Hate
사랑과 미움은 종이 한 장 차이

"교수님께 피아노는 어떤 의미예요?"

"글쎄요. 제게 피아노는 애증의 관계라고나 할까요……."

피아노 공부를 본격적으로 시작한 지 1년 반쯤 지나 여쭤
본 답은 '애증의 관계'.

아직 나에게는 무덤덤한 피아노라는 존재.

아직 밉지는 않은 걸 보니 가야 할 곳까지 못 가 본 듯하
다. 때로 너무너무 음악이 좋고 경이롭고 피아노 음악이 좋
을 때가 요즈음 들어 잠깐씩 있긴 한 것 같다.

언제쯤 피아노에 '애증'을 느끼는 날이 올까?

백석 컨서버토리에서의 첫 번째 전공실기 위클리 수업 시
간이었다. 학생들 연주에 앞서 바이올린 전공의 교수님이 중
고교시절 이야기를 하신다. 지방에서 중학교까지 다니고 서
울로 유학 와서 만난 학생들의 실력에 상처를 받았던 경험이
있었다며, 음악을 하기 위해 가져야 할 마음가짐 중에 '상처
를 극복하는 마음'에 대해 말씀하셨다.

아직 음악에 고통을 느껴본 적 없던 나, 손을 번쩍 들어 질문했다. "교수님, 전 음악 공부하는 게 너무너무 기쁘고 행복하거든요. 어째서 교수님께서는 상처를 극복하는 마음가짐을 필수로 생각하시는지 이해할 수가 없는데요, 왜 그래야 하죠?"

내 질문에 당황한 기색이 역력하신 교수님⋯⋯. 썩 납득이 갈만한 답을 못 주셨다. 그저⋯⋯ 음악 실력에 있어 등수가 매겨지고, 오케스트라에서도 바이올린 파트에서 앉는 순서가 실력 순이라는 등의 경험담 몇 가지를 말씀하셨다. 한편으로 잔인한 일이지만 한편으로 무척 공평하다는 생각이 들기도 했다. 그래도 '상처를 극복하는 마음가짐'은 내 스스로 겪어보지 못해서인지 알 수가 없었다.

이윽고 다시 한번 교수님 마음에 연타를 날린 사람이, 내 학교생활 선배이자 멘토가 되어주신 학우님이었다.

위클리 연주 수업이 시작되고, 연주자가 앞에 나와 연주할 곡에 대해 설명하는 시간 중에, 이분도 나와 같은 말을 했다.

"아까 교수님께서 음악을 하며 상처를 많이 받으셨고 그것을 극복하며 지내야 한다고 하셨는데요, 저는 지금 제 나이에 음악을 공부할 수 있다는 것이 너무너무 행복하고 기쁘답니다."

라고 말한 후 리스트의 '탄식'을 연주했다.

아, 교수님. 뭐 씹은 표정으로 얼굴이 좋지 않으셨음을 안 보고도 알 수 있었다. 뭐 이런 애들이 다 있지……. 아니, 그걸 왜 모를 수 있을까……. 이런 생각을 하셨는지도 모른다.

그날의 우리 둘이 어쩌면 상당히 무례했는지도 모르겠다. 어쩌면 음악을 즐기는 아마추어와 음악에 생을 건 프로의 차이였는지 모르겠다. 음악이 좋다는 하나만 생각하고 이제 막 발을 내딛은 하룻강아지와 어릴 적부터 음악을 하고 생업으로 삼기로 결심하여 40년 이상 음악에 몸담아 음악계의 온갖 사람의 이야기도 잘 알게 된 마에스트로 사이의 메울 수 없는 골인지도 모르겠다.

오래할수록 향기가 나는 순수한 음악의 기쁨도 있는가 하면, 오래될수록 악취가 풍기는 먹고 사는 일에 대한 과한 욕심, 명예에 대한 집착도, 세상 어디에나 존재하듯이 음악의 길에도 존재할 것이다.

20여 년 전, 갓 신입사원의 활기로 웃으며 인사드렸을 때, 안경 너머로 날 빼꼼히 쳐다보며 "왜 이런 델 왔어?"라고 그 패기를 비웃듯 질문하던 회사 선배 한 분이 계셨다.

아아, 난 이제 너무나 슬프게도 그때 그 선배의 물음을 이해한다. 체험했다. 맞아. 그 온갖 진리를 담고 있던 그 한 마디, 가끔씩 떠오른다. 그러나 잘했든 잘못했든 내가 선택하고 결정한 것이다. 모든 책임도 나에게 있고, 스스로 그 상처를 감싸 안아 치유하고 버틸 용기도 내게 있다.

음악은 아직까지 내게 기쁨이다. 먹고 살고자 명예와 욕심을 지키고자, 물어뜯어본 경험에 처해본 적이 아직까지 없다. 부디 그런 경험은 앞으로도 없기를, 너만은 내게 순수함으로 남아주길 간절히 바라본다.

가끔 치고 싶지 않은 곡을 연습해야 할 때 교수님이 슬쩍 띄워주시며 "아아, 이제 아마추어가 아니라 프로니까요. 프로는 내가 좋아하지 않는 곡도 연주해볼 수 있어야죠."라고 부추기신다.

몇몇 단계를 넘어 조금은 인정받은 느낌이 들어 으쓱하며 악보를 차분차분 읽어본다. 조금 치기 싫은 종류의 곡을 연습하는 이런 고통쯤이야 감미로운 정도이다.

1년 전 전공실기 수업시간, 나와 같은 질문으로 교수님께 연타를 날렸던 학교 언니와 얼마 전에 통화했다. "아앙. 내가 좋아하는 곡을 연습하고 싶은데 말이지, 요즘 그냥 손가락 연습을 하며 터치를 새로 배우고 있어. 너무너무 재미없어~."

그래, 음악의 이런 괴로움이야 차라리 감미로움. 음악이지만 음악이 아닌 것으로 인해 느끼는 뼈저린 아픔 따위, 언니와 나에게는 영원히 없었으면 싶다.

피아노에 애증이 혹 생기게 된다면, 그 애증은 연습과 곡의 배움으로 인한 어려움에서 나온 애증이기만을 바란다.

그래, 음악이, 회사에, 무슨 잘못이 있으랴.

그들에겐 잘못이 없다. 순수하게 그 본질만 본다면.

사랑하는 마음으로 시작하지만 함께 하다보면 미움은 필연적일는지 모른다. 어차피 불완전한 인간들이 모여 잘 살아보자고 하는 일 아닌가.

악취가 나는 고통이더라도, 본질에 다가서고자 하는 마음에서 생긴 영롱한 고통이더라도, 내가 선택하고 가고자 결심한 길 중에 맞닥뜨리게 되는 것들이다. 기쁨만이 본질일 수 없다. 고통을 알게 되는 것은 내가 더 깊이 다가갔다는 증거이다.

어쩌면 애증은, 사랑과 미움은 종이 한 장 차이에 불과할는지도 모른다. 널 만나지 않았다면 만나지 않았을 고통 때문에 널 만나서 느낀 기쁨까지 나에게서 빼앗을 순 없다. 그저, 좋은 것만 생각하자. 다시 일어나 걸어가야 하니까.

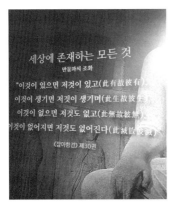

그냥 지나치기엔 글이 너무 좋았다.
(예술의 전당 서예관,
간다라 미술전 중에서)

피아노 앞에서 솔직하게

컨서버토리 전공실기 수업

피아노 공부를 시작하기로 마음먹고 백석 컨서버토리에 입학 후 전공실기 수업 첫 시간. 조율을 처음 배울 때도 그러했지만, 음악공부를 해보겠다고 두근거리는 마음으로 첫 수업에 임하여 수업내용을 확인할수록, 두근거리던 마음은 차츰 가라앉으며 눈은 경악에 점점 커진다. 이럴 줄 몰랐다며 자책도 해본다.

음대 수업은 여덟 번의 전공실기 수업을 필수로 거친다. 전공실기 수업은 특별한 내용이 있는 것이 아니라 학생들 서로 연주하고 감상하는 수업이다. 평가는 매주 교수님께 받는 개인레슨 시간의 참여와 출석률, 그리고 중간고사와 기말고사가 포함되고, 학기당 2~3회 학우들 앞에서의 연주도 들어간다.

첫 시간에는 수강생들이 학기 중 있을 연주 순서를 정한다. 교수님 재량에 따라 정해주시기도 하고 학생들과 함께 정하기도 한다. 이 연주회를 간단히 '위클리(weekly)' 수업으로 칭한다. 피아노, 성악, 플루트, 리코더, 바이올린, 첼로 등 여러 다른 악기전공생들이 각자의 연주곡을 정한 순서대로 앞에 나와 연주하고 다른 학생들은 자리에서 감상하게 된다.

연주곡은 커리큘럼에 있는 범위에서(주로 음악의 시대적 배경 또는 작곡가를 언급한다) 정하여 2~3곡정도 준비하게 된다. 연주 당일에는 연주 복장과 시선, 걸음걸이, 곡에 대한 잠깐의 멘트, 악기를 연주하기 전과 연주 후 마무리까지 꼼꼼히 지도 받는다.

실기 수업이 이런 상황인지 모르고, 다들 조금이라도 먼 날짜를 잡기 위해 손을 번쩍번쩍 드는 학생들 틈에서 어리둥절해하던 첫 수업날, 나는 다행스럽게도 학교생활에 큰 도움을 받게 될 학우를 만나게 되어 당황하지 않을 수 있었다.

3개월 뒤 기말고사일, 모든 가식과 허식이 타파되고 멘탈붕괴의 상황에서 고등학교 이후로는 말하지 않던 '(창피해) 죽고 싶다'는 말이 절로 입에서 터져 나오며 절망감으로 가득 찬 시험을 마친 후, 이 학우와 함께 낙지볶음과 스타벅스 커피를 먹지 않았다면, 견딜 수 없는 창피함의 나락 속에 다음 학기 등록은커녕 피아노라는 악기를 영영 잃어버릴 뻔 했으니, 이날의 인연이 참으로 소중했다.

음악공부를 시작하기 전에도 때로 피아노 앞에 앉기는 했었지만, 연주할 곡을 정하고 연습을 위해 피아노 앞에 앉는 것은 새로운 느낌이었다. 시험은 물론이거니와, 정해진 날짜에 학우들 앞에서 연주해야 한다는 부담감 때문이었다. 솔직히 피아노가 좋아서 더 공부하고자 한 것이지 누구에게 내 연주를 들려주기 위해 시작한 것이 아니었다. 내 연주는 그 저 나만을 위한, 나만 들으면 족한 연습이었다. 다른 사람에게 들려줄 정도의 실력도 아니고 그럴 수준이 될 때까지 곡을 열심히 연습해본 적도 없었다. 다른 학우들은 방학 때 미리 악보를 보고 사전에 연습을 다 끝냈으리라 생각하니 더더욱 마음은 초조했다.

그런 중에도 피아노 앞에서 악보를 대하면 즐거움이 있었는데, 그것은 내가 '살아있다'는 생생함이었다.

나이 마흔이 넘어가다보니 사회인으로 덕지덕지 붙은 많은 것들이 나 자신의 외피를 두텁게 형성하고 있었다. 사람을 대하거나 일을 할 때 웬만큼 정제된 태도, 잘은 모르더라도 그간의 경험을 적절히 응용하여 능숙하게 보이도록 하는 방법, 어떤 일에 처해도 내 마음 저 깊은 곳까지 닿지 않게 하는 방어막 같은, 내가 나를 지키기 위해 갈고닦은 노하우들은 견고한 성이 되어 나를 감싸고 있었다. 사회에서 만나는 이들은 그런 쪽으로 능숙했고, 나 또한 그들을 따라가는 그런 일상은 자연스럽고 당연했다.

그런데 지금 내가 알고 있는 이 사실, 이제는 명확히 말할 수 있는 이것은, 내 자신이 그러고 있다는 것조차 스스로 전혀 눈치 못 채고 있던 사실, 너무나 오랫동안 켜켜이 쌓인 먼지들이 먼지인줄도 모르게 딱딱하게 굳어져 내 살이 되어있었던 것이다.

피아노 앞에 앉아 바흐의 이탈리안 콘체르토를 연습하는
동안 느낀 감정은 새로운 경험이자 깨달음이었다. 언제 마지
막으로 느껴봤는지 모르는 '생기'와 오직 그 하나만 볼 수밖
에 없는 '집중'이 있었다.

'피아노 앞에서는 숨길 수 없다. 다 보인다. 피아노와 나밖
에 없다'던 교수님 말씀이 무엇을 의미하는지 어렴풋이 느끼
는 날들이 하루하루 지나갔다. 그리고 그 클라이맥스가 6월
초의 기말고사였다.

중간고사 때는 위클리 수업 때 늘 보던 교수님 세 분이 평
가를 위해 기다리고 계셨다. 그래서 조금은 편안한 마음으로
연주할 수 있었는데, 기말고사에서는 곡도 두 곡 이상이 되
고 평가도 수업 때 늘 뵙던 교수님이 아니라 학교에 계신 전
공악기 담당 교수님은 다 오신 듯 6~7분이 기다리고 계시니
들어가는 순간부터 떨린다.

학생들끼리의 위클리 때는 서로 일과 공부를 병행한다는
동병상련, 나이 들어 음악을 잊지 못해 음악의 끈을 놓지 않
고 공부를 시작했다는 공통점이 그 바탕에 있기에 왠지 편
안한 마음이었지만 교수님들 앞에서. 정말 처음 보는 분들
앞에서 내 민낯 같은 연주를 드러내는 것은 무어라 말할 수
없는 창피함이었다.

우리끼리의 위클리 수업을 대충대충 때우려 했다는 말이 아니라, 그저 그 기말고사를 치루는 동안 스스로 내 음악에 대한 태도가 어떠했는지 적나라하게 인식하게 되었다고나 할까. 그 경험은 내 음악에 대한 태도뿐만 아니라 모든 것을 대할 때의 내 마음가짐까지 돌아보게 만들었다.

내가 생각해도 오래 들어줄 만한 연주는 아니었다. 암보가 기본인 시험에서, 잊어버려 다시 시작하기도 하고 맴돌기도 하고 시선 둘 곳 없이 허망한 눈빛과 손놀림. 생각보다 일찍 종소리가 울리고 몇 분도 안 되어 빠져나온 고사장. 미리 시험을 마친 학우와 함께 매운 낙지볶음을 먹기로 했다. 그 이후는 앞서 말했던 대로이다. 죽고 싶다. 이런 창피함은 처음이다. 내내 정신없이 중얼거렸다. 스타벅스에 와 커피 한 모금을 마시니 겨우 정신이 들었다. 가만히 그 순간을 돌이켜 본다.

내 정신이 망치로 한 대 얻어맞은 느낌. 피아노와 나 그 사이에 아무것도 없었다. 이것은 그냥 실전이다. 연주다. 여태 그렇게 살아온 것처럼 손으로 끄적끄적, 머리로 그냥저냥, 뭉뚱그려 얼버무리고 말로 적절히 가릴 수 있는 것이 아닌, 피아노와 나 사이에 무엇도 없는, 내가 내는 피아노소리와 그 소리를 듣는 귀 사이에는 뭉뚱그리고 얼버무리고 '척'할 수 있을만한 꺼리가 손톱만큼도 없는, 완벽히 발가벗겨진 민낯. 그리하여 음악 앞에서 그 어떤 것도 포장할 수 없는 순간, 바로 연주하는 그 시간이 내 앞에 있었던 것이다. 20년의 직장생활로 얻은 노하우는 전혀 빛을 발할 수가 없었던, 그런 순수한 순간을 방금 겪었던 것이다.

　이제 네 번째 학기를 앞에 두고 있다. 첫 번째 기말고사를 마치고 마음먹었던 비장한 결심이 무색해지는 요즘이다. 피아노 앞에 앉아 악보를 보며 느끼던, 내가 살아있음의 생생한 순간, 피아노 앞에 가장할 수 없이 순수한 음악의 순간도, 어쩌면 조금쯤 포장할 수 있게 된 것 같은 지금이다. 연습은 피곤하게 느껴지고 연습을 못하며 느껴지는 죄책감과 아쉬움도 만성이 되고, 위클리 연주 준비도 학우들은 이해해주리라 믿으며 전처럼 긴장하지 않는다.

　그날로부터 겨우 일 년쯤 지났는데, 나는 또 적당해지려하는 것 같다. 음악을 공부하기 전의 그저 적당하던 내가, 충격 속에 다시 새롭게, 음악 앞에서는 철저히 민낯이기로 한 나를 잡아먹으려 한다. 이렇게 금세……. 그날의 나를 다시 한번 본다. 이런 큰 충격을 받은 내 얼굴은 어떤가 하고 찍은 사진은 너무나 멀쩡했지만 표정은 왠지 스스로를 비웃는 것 같다. 이날의 사진이 있어 다행이다. 잊지 않고 싶기에.

　더 솔직하게…… 척 하지 말고 순수하게, 전심전력으로 다가가야만 만날 수 있을 것이다. 무엇이든 다만 바라만 볼 때가 좋았던 것도 같다. 이것이 있으면 저것도 있기에. 이것이 생기면 저것도 생기기에.

그러나 지금은 내가 늘 바라만 보던 순간이 아니다. 바라던 순간을 이루고 있는 중에 있다. 어쩌면 안 끝날 것만 같은 순간이라 시시때때로 포기하고도 싶다. 하지만 묵묵히 감당하고 지내고나면 언젠가 내가 만나고 싶은 순간도 올지 모른다.

민낯으로 피아노와 만나, 내 마음도, 상대방의 마음도 울릴 수 있을 순수한 소리를, 부끄러움도 창피함도 없이 들려줄 수 있을 그런 순간. 아주 아주 느린 걸음이더라도, 끈기 있게 집중하고 솔직하게. 한번 가보기로. 그렇게 하기로 다시 한번 결심한다.

클라라 선생님과의 만남

'다시'가 아니라 '새로'

터치, 톤, 노래, 감정……. 음악을 한다고 하면서도 생소했던 말들. 지난 달 클라라 선생님을 만나게 되면서 다시금 생기게 되었다. 인터넷 서칭 중 블로그를 통해 선생님의 글을 읽게 되고 며칠을 흠모하며 글을 읽다 용기를 내어 연락드려 보았는데 흔쾌히 연락을 주셨다.

안녕하세요, 선생님. 우연히 글을 읽고 이웃이 되었습니다. 저는 바흐를 좋아하는데요. 골드베르크 변주곡을 재미있게 연주해보고 싶은 마음입니다. 제대로 하려면 배우고 익힐 것이 많은 것 같아요. 한번 선생님 뵙고 레슨 받을 수 있을까요? 연락주시면 감사하겠습니다.

다행히 쪽지를 보시고 바로 그 주에 만나 뵈었고 긴 연휴를 보낸 이후 본격적으로 레슨을 받을 수 있게 되었다. 나는 음악가들 중에서도 특히 바흐의 곡에 끌리는데, 그래서 바흐 인벤션을 사서 혼자 연습해보기도 하고 골드베르크 변주곡을 사서 연습해보고 평균율과 안나막달레나를 위한 소품집도 구해두었었다. 학교의 커리큘럼 상 현재의 학교 레슨 선생님께는 바흐의 곡을 배울 기회가 없어서 혼자 악보를 보던 중이었는데, 클라라 선생님의 블로그 글 중에서 바흐에 대한 글과 바흐의 작품들에 대한 선생님의 생각을 읽고 선생님께 배워보고자 하는 마음을 먹게 된 것이다.

선생님을 만난 이후 짐짓 무언가 있어보이던 나 스스로 하나도 가진 것이 없다는 것을 여실히 깨닫게 되었다. 엊그제 내 오랜 기타 선생님을 떠올리게 된 이유도 그 때문이었다. 피아노 치는 법을 '다시'가 아닌 '새로' 배우는 마음으로 시작해야 했다.

터치와 톤에 대해 듣고, 노래하듯 연주하여야 함을 알게 되고, 두 손가락 연결, 세 손가락 연결, 박자와 음정, 한 음 한 음 소리를 내는 것과 소리를 듣는 것에 대해 배우며, 오래 전 신 선생님께 기타를 처음 배우던 때도 떠올랐다.

그렇게 한 달이 지나갔다. 어제는 밤중에 깨어 내가 헛된 꿈을 꾸고 있는 것이 아닌가 싶은 생각이 들었다. 나 스스로 음악을 오래도록 배우고자 하고, 아이들에게는 초심자의 열정으로 가르치며 음악 전반에 대해 즐겁게 느끼기를 바라는 마음으로 함께하고, 어른들에게는 오랜 소망을 가꾸어가는 데 도움을 드리고 싶은 마음으로 시작하였는데, 나 스스로에게도 음악을 잘 모르는 내게 음악을 배우는 수강생에게도 정직하고 진실한가 스스로 반문하게 되었다. 교회에서는 타이틀만을 보지 않으셨기에 시작하는 문화센터에 강사를 부탁하셨고 1년이 되어가는 지금 수강생은 전과 다름없이 계속 오고 있지만, 나 스스로 계속해도 되는지 반문하게 되었다.

내 위치를 스스로 마주대하는 것은 괴롭고 고통스럽지만 학교 레슨을 받으면서 듣지 못했던, 클라라 선생님만이 하실 수 있는 지도편달[◇指(가르킬 지), 導(이끌 도)=어떤 목적이나 방향에 따라 가르치어 이끈다는 뜻이다. ◇鞭(채찍 편), 撻(매질할 달)=鞭(편)은 가죽 혁(革)과 편리할 편(便)의 합성자다. 말이나 소에 채찍질을 가하여 사람에게 편리하도록 부리다의 뜻에서 가죽 채찍, 채찍질하다의 뜻을 나타낸다. 撻(달)은 손 수(手)와 이를 달(達)의 합성자다.]로 내 스스로 대 각성을 한 것이다.

세상에 공짜는 없으며 큰 성취를 이룬 사람은 그만큼 큰 좌절도 경험한 것이라는 생각도 문득 들었다. 작은 좌절은 작은 성취를 이루고 큰 좌절은 큰 성취를 이루리라며, 수학 공식처럼 세상일이 진행되지는 않겠지만, 좌절하지 않으면 발전의 기회도 없다는 생각이 들기도 했다.

그래서 나는 다시 선택의 갈림길에 놓여 있었다.

선생님과의 레슨은 한 시간 반에 걸쳐 이어진다. 이 시간은 온전히 녹음을 해둔다. 혼자 연습하면 그 느낌을 잊기 쉬운데 그 느낌을 잊지 않고 되새기며 스스로 깨닫기 위해서이다.

60대이시지만 40대로 보일 정도로 고운 미모의 선생님 목소리가 들린다.

"손등이 무너지면 안 된다는 소리야. 어느 한쪽으로 기울어져도 안 되고. 발레 하는 사람이 찌그러져 걷지 않듯이. 그리고 음악 하는 사람은 자기만의 자존심이 있어야 해. 해적판 안 쓴다. 카피본 안 쓴다. 남이 치는 것 들으면서 치지 않는다. 오로지 악보만 보며 룰대로 내가 배운 것을 적용시켜 작곡자가 원하는 대로 그 시대의 양식대로 친다. 거기에 내 이미지, 내 톤을 입히는 것이지. 피아노 치는 사람마다 같은 악기를 두고도 그 소리가 다 다른데, 그것이 자신을 나타내는 것이니 다른 유명 피아니스트가 치는 것을 듣고 똑같이 그 스타일대로 친다는 것도 어불성설이며, 우선 테크닉을 제대로 살릴 수 있어야 하는데 절뚝거리며 치는 것도 잘못된 것이지. 그러다가 금방 50살 되고 60살 되고, 내가 죽을 때가 되어 나타나서 내게 그럴 거야. 그때 선생님 말씀 들을 걸⋯⋯."

"연주할 때 자기의 주장, 내 생각도 중요하지만, 틀을 깨는 것도 안 되는 것이고……."

"본인은 정통 클래식을 배우러 온 거야. 내 말을 듣고 열심히 잘 따라오면 무한히 발전할 소지가 있다는 것을 느끼고 어떻게 가르쳐야겠다는 커리큘럼도 서있으니 그대로 잘 해보자구."

채찍질도 하시고 용기도 주시는 선생님. 이 갈림길에서 갈등할 내 모습도 훤히 꿰고 계신 선생님 말씀에 다시금 마음을 고치고 용기를 얻는다. 초보자나 다름없이 배우게 될 나를 이끌어주실 선생님께서도 어렵더라도 포기하지 않으시리라는 것을 아니, 나도 열심히 해야겠다고. 일주일에 한 번 받는 레슨 시간을 귀하게 여기며 제대로 배워 와서 매일 들으며 연습하겠다고.

또 일천한 음악공부와 경험의 일을 글로 기록하였을 때 읽어주는 분들, 번듯한 타이틀 없는 나와 함께 피아노를 배우고자 오시는 어른들 그리고 아이들을 위해 열심히 공부하겠다고.

50이 되고 60이 되어서는 지금 이 갈림길에서 내가 선택한 결심을 스스로 잘했다고 칭찬할 수 있는 날을 만나게 되기를. 20년 전 기타를 시작하던 그때의 성급한 포기를 기억하며, 20년 후에 만나게 될 내 모습은 스스로 만족할 수 있기를. 그때가 되어 클라라 선생님과 올해 9월의 첫 만남과 첫 한 달 레슨 때의 일들을 웃으며 이야기할 수 있게 되기를 고대해본다.

음악을 해도 안 해도 20년은 똑같이 흘러갈 터이니, 조금만 더 내 스스로를 담금질해보기로 결심해본다. 지금은 까마득하지만 20년 후, 2037년 11월, 그날의 나를 만나게 되면 오늘의 이 결심을 잘 했다고 스스로 만족하고 칭찬할 수 있도록 하루하루 소중히 보내고자 다짐해본다.

악보단상

악보, 건반 위의 지도

어제는 교수님의 최후통첩을 듣고 집에 와서는 멍하니 있다가 깜빡 잠이 들었다. 다급한 마음에 새벽에 일어나 졸린 눈을 비비고 피아노 앞에 앉아 멍하니 스케일 연습을 하다 보니 서서히 잠이 깼다.

다음 주 레슨 시간까지 비창 3악장을 암보해오지 않으면 안 가르쳐주시겠다고……. 2년여를 배우는 동안 이렇게 강력한 경고는 처음이다. 그동안 나름 요리조리 잘 피해가고 있다고 생각했던 건 나의 착각이었다. 연습을 안 하면 그대로 드러나는 것이니 전부 눈에 보였으리라. 아니 어쩌면 그동안은 내가 음악을 배우는 이유가 단순히 취미생활 정도일 것이라고 판단하셨던 교수님이 취미 이상일 수도 있겠다는 결론을 내리신 건지도 모르겠다. 어쨌든 난 덕분에 다짐만 하고 지지리도 안하던 연습을 제대로 시작하게 되었다.

어제 레슨 시간엔, 마디마다 아니 한 박자마다 따로 따로 연습하는 방법에 그냥 울고 싶었다. 실제로는 10분도 안 되는 시간이었지만, 요즘 읽고 있는 베토벤의 전기 중 이 장면이 떠오르며 내가 어린 베토벤 같다는 생각을 한, 내 나이

40대……

심한 술고래인 궁정 음악가 요한 베토벤(그는 테너였고, 성악과 피아노를 가르쳤다)은 뛰어난 재능을 보이는 아들에게서 자신이 세속적으로 구제될 기회를 발견하여, 제2의 모차르트를 만들 겠다는 무자비한 작업을 시작했다. 처음부터 베토벤은 아버지 의 야심에 휘둘려 큰 희생을 겪었다. 그의 집에 찾아간 손님들 가운데 어린 소년이 울면서 연습하는 모습을 본 사람이 한둘 이 아니었다. 또 창고에 갇히거나 굶은 채로 연습하기도 했다. 고주망태가 되어 한밤중에 술집에서 돌아온 요한은 걸핏하면 잠이 든 아이를 깨워 억지로 피아노 앞에 앉히고는 새벽까지 연습하게 했다.

-제러미 시프먼, 『베토벤 그 삶과 음악』, 19p-

(p.s. 이 글을 읽고 '그 위대한 베토벤도 이렇게 혹독하게 열심히 연습을 했구나'라는 생각을 했다.)

사실 최근 몇 주간 배우는 방법은 작년 3월 처음 레슨 받 을 때 잠깐 가르쳐주시던 방식이다. 그때 나의 저항에 부딪 혀 그 방식 대신 당시의 내가 따라올 만한 교수법을 택하셨 다. 아마 이 영어단어 외우듯 하는 공부 방법을 그때 지속했 더라면 더 일찍 수강을 포기했을지도, 그래서 이 글도 없었 을 지도 모르겠다.

어찌되었건 교수님은 근근이 지금까지 이어오는 내 모습을 보시고 이제는 시동을 걸어도 되겠다고 판단하신 듯하다. 그때는 싫었지만 지금은 꼭 필요한 공부. 대신 준비는 철저해야지만 더 많은 것을 배우고 앞으로 나아갈 수 있다. 인정받은 듯하여 잠시 기뻤고 한편으로 이제 진짜 시작이라는 생각이 들었다.

TV광고 중에 발걸음 총총총 귀여운 광고가 있다.
검지와 중지에 화이트 부츠를, 엄지에 핑크 핸드백을 들고 미니스커트 입고 계단을 내려오는 왼손. 스케일(Scale) 연습의 효과에 대한 글 중 '스케일 연습을 통해 피아노의 지형을 파악할 수 있다'는 글을 읽었는데, 이 글 때문이었을까. 오늘 피아노 연습을 하는 내 손가락들이 건반 위에서 제 갈 길을 찾아가는 발걸음 같다는 생각이 들었다.

'악보라는 훌륭한 지도를 두고, 피아노라는 울퉁불퉁하지만 아름다운 소리를 가진 땅에서, 베토벤이라는 창조자가 만든 새로운 세상을 만나기 위해 한걸음씩 앞으로 나아간다.'

이런 생각이 드니, 얼마 전 유튜브에서 본 세계 최대의 동굴이라는 베트남의 산동동굴이 처음 발견된 때가 생각나면서 앞으로 하나둘씩 미지의 세계를 찾아가는 발걸음을 부단히 옮기고 싶다는 욕심도 들었다.

이미 잘 만들어진 훌륭한 지도는 사후 70년이 지나 무료 배포이니 이 얼마나 감사한 일인지! 엄하지만 친절한 교수님, 도움과 격려를 아끼지 않으며 함께 각자의 새로운 세상을 발견할 탐험대 우리 학우들, 사기충천한 마음으로 다시 또 시작이다.

피아노를 치는 즐거움, 그 중독

With your own two hands

내일이 중간고사인데 아직 암보조차 불안하다. 지난주 클라라 선생님 레슨 시간, 연습도 안 해간 채 피아노 앞에 앉아 있다. 선생님의 목소리가 귀에 울리는 듯하다.

"그래, 들었지? 네가 딱 이만큼이야."

하마터면 레슨 한 번 제대로 받아보기 전에 잘릴 뻔 했다. 연습, 연습, 연습, 글을 쓸 시간이 어디 있을까.

하루에도 마음을 수없이 바꾸다가 수강 신청을 했던 날이 있었고 이제 중간고사가 바로 코앞인데. 작년 이맘때처럼 그냥 놓아버릴까. 한 학기 그냥 학점은 포기하고 레슨만 받기로 할까. 안 돼. 난 정말. 온갖 자괴감이 밀려오다가 하나님께 의지하며(많은 합격수기에서 보아온 것처럼) 나 내일 할 수 있을 거라며 오늘 밤새워 다 익힐 것이라며 기운을 얻어 보기도 한다.

포기에 대한 갈등이 여전하다. 지나고 나면 후회할 일임에도 꾸준히 잘 못 해 와서, 창피함의 순간을 못 넘길 시험 때문에 참여조차 안하리라, 다음에 잘하리라, 내가 왜 이런 사서 고생을 하는 건지 오락가락하는 심정이 계속 된다.

새벽에 졸린 눈으로 피아노 앞에 앉아 들려지는 소리에 귀 기울이다 눈이 뜨이는 아침……. 간밤 내 포기와 진행을 왔다갔다거리던 마음을 다시 꽉 잡아주는 건 음악이다. 그것도 클래식 에프엠에서, 자동차 CD에서 들리는 음악이 아닌, 내가 잘 치는 초등생보다 못한 실력으로 뚱땅거리는 절룩절룩한 베토벤의 피아노 소나타이다.

이 얼마나 놀라운 일인지! 시험곡인 8번 3악장을 치다가 스스로 행복해서 역시 난 포기할 수 없다고 되새겨지는 이 마음.

아무도 모르리. 음악을 '듣기만' 하는 이들은 정녕 모르리. 설령 녹음해서 내가 내 음악을 듣는다면 당장 포기해버릴지도 모르겠지만, 이 피아노를 못 치고 유려하지 못하여 힘들어하고 연습 때문에 스트레스 받지만, 내가 듣기에도 들어줄 수 없는 음악일 때가 더 많지만, 그 음악을 피아노 치는 나는 왜 즐거운지 모르겠다. 그리고 왜 포기하지 않고 계속 가고 있는지도.

이것이 바로 음악이 가진 중독성이 아닐까. 그 깊은 심연에 조금 닿기 시작한 발걸음이라는 걸 알기 때문에 더더욱 포기할 수 없어지는 것이 아닐까.

20년 전 이 책을 처음 하이텔에서 소개받고 늘 갖고 다니며 읽으려 했다. 어려운 책이지만 20년이 지나 다시 한번 책장을 넘기니 왜 그동안 이 책을 갖고 있었는지 알 것 같다.

• 자기발견을 향한 피아노 연습 •

1997년 12월 30일 발행

저자 / Seymour Bernstein
역자 / 박나정
발행인 / 노병남
발행처 / 음악춘추사
주소 / 서울 중구 신당2동 431-13
TEL. 231-9001~3
FAX. 236-9734
등록 / 1977. 6. 20 No. 5-44

무단전재나 복사·복제를 금합니다.

<값 12,000원>
ISBN 89-13-00110-1

제1부
연습하는 이유

이 두 손으로
하늘에 닿을 수 있음을
나는 꿈꾸지 못했다.

Sappho

딱 지금이 이 책을 읽기 적절한 시기이다.

연습을 해야 하는 시간이지만, 날아가는 생각을 잡고 싶었다. 그래서 글로 남겨본다. 음악은 고통스러운 만큼의 기쁨도 큰 것이다. 그래서 공평해. 사서 고생한다 해도 내 두 손으로 직접 연주하는 순간 느끼는 경이로움. 그 기쁨. 그 믿음이 확고하니.

토익 900점과 피아노 잘 치기

'질투는 나의 힘'이었을까

얼마 전 자주 들여다보는 카페 글 중 '토익 900점과 공인중개사 어떤 것이 더 어려울까요'라는 글에 댓글을 달았더니 경험담이나 달지 말고 조언을 하라는 글이 돌아왔다. 개인적으로 토익 900은 학원을 두세 달 다니며 노력하면 가능한 점수라고 생각하나 공인중개사는 그보다는 더 공부하고 추진력과 끈기가 있어야 한다는 생각이었다. 그랬더니 영어가 어떻게 2~3개월 만에 가능하냐며 글쓴이가 아닌 타인에게서 날선 답이 돌아오니, 나의 답은 다시 본문 글에 보면 학교 때 영어를 잘했다고 적혀있다고 말할 뿐이었다.

오늘 학교 교수님 레슨을 마치고 돌아오는 길, 내가 교수님께 묻던 질문과 그 질문을 할 때의 내 심정을 떠올려보았다.
"어떻게 해야 피아노를 잘 칠 수 있을까요?"
"연습을 많이 하셔야죠. 다른 비법이 있는 건 아니랍니다."
2~3개월 학원 다니면 토익 900점은 나오기 쉽다고 적은 내게 날선 댓글을 단 그이의 마음이 확 이해가 갔다. 학원을 가보지도 않고 공부도 안 해보고, 쉽지 않은 것을 쉽게 말한다며 내게 타박하던 그 사람.

내가 피아노에 대해 느끼는 지금의 감정은 '열등감'이다. 해보지도 않고 안 될 거라고 생각하는 무기력감과 자신감 없음, 노력하기 싫은 마음이다. 연습 없이 잘 치기를 바라는 도둑놈 같은 심보이다. 교수님이 내게 주문하는 것은 연습. 그러면 알아지고 깨달아질 터인데 그러지 않고 좌절만 하고 있는 내 모습이 얼마나 답답해 보일까. 교수님 학창시절 연습 방법이나 연습량에 대해 묻는 내가 피아노를 잘 치는 비법이라도 알고자 하는 사람처럼 보이기도 했겠다.

내가 댓글을 단 이의 마음을 알듯이 교수님께도 내 마음이 충분히 보였을 것이다. 토익 학원을 2~3개월 다니기 전, 각오 없이 보았던 첫 토익 성적은 600점대. 수학보다 영어는 좋아했으니 학원선생님의 말을 알아듣기 어렵지는 않았으나 회사업무를 마치고 늦은 저녁부터 밤까지 듣는 학원 수업, 그리고 시간될 때 틈틈이 하는 공부가 내게 쉽고 즐거운 일이었을 것이라고 말할 수 있는 사람은 없을 것이다. 간단하고 쉽게 들릴 말일 수도 있었겠지만, 그 안에 나의 노력이 들어가지 않았다는 말은 아니었다.

연습하면 된다는 교수님의 간단하고 단순해 보이는 말 속에는 악기가 생활의 중심이자 필수적인 일부로 지내는 시간들과 어려움을 참고 적지 않은 시간을 그야말로 연습을 하며 채우는 노력의 시간이 들어가 있음을 나는 왜 생각지 못하며, 해보지도 않고 좌절하고 포기하려 하는 것인지. 그리고 이것이 열등생의 마음이라는 것도 알게 되었다. 그러니 피아노 앞에서 내가 얼마나 작아지는지, 영어처럼 지금은 조금 못하더라도 잘할 수 있을 거라는 자신감이라도 가질 수 있을는지 지금으로서는 잘 모르겠다는 생각도 든다.

사무실에서 돌아오면 머릿속으로는 내내 연습 생각을 하며 씻고 먹고 텔레비전을 보는 내 모습이 떠오른다. 가끔 하는 피아노 연습은 늘 처음처럼 새로운 리셋이라, 연습과 그로 인한 깨달음이 쌓이질 않으니 나를 이끌어가는 스승님들도 결코 쉽지 않으시리라는 생각도 든다.

이렇게 끊임없이 이끌어주시려는 분들을 만났으니 잘 해야 할 터인데……

지금도 생각하면 얼굴이 화끈화끈거리는 창피한 기억은 초등학교 시절 독후감을 어떻게 써야 할 지 몰라서 남들이 잘 안 볼 것 같은 책 중에서 남의 독후감을 베껴 간 일이었다. 책을 읽고 느낀 점을 글로 쓰는 것이 독후감이라고 하는데 지금도 떠오르는 당시의 감정은 그야말로 순백색, 하얀 종이 앞에 무엇을 어떻게 써야 할지 모르는 심정으로, 당시의 내게는 어쩔 수 없는 선택으로 선택한 방법이었다. 다른 건 다 잘하며 독후감만 백지로 낼 수는 없다는 자존심과 허세도 있었던 것 같다.

　열등감이 나의 글짓기의 원천이 된 것이었을까. 지금은 브런치 어플의 글쓰기 버튼을 누르고 글을 쓰고자 하면 넘쳐나는 생각들로 인한 소재는 물론이거니와 '된장국'이라든지 '젓가락'이라든지 단 하나의 단어 하나만 주어져도 A4 두세 장은 끄떡없이 흰 도화지를 채울 수 있을 정도의 자신감으로 글의 기승전결과 줄거리를 마음에 세워둘 수 있을 정도가 되었다.

　대신 초등학교 2학년 때의 독후감을 베껴 쓰던 내가 느꼈던 막막함도 생생히 기억하니, 지금 내가 피아노 앞에서 느끼는 심정이 바로 그것이 아닐까 싶은 생각도 든다.

　지금의 내게 글쓰기가 그때보다 조금은 수월해진 이유를 단숨에 설명할 수 없듯이, 언제인가 내가 피아노 앞에서 자신감을 갖고 연주할 수 있을만한 시간들을 만나려면 그때까지 갖게 될 시간들이 단순하고 쉽지만은 않으리라는 것도 충분히 알 것 같다.

　질투는 나의 힘, 좌절은 나의 회복탄력성, 열등감은 나의 원동력이었을까. 지금 글쓰기는 내가 작고 약하다고 느낄 때 내게 자존감을 채우고 세워주는 힘이 되어주고 있으니, 앞으로의 무수히 많은 노력과 인고의 시간이 흐르고 흐른 오랜 어느 날, 그날에는 내 스스로 작고 초라하게 여겨질 때 피아노가 내게 자존감을 세워주고 힘을 주는 존재로 만나질 그날이 오리라고 다시 한번 스스로를 믿어본다.

연주 후의 즐거울 '락(樂)'

연주시험&ABRSM 피아노 실기시험

한 학기에 적어도 네 번의 연주를 해야 하는 전공실기 수업…… 연주 전의 스트레스는 극에 달한다. 음악공부는 무언가 다른 공부와는 다르리라고 어렴풋이 생각했지만, 수강하고 보니 영어나 수학과 전혀 다를 바가 없다는 것을 알게 되었다.

〈에피소드 1. 중간고사〉

지난 중간고사 연습 때엔 기가 막힌 일이 있었는데 잠깐 건반 앞에 엎드려 있다는 것이 퍼뜩 정신을 차려보니 흰 건반에 영롱하게 고인 침…… 남이 볼까봐 얼른 옷으로 훔치고…… 닦고 닦고……. 살다 살다 책이 아니라 건반 위에 침을 흘리게 될 줄이야.

여름방학부터 곡을 공부해왔지만 날짜가 다가와서야 맘잡고 밤새워 암기하기 시작한 나 자신에 대한 자책감. 그리고 전날 서너 시간밖에 못 잔 채로 한 시험 준비에 단정하고 깔끔한 옷차림과 화장 등 피아노 연주 이외에 신경 쓸 일도 많았던 중간고사 당일. 교수님 두 분 앞에서 전날 부랴부랴 외운 곡을 겨우겨우 멜로디 맞춰 치기만 바빴던 내 모습. 멍

한 정신으로 곡에 집중은 안 되고 내 소리가 들리기보다 연주 시작 동시에 사각사각 연필로 써 내려가시는 교수님의 평가내용에 더 신경이 쓰였으니 결과는 뻔하다.

다음부터는 무조건 연습 시작과 동시에 암기, 그리고 연주 전날은 무조건 잠을 푹 자고 최상의 컨디션 유지를 위해 신경 쓰기로 다시 한번 다짐해본다.

〈에피소드 2. ABRSM 실기시험〉

10월 중순의 중간고사를 마치자마자 다음 주말에 바로 ABRSM 실기시험이 있었다. 이 영국왕립음악원 주관 실기시험은 스케일과 아르페지오, 시창과 청음, 시대별 선곡된 3곡 연주, 초견의 네 분야로 이루어진다. 올해 하반기 실기시험은 영국에서 오신 피아니스트 출신의 여자 선생님이 감독관이셨다.

바람이 많이 불던 일요일 오후, 서울 세관 건너편의 ABRSM 한국센터를 처음 찾아갔다. 간단히 접수확인 후 덜덜 떨며 기다리다가 시험장에 들어갔다. 접수확인 시 연주를 먼저 할 지 스케일을 먼저 할 지 물으시는데 이때 연주를 먼저 하겠다고 말씀드렸고 그래서 시험은 연주곡 3곡 이후 스케일 질문, 이후 시창청음 및 초견의 순서로 진행되었다.

1. 곡&스케일: 레슨 때 교수님이 자신감(Confidence)과 지속성(Continuity)을 말씀하셨는데 아직 감 잡지 못한 채 연습

부족이 여실히 드러났다. 악보는 보고 칠 수 있었고 한 곡이 끝날 때마다 "thank you"라고 말씀해주셔서 마음이 조금씩 편안해지기 시작했지만 이어진 스케일 시험은 연습 부족으로 역시 쉽지 않았다. 각 섹션별 1가지씩만 물으시는데 잘못하면 다른 조로 재 질문을 해주셔서 기회를 주셨다.

2. 시창&청음: 이번엔 자리를 바꾸어 내가 피아노 옆에 서고 선생님이 피아노 앞에 앉으셨다. 청음 시 노래를 할 지 연주로 할 지 정할 때 노래를 하기로 하였다. 1)먼저 두 번 연주해주시는 곡의 소프라노 성부 몇 마디를 그대로 노래하면서 시작되는 시험은 급수별로 조금씩 내용이 다르다. 이후는 2)처음 보는 악보의 소프라노 성부를 반주에 맞추어 노래하게 된다. 3)곡의 종지(cadence)가 완전인지 불완전인지 맞춘다. 4)곡의 리듬을 박수로 따라하고 박자 종류를 맞춘다. 5)한 페이지쯤 되는 곡의 연주를 들은 이후 작곡 시대와 곡의 분위기 및 구성과 특징을 부연한다.

3. 초견: 초견은 반 페이지 정도의 처음 보는 악보를 연주해야 했다. 일단은 멜로디가 끊이지 않고 연주하는 지속성이 중요하지만, 악상과 구성을 제대로 파악하고 잘 연주하면 더 훌륭하다. 30초 정도 챙겨볼 시간을 준다. 시험 준비 때는 초견 악보를 보면, '동일한 리듬이나 동일한 멜로디를 찾아본 후 제목과 악상, 지시표 등으로 분위기와 구성을 파악하고 세부적으로 화성과 임시표 등을 더 신경 쓴다'라

는 나름의 방침을 정해두었지만 막상 시험장에 들어서니 주어진 30초 동안 그저 멜로디를 한 번 쳐보기에 급급했다. 그런 과정이 생략되었으니 일단 음은 박자대로 잘 쳤지만 악상이나 구성을 살리는 일은 생각하지 못하고 짧은 곡이 끝나버렸다.

총평: 처음 시험이었는데, 영국에서 파견된 시험관님과 한국 본사 통역자분이 편안하게 해주셔서 시험 전 막연히 걱정했던 살벌한 느낌은 나만의 연습부족으로 인한 자격지심과 그로 인해 느껴질 창피할 마음이 빚어낸 불안과 열등감이 아니었을까 진단해본다. 좋은 경험이었다.

〈에피소드 3. 위클리 연주〉

어제는 학우들 앞에서의 위클리 연주일이었다. 중간고사 때의 경험으로 전날 잠을 잘 자고 아침 일찍 일어나 단장하며 마음의 준비를 했다. 옷차림과 외모도 좀 더 신경 쓰면 청중들에게 준비된 모습으로 보여 질 것 같았다. 늘 그러했으나 어제의 연주 전 스트레스는 거의 극에 달했었다. 자책, 불안, 열등, 창피와 같은…… 나 스스로를 괴롭히는, 내가 이것을 선택하지 않았다면 겪지 않았을 모든 감정들에 나 스스로를 원망하게 되었다. 용기가 많이 필요했다. 수업이지만 다들 생업이 있는 가운데 귀한 시간을 만들어 참여하는 날, 좋은 연주를 들려주고 싶다는 사명감도 들었다. 그러나 내 스스로 진단하는 나의 수준은 늘 부족했다.

곡은 ABRSM 시험 때 연주한 세 곡을 하기로 했다. 정통 클래식은 바흐의 인벤션 한 곡뿐이었지만 낭만시대 느낌의 왈츠소품과 애니메이션 주제곡으로 나왔던 현대곡도 하나 포함되어 다채로운 느낌이 들었다. 보통 이 때는 시험곡 중 하나를 연주하거나 자신이 연주하고 싶은 짧은 소품 몇 개를 연주하기도 한다. 중간고사 기말고사는 암보가 원칙이고 위클리도 그러했으나 위클리 때는 악보를 보는 것도 허락되어서 내 악보 그리고 교수님이 보실 악보도 하나 더 준비해 갔다. 용기를 잃지 않기 위해 제일 처음 연주하기로 하고 앞으로 나갔다. 세 곡에 대한 설명을 잠시 한 이후 시작했다. 학우들 모두 서로가 어떤 마음으로 이 시간에 이곳에 모이는지 아는 사람들이기에 서로가 서로를 격려해주는 따뜻한 느낌이어서 그 따뜻한 시선이 마음으로 느껴지던 공간. 내가 할 수 있는 한 최대로 집중하여 좋은 연주를 보여주는 것이 나 자신과 교수님, 그리고 학우들에 대한 예의이다.

처음에 집중이 조금 어려웠지만 곧 빠져들었다. 두 번째 곡 때는 함께 연습하던 교수님 목소리를 떠올렸다. 세 번째 곡을 치는 중반 즈음에 나를 보고 있는 시선들에 신경이 쓰여 잠시 집중을 못했지만 곧 돌아와서 잘 마무리하고 들어왔다.

내 곡 이후는 성악하시는 남자분이 나오셨다. 연주 전의 곡 설명을 하며 "노래하다 죽을지도 모른다"라고 말하시는데 그 말에 왜 그리 공감이 되던지. 딱 그런 심정이 연주 전엔

들기 때문에 왜 이런 고생을 하는 것인가 자책이 심해지며 '이것이 내가 선택한 길이었나? 아닌 것 같은데'라며 끝없는 의구심을 갖게 된다. 그런데 '그런 생각을 갖는 이가 나뿐이 아니었구나'라는 안도감을 그 한 마디에서 찾을 수 있었다.

그리하여 우리들은 운명공동체 라는 같은 심정을 갖고 11월의 스산한 바람이 부는 야심한 밤, 교실의 불을 밝히고 모여 연주를 한다.

연주수업 시작 전, 옆 교실의 그랜드 피아노에서 사전 연습을 하는데, 졸업연주를 준비 중이던 남학생 한 명이 같은 교실에 있었다. 조금 지능은 일반인 같지 않으나 피아노에 소질이 있는 남학생은 다음 주 월요일 졸업연주회를 앞두고 있고 슈만의 곡을 연주한다고 하였다. 슈만의 곡은 참 어렵지 않은지 물으니 "괜찮아요. 연습을 많이 했거든요."

너무나 간단하고 단순 명확한 그 대답에 내 오랜 고민에 대한 해답이 있었다. 정말 정직하기도 하지. 가식 없는 솔직함에 부러운 마음이 들었다. 그리고 또 배웠다.

모든 연주가 끝나고 교수님의 총평이 있었다. 오늘은 성악 2명, 피아노 4명이 연주하였고 오늘 오신 교수님은 피아노 전공 선생님이셨다. 성악을 전공하지는 않으셨으나 모든 곡을 들을 때 톤과 셈여림과 리듬을 살리는지 듣는다고 말씀하셨다. 피아노 화음 연주 시 방법 그리고 콘서트홀에 많은 스테인웨이 피아노의, 저음부가 풍성한 대신 중고음부의 소리가 약한 특징에 대비하기를 당부하셨다. 손가락이 무척 긴

한 친구가 그랜드 피아노에서 연주 시 3번 중지가 건반뚜껑에 닿는 어려움을 어떻게 해결하는지 여쭈었고 그럴 때의 연습방법에 대한 조언도 해주셨다.

모든 수업을 마치고 우리는 연주에 대해 이야기 나누었다. 이름이 어려웠던 작곡가의 이름을 되새겨 불러보기도 하고 서로의 곡에 대해 묻기도 했다. 서로가 어땠는지 이야기해주기도 하고 좋은 곡을 많이 알게 되어 고마워했다. 서로를 격려하고 같은 심정을 나누었다. 간절하고 아름다운 곡을 부르던 학우가 실수에 웃음을 터뜨려 분위기를 반전시키던 모습, 그 자세에 일침을 주는 학우도 있었다. 그렇게 서로 격려하기도 하고 비판하기도 하고 함께 용기를 주는 말로 즐거운 연주회를 마무리했다.

오늘 내 연주는 동안의 아픈 경험치가 쌓여서, 그리고 학우들의 따뜻한 시선 덕분에 조금은 만족감을 느낄 수 있었고 곧 다음 연주 때도 이러할 수 있도록 연습을 더 하고 싶다는 생각으로 이어졌다. 함께하는 학우들이 정말 소중하다는 생각을 다시 한번 하게 되었다.

개인적으로 공부 중인 다른 수업의 밀린 레포트도 10월 셋째 주까지 준비해야 했는데다 9월 휴가와 10월 초 연휴에 이어진 긴 제주여행의 여파로 일상으로의 복귀에 어려움도 있었다. 아이 학교 운동회 참여 및 반 점심식사 준비, 중간고사 곡을 연습하며 가을 초입 불을 뗀 방에 에어컨을 틀고 연습하다 잠들며 얻은 기침감기, 치과치료와 수면 내시경을 포함한 건강검진. 그리고 새롭게 시작한 클라라 샘과의 레슨 수업.

이 모든 상황들을 어제로 끝마치고 이제야 한숨 돌려본다. 푹 쉬고 싶은 마음이 더할 줄 알았는데 다시 다음 곡을 연습하고 싶은 의욕이 불타오른다.

"이제는 피아노 연습만이 살 길이라우."

카톡으로 보내주신 클라라 선생님 말씀이 처음엔 이해가 안 갔지만, 딱 내게 들어맞는 말씀이다. 실지로 이 일이 신체적으로 살고 죽는 문제는 아니다. 그런데 연주를 앞두고는 늘 그런 단어가 떠오른다. 그러니 그냥 선생님 말씀을 따라야겠다. 그래야겠다.

내 나이 마흔, 20년 또 후딱 갈지도 모른다. 이 어려운 경험들, 늘 죽을 둥 살 둥 하는 경험들을 만나고 겪고 지나고 나면 그때의 나는 조금은 더 내 마음에 들지 않을까.

희로애락. 즐길 수 있게 되지 않을까.

귀한 선생님과 학우들과 함께 음악의 길을 계속 걸으며 음악을 사랑하는 마음으로 살고 싶다.

추천 교재: 플레디의 손가락 연습곡

Technical Studies for the Piano

이 책은 클라라 선생님께 추천을 받아 연습중인 교재이다. 플레디라는 분은 1800년대의 미국인이며 음악 교사로 평생 학생들을 가르치시던 분으로, 책은 딱 두 권만 펴내셨다.

사실 이런 종류의 손가락 연습을 위한 책은 무척 많다. 체르니, 하농을 비롯 리스트가 연습하던 책도 있는데 리스트의 연습을 듣던 한 사람은 그 다양한 연습법과 노력에 '저렇게 잘 치는 사람도 이렇게까지 연습을 해서 만들어지는 거구나'라며 감탄했다고 한다.

사실 이런 연습곡이 보여주는 수많은 음표는 금방 사람을 질리게 만들기 때문에 한 번 열어보기만 해도 바로 책을 덮어버리고 싶어진다. 그러나 하기 싫어도 차근차근 이러한 연습곡을 꾸준히 연습한 후 곡을 대하게 되면 확실히 내 스스로 차이가 느껴진다. 곡 연습을 아무리 해도 해결이 안 되던 부분이 있는데 이런 손가락 연습곡을 꾸준히 하다보면 어느 순간 가능해지는 부분, 그때는 험하고 어려운 순간을 겪은 이후 예쁜 꽃을 피우는 꽃의 개화에 비유할 수 있을까.

음악교사이던 플레디 씨가 피아노 테크닉을 위해 쓴 이 연습곡의 서문을 차분히 읽어보면 학생들의 연습방법에 개탄

하는 모습 그리고 곡만 많이 연습하기보다 시간이 많이 소요되긴 하지만 테크닉 연습을 많이 하는 것이 중요하다고 하며 결국은 그것이 곡을 제대로 연주할 수 있는 지름길이라고 말한다.

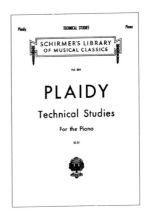

책의 1부는 'Exercise without moving the Hand'라는 제목인데 손을 움직이지 않는 연습으로, 손의 이동이 없이 다섯 손가락의 움직임으로 음을 치는 것이다. 계명으로 비유하자면 도레미파솔 만으로 하는 양손 연습이다. C major의 흰건반 도레미파솔은 수월하나 12개의 조성으로 손가락을 움직여 쳐보면 단순한 연습이 아님을 알게 될 것이다.

1번부터 80번까지의 구성으로 11번까지 나오는 음표 두 개의 반복 즉 두 개 손가락의 연습은 기본박을 매우 느리게 연습하면서 첫 페이지 아래쪽의 리듬분할 연습을 같이 하며 리듬을 익히면 좋다. 리듬분할은 16분 음표가 나오는 d까지로 연습하면 이것이 바로 트릴 연습이다.

12번부터 35번까지는 세 손가락부터 다섯 손가락 연습이다. 손가락 근육이 어떻게 쓰이는지 잘 보며 잘 느끼고 반드시 나의 소리를 들으며 소리가 고르게 나고 있는지 체크하면서 양이 아니라 질적인 연습을 하는 것이 중요하다.(그러나 양적 연습도 중요하다. 양적 연습이 터무니없이 부족한 가운데 질적 연습을 언급할 수는 없을 것이다.)

각 손가락은 크기도 길이도 모양도 힘도 각각 다르며 사람마다 다르다. 또한 손가락을 독립적으로 움직이게 한다는 것은 신체구조상 불가능하다. 그래서 생각 없이 건반을 치며 연습하면 반드시 튀는 소리 크고 작은 소리가 나게 마련이다. 그러므로 고르고 지속적인 소리, 아름다운 노래를 부르듯이 소리가 나려면 잘 듣는 것이 중요하다. 듣는 소리에 연주하는 음이 고르게 잘 이어지며 날 수 있도록 손가락의 힘을 조절하고 한 음에서 다음 음으로 연결될 때 서로 무관한 음처럼 치지 않도록, 아무 생각 없이 때려 치는 느낌으로 치지 않도록 연습 시에 많이 신경 쓰며 연습한다.

36번부터 41번까지 악보대로 조금 빠르게 연주해보면 좋고, 42번부터 58번까지는 조성이 각각 바뀌며 리듬과 음도 조금씩 변형된다. 이 한 마디 한 마디 들을 연습할 때에 그냥 연습곡이려니 하며 음표대로 치기에 급급하지 않도록 한다. 한 마디 혹은 두 마디로 이루어진 노래라고 생각하며 성악가처럼 따라 불러보고, 성악가처럼 숨을 끊지 않고 이어지며 노래 부른다. 그리고 이와 같이 멜로디를 연주해본다.

연습을 하다보면 각 조성마다 받게 되는 느낌이 다르다는 것을 알게 된다. 또 길지 않은 멜로디나 어느 유명한 곡에서 들어봤던 것 같은 멜로디도 느껴진다. 연습용의 멜로디라고 하지만 어떤 곡들의 중요한 또는 지나가는 구성 중의 일부가 될 수도 있을 연습이라는 생각이다. 연습 중에 이런 다양한 생각들과 느낌들을 정리하며 차분히 해 나아가면 좋겠다.

이 연습곡을 퇴근 후 사일런트 피아노로 연습하다가 꾸벅꾸벅 졸기도 했다고 클라라 선생님께 말씀드리니 웃으신다. 그러시며 레슨 때 바로 이 연습곡들의 아름다움을 말씀하신다. 졸 수가 없는 멜로디라고 하신다.

'지도편달'의 한자어를 찾아보라고 하셔서 찾아보니 달리는 말에 채찍을 가하여 목표에 도달하게 한다는 뜻의 '편달'일 줄이야!

늘 경각심을 주시며 공부를 게을리 하지 않게 만드시는 호랑이 선생님, 클라라 선생님의 매력과 불호령에 포옥 빠져서, 피아노 연습 때 맨 처음 펼치는 책이 된 플레디 연습곡.

빼곡한 음표에 겁먹지 않고, 순서 붙인 번호마다 단순한 손가락 연습곡이 아닌 아름다운 음악의 일부로 생각하며 차근차근 연습해야겠다. 그렇게 하다보면 언젠가 나도 모르는 사이 아름다운 꽃을 피울 날도 만나게 되지 않을까 기다려 본다.

정성을 다하는 마음으로

내 생활 곳곳에서 떠올리게 되는 가르침

금요일 퇴근 이후 클라라 선생님께 레슨을 받고 집에 가면 자정이 훌쩍 넘어있다. 그리고 토요일에 문화센터에서 성인분들 레슨을 하는데 이렇게 3개월을 보내고 나니 너무 힘이 들어 레슨 시간을 다른 요일로 변경하게 되고 그 첫날이 오늘이다.

불호령 같은 레슨, 눈물 뚝뚝 흘리게 하는 레슨, "상처 받으라고 하는 말이야, 상처받고 내게 대한 복수심에 더 잘 하라고, 그때가 되면, 네가 진정 음악을 들려주는 날이 와서 '그땐 내가 미안했다.' 소리를 하게 만들어 달라구."

마흔이 훌쩍 넘긴 나이, 다 클 대로 컸다고 제 깜냥에 겨워 사는 나를 울게 만드시는 선생님의 능력에 감탄하기도 하지만 그럼에도 여전히 변화가 쉽지 않은 내 모습도 답답하다.

선생님이 주시는 레슨은 참으로 간단하다.

"깨어있으라."

회사 업무를 마치고 무언가 알 수 없는 이유로 영혼이 빠져나간 느낌에 유령처럼 멍하니 피아노를 치고 있으면, 당연히 혼난다.

"노래하라."

모든 곡은 멜로디, 노래하듯 연주할 수 있으면 되는 것이다. 손가락의 사용에 있어 목소리를 사용하듯 음의 연결을 자연스럽게 할 수 있어야 한다. 그러기 위해서는 미묘한 차이도 감지할 수 있도록 잘 들을 줄 알아야 한다. 이 시점에서 듣게 되는 또 하나는 "좀 들어라." 주의 깊게, 건성으로 들으면 안 된다.

그리고 마지막으로, "음 하나하나에 마음을 담아 연주할 때 나오는 소리는 그냥 연주할 때와는 커다란 차이가 난다."는 말씀⋯⋯.

아이의 목욕을 돕고 잠자리를 보아준다. 머리를 말리지도 않고 혼자 건성으로 바르는 얼굴크림. 드라이기로 구석구석 말려주고 크림도 챙겨 얼굴과 손에 꼼꼼히 발라준다. 엊그제 퇴근 후 자는 모습을 바라보고 손을 잡아주고 나오는데 거칠었던 손을 생각하며.

당연하고 별거 없는 일상, 갑자기 선생님의 말씀이 떠오른다. "한 음 한 음에 정성을 다하여" 크림을 바르고 머리를 말리는 늘 해주던 일, 오늘따라 그 일이 너무나 아쉽고 마음 아프게 다가오니 늘 이런 저런 일로 바쁘다며 함께하지 못했던 아쉬운 시간들이 떠올라서였나보다.

피아노 위에서 한 음 한 음 정성들여 소리 내라 하시던 선생님, 아이를 만지는 손길과 아이를 바라보는 눈빛에 오늘 더욱 사랑을, 정성을 다해본다.

2

피아노를 가르치며

–

꽃재교회 문화센터에서 학생들을 만나며

피아노 수강을 포기할 수밖에 없는 30대 엄마들

자아분열적 30대 여성의 삶과 꿈

피아노 공부를 하며 문화센터의 피아노 강사로 성인들을 가르친 지 반년이 되었다. 음악을 배우고 싶어 하셨던 남성 분들은 상당히 열심히 지속적으로 빠짐없이 다니신다. 그래서 나 또한 더욱 준비하게 된다. 그에 비하여 여성분들은 많이 힘들다. 지속적으로 다니는 분이 많지 않다. 학기로 3개월 등록을 하여도 1개월을 온전히 다니지 못하고 그친다. 나 또한 늘 기로에 있는 음악공부. 하여 내 마음 또한 다잡는 글을 한편 써보고자 한다.

일찌기 김진애 씨가 '자아분열적 30대 여자들의 건승을 위하여'라는 글을 쓴 적이 있다. 이 글은 『인생은 의외로 멋지다』라는 책에 실렸고 검색하면 인터넷블로그에서도 찾아 읽기 쉽다. 나에게는 다른 무엇보다 이 '자아분열적'이라는 단어가 깊이 와 닿았다. 나 역시 30대를 비슷한 심정으로 지나왔기 때문이다.

30대 여성의 삶. 피아노 수강 신청을 하고 지속하지 못했던 네 분의 엄마는 모두 30대였다. 수업이 있는 토요일 오전, 30대 엄마들의 삶은 정말 바쁘다. 직장에 출근하거나,

아이 유치원행사에 참여하거나, 아이와 병원에 가야 했고, 초등학교 입학사전모임에 가야 하며 가족행사가 있었다. 한 분은 교회성가대의 일원으로 일요일엔 성가대 활동을 하며 음악이 좋아져 피아노를 배우고 싶어 하셨지만 첫 마음과 달리 음악에 할애할 시간을 내기 어려웠다. 30대 엄마의 시간은 다 타인이나 가족에게 내주어야 하는 시간인 것이다.

30대 엄마들은 아이들이 크며 의례히 배우게 되는 것들을 가르치기 위해, 아이를 학원에 보내 함께 시간을 보내게 된다. 피아노든 바이올린이든 플루트이든. 스케이트든 수영이든. 음악, 체육, 미술 어떤 것이든 아이가 학원을 다니며 배우는 것을 함께 본다. 그때 자신의 어릴 적 기억도 떠올린다. 지나고 보니 좀 더 알았더라면, 좀 더 배웠으면 했던 것들. 그때 못했던 것들을 나도 내 아이처럼 배워보고 싶어 지금 한 번 시도해볼까 어려운 걸음 떼어본다. 그러나 비로소 내가 원하던 것을 알게 된 지금 오늘의 내 시간은, 나를 의지하고 있는 가족과 월급을 주는 회사의 것이다. 그래서 '아이들이 조금만 더 크면……', '내 손이 조금 덜 가도 되면……', '직장을 그만두면……' 그때 해야지 라며 자꾸 미루고 미루게 된다.

비단 내 시간이 나만의 시간이 아닌 것은 30대 여성 뿐만은 아니었다. 50대, 60대, 오랫동안 피아노를 배우고 싶어 하셨던 여성들. 그분들의 시간 역시도 가족을 위한 시간이었다. 가족의 식사를 책임져야 했고, 손주 손녀들을 보아야 했다. 온전히 집중하기 어려웠다.

"이래서 공부도 다 때가 있다고 하나 봐요. 학생들이라면 공부만 하면 되니 빠지지 않고 다닐 텐데. 늘 이런 저런 일들이 있으니 영 시간이 나질 않아요. 배우고는 싶은데……. 연주해보고 싶은 곡도 있는데……."

일을 하며 아이를 키우며 공부를 하는 나의 경우도 지속하기 쉽지 않은 일이다. 일상을 바쁘게 지내다가 음악을 생각할 때면, 피아노는 어느 나라의 일이었을까, 전생의 기억은 아니었을까, 마지막 피아노 앞에 앉은 적은 언제였을까 라며 불과 이삼일 전의 연습에도 불구하고 어리둥절해 하는 자신을 발견할 때가 있다. 그래서 일주일에 하루 이틀은 꼭 음악을 접하게 하는 문화센터의 수업이라는 강제 덕분에 음악의 끈을 놓지 않을 수 있음이 감사할 뿐이다.

생각해보면 어릴 적 잠시 배웠던 피아노를 다시 가까이 하게 된 건 20대 후반, 직장에서 처음 맡는 일과 바뀐 환경에 적응하기 위해 나름의 해결책을 찾던 자연스러운 과정이었다. 낯선 동료들, 새로운 일…… 이해타산이 얽혀있는 직장생활…… 점심식사 후 짧은 휴식시간, 회사 강당의 그랜드 피아노를 연주하며 듣게 되는 피아노소리는 잠시나마 영혼에 휴식을 주었다. 회사 건물 아래로 보이는 명동 한복판의 피아노학원은 바라만 보고 있어도 내 편안한 안식처로 여겨졌다. 드문드문 잊은 적도 있었지만 생각해보면 가장 힘들 때는 늘 회사 근처의 피아노학원을 찾게 되었고 그러다보니 뒤

늦은 피아노 공부도 결심하게 되었다.

영화를 만드는 친구가 있어서 가끔 좋은 영화나 책을 추천받는다. 아리스토텔레스의 『시학』은 책만 사두고는 아직 엄두를 못 내고 있고, 영화의 고전이라는 〈시민 케인〉은 흑백 옛날 영화이긴 하지만 지루함을 전혀 느낄 수 없는 생생한 이야기로, 집에서 시청했어도 온전히 두 시간 집중해서 보았다. 그리고 영화의 끝에서, 한때 캔커피 브랜드네임이던 '로즈버드'는 이 케인이 죽어가면서 그토록 애타게 되뇌던 단어였다는 것을 알게 되었다.

한 세대를 풍미하던 언론왕 케인이 외롭게 홀로 죽어가면서 떠올린 것은 다름 아닌 어머니 곁을 떠나오던 열두 살의 어느 날, 신나게 눈썰매를 타던 기억이었다. 어머니를 기쁘게 하기 위해, 어른들을 기쁘게 하기 위해 새로운 공부와 경험을 위해 떠났던 오두막 옛집, 화려한 권력과 아름다운 부귀영화를 모두 누린 뒤 죽음의 문턱에 이르러 그가 간절히 찾던 기억은 어릴 적 아무 욕심 없이 순수하던 어린 날의 눈썰매였다.

그 유명한 신사가 죽어가며 찾던 로즈버드의 의미가 무엇인지, 사람들은 계속 찾아내려하지만 결국 못 찾고 신사는 잊힌다. 그의 수많은 유품이 분류되고 버려지는 마지막 장면 속, 버려지는 눈썰매에 적힌 이름 하나를 보며 시청자들은 그제야 그 화려한 외면 속에서 그가 평생 갈구하던 것이 무엇이었는지, 평생 성공을 누리며 부와 권력을 탐하던 그의 내면의 피로함을 깊이 느끼며 숙연해질 수밖에 없게 된다. 그토록 외향적이고 권력지향적이던 그가 진정으로 바랐던 것은 어머니 곁에서 사랑받으며 천진하게 놀던 어린 시절로의 회귀였던 것이다.

케인만 그런 것이 아니다. 우리들 모두에겐 마음 깊은 곳 찾고 싶은 무엇들이 있다. 케인처럼 죽기 직전에 알게 될 것인지, 그 이전에 깨달아 스스로 찾아볼 지는 내 자신에게 달려있다. 지금 내가 왜 이러는지 모르는 것들, 하등 먹고사는 데 쓸모없이 여겨지는 것들, 남들이 볼 때는 경제활동에 도움 되지 않아 보이는 여러 가지 것들은 어쩌면 내가 이 삶을 살기 위해 가장 필요한 것들일는지도 모른다.

어릴 적 대중가요에는 이제야 깨닫게 되는 심오한 가사들이 많다.

스치고 지나가는 사람들이 어느덧 내게 다가와 종잡을 수 없는 얘기 속에 나도 우리가 됐소. 바로 그때 나를 비웃고 날아가 버린 나의 솔개여. 수많은 관계와 관계 속에 잃어버린 나의 얼굴아. 애드벌룬 같은 미래를 위해 오늘도 의미 없는 하루. 준비하고 계획하는 사람 속에서 나도 움직이려나. 머리 들어 하늘을 보면 아련한 친구의 모습. 수많은 농담과 한숨 속에 멀어

져간 나의 솔개여

　-이태원, 〈솔개〉 중

　피아노도 좋고 스케이트도 좋다. 내가 원하는 일을 시간을 내어 하나만 해보자. 비록 마음이 바쁘고 혼란하여 흉내 내기에 불과할지라도 그 끈을 놓지 말자. 그 일을 하는 동안은 일상에 벌어졌던 일을 여과하여 거짓은 잊고 중요한 것을 선별해 기억해내자. 일체의 영향이나 거짓, 흘러가버리는 일상, 내 눈을 가리는 조작에서 벗어나 정말로 내가 누구인지 내가 무엇을 원하는지를 잊지 않고 기억하는 시간을 잠시라도 가진다면 그 속에서 이 삶을 살아낼 힘을 얻게 될 것이다.

여든, 피아노 시작하기에
늦지 않은 나이

한순간에 피아니스트의 면모를 보여준 어르신

올해 팔순이신 어르신은 아드님의 권유로 처음 피아노를 배우러 오셨다. 돌아가신 아버님을 그리워하며 내내 집에서 울고 계신 모습이 아드님은 늘 안타까우셨다고 한다. 마침 교회부설 문화센터가 첫 시작을 했고, 한사코 싫다는 어머님께 간곡히 부탁하여 그 무거운 발걸음을 옮겨오게 하셨다.

처음 뵌 날 어르신은 힘들어보였다. 미소 없이 휑한 눈빛과 다크써클…… 조금 걱정스러웠다. 그러나 수업에 들어가니 생각보다 악보를 잘 보시고 음계연습도 잘 하셨다. 아이처럼 신기해하며 소리가 날 때마다 연신 웃으시는 모습에 한시름 놓을 수 있었다.

손가락으로 건반을 누르면 음이 퍼져나간다.

음의 높낮이가 다르고, 그 깊이와 내 마음에 전해지는 느낌도 다르다. 어머님의 오랜 삶의 연륜으로 만들어진 마음은 그 한 음 한 음의 소리를 감탄하며 음미하였다. 아이 때 시작하고 배웠다면 몰랐을 그런 느낌. 삶의 여러 무게를 감당

해낸 후, 세상의 온갖 소리를 다 접한 이후 듣는, 청아한 음 하나하나는 분명 다른 느낌이실 듯 했다.

어르신은 많은 말씀을 하셨다. 피아노가 없지만 하나 두고 싶은데 아파트라 괜찮을지 모르겠다고. 돌아가신 아버님이 음악을 참 좋아하셨다고.

짧은 레슨 시간이 지나갔다. 행복하게 연습하고 가셔서 나도 무척 기뻤다. 다음 시간에도 가뜩 부픈 마음으로 오신 어머님. 그러나 짧은 시간 동안의 레슨에 기대만큼 충분히 부응해드리지 못하였고 우려했던 대로 그 다음 시간에 어머님께선 오지 않았다. 그 이후로 한동안 얼굴을 뵙지 못했다.

계속 뵙지 못하였지만 내 마음 속에 오래오래 첫 레슨의 기억이 있었다. 침울하던 모습과 피아노소리를 들으며 아이처럼 기뻐하던 모습. 피아노를 구했으면 하시던 얼굴이 떠올랐다. 마침 피아노를 무료 기증한다는 글을 읽고 연락드리니, 고맙지만 마음에 안 드니 그냥 두라고 하신다. 그러고는 미안하셨던지 어느 날 레슨 시간에 오셔서는 커피 한 잔 사먹으라고 오천 원을 손에 쥐어주고 가신다.

여름학기의 시작. 등록했다며 기다리고 계시는 어머님을 뵈니 참 반가웠다. 피아노 소리를 들으며 아이처럼 좋아하시던 모습도 그대로였다. 이제 와 말하는데 하시며, 그동안 손가락 관절치료로 병원에 다녔다고 하신다. 첫 레슨 때 피아노 치는 것이 즐거워서 집에서도 책상 앞에 앉아 피아노 연습하듯 손가락을 짚어보셨다고 한다. 그런데 너무 힘을 주어 짚다보니 열 손가락이 다 아파 치료를 다닐 수밖에 없었다고 하신다.

아차 싶은 마음이 들었다. 유난히 손가락 힘이 좋던 어르신. 소리 나지 않는 책상에 연습하다 손가락관절에 무리한 힘을 주셨던 것이다. 그렇게 어렵게 연습해왔는데 기다리던 레슨 시간엔 선생이 전처럼 길고 차분하게 가르쳐주지 않으니 실망감이 크셨던 것이다.

피아노를 배우는 학생의 입장에서, 또 지금처럼 가르치는 경험을 하며 깨닫게 된 점이 있다.

피아노 레슨은 일대일로 이루어지는 편이고 각 개인마다 그 수준과 처한 개인적 상황이 천차만별이다. 그렇기 때문에 피아노 실력의 향상을 돕기 위해서는 수강생이 지금 처한 개인적인 부분까지 함께 고려해 그에 맞는 적절한 조언이 필요하기도 하다.

피아노 레슨은 단지 내가 갖고 있는 피아노 치는 방법을 알려주는 게 전부가 아니기 때문이며, 가게에서 물건 살 때처럼 필요한 물건을 사고파는 일이 아니기 때문이다.

음악을 좋아하고 알고자하는 두 사람 사이에 인간적인 접촉이 일어나는 일이고 그런 마음을 서로가 나누고 교감하며 발전시켜가는 일이라고 생각한다. 음악에 헌신하고자 하는 마음이 꾸준할 수 있도록 돕고자 한다면, 지금 그것을 방해

하는 것은 어떠한 것인지도 같이 이야기 나눌 수 있어야 한다. 내가 잘 모르는 상황에 대한 이야기일지라도 적어도 들어줄 수는 있는 것이다. 그리고 다소 섭섭할지라도 서로에게 다음 레슨이 있다는 사실도 받아들여야 한다.

어머님은 다시 피아노로 돌아오셨다. 아드님이 작은 피아노를 한 대 구해주셨다고 한다. 3월부터 시작하셨지만 이제 두 번째 레슨 시간. 손가락이 아프셨다는 할머님 말씀에 다시 한번 자세를 점검해본다. 피아노를 치실 때 한 음 한 음마다 손가락은 물론 팔목과 팔꿈치를 비롯한 팔 전체와 고개까지 계속 까딱까딱하신다. 피아노를 맨 처음 배우는 어린 아이들의 모습 그대로이다. 소리는 매우 크나 고운 소리는 아니다.

할머님의 팔꿈치를 가만히 잡아드리고, 계속 끄덕거리시는 턱을 잠시 만지고 있었다. 허리는 굽어있으신 줄 알았는데 등을 조금 누르니 활짝 펴고 앉으셔서 다소 놀랐다.

흔들림 없이 한번 쳐보시길 바랐다. 소리의 세기는 확 줄었지만 대신 매우 부드러워졌다. 하루아침에 유치원생에서 피아니스트가 되셨다. 이 순간 내가 본 사람은 놀랍게도 바흐 연주의 대가 타티아나 니콜라예바였다.

이분의 골드베르크 변주곡을 얼마나 잘 들었는지…… 그렇게 이상하던 할머님의 모습은 잠깐 사이 이 위대한 피아니스트의 면모로 바뀌었다.

아이처럼 웃으며 연신 고개를 끄덕이며 건반을 치던 모습은 스스로 즐거우셨지만 아드님께는 이상하다는 말씀을 자꾸 들으셨다고, 앞으로는 나 혼자 즐거움보다 자세에 신경 많이 써야 하겠지만 손가락이 덜 아프겠다고 하신다.

할머님이 바뀐 자세로 C 메이저 스케일을 연주하는 모습은 참 감탄할만하다. 순식간에 오랜 세월 피아노와 함께한 연륜 있는 피아니스트의 모습이 되셨다.

그리고 다음 레슨, 다음 레슨이 지났다. 비가 오는 날에도 빠지지 않고 꼭 오신다. 이제는 조금 섭섭하더라도 내게 다른 수강생이 있다는 것도 이해해주신다.

오래오래 음악을 함께하고 삶을 나누는 귀한 인연이길 바래어본다.

50대 부부, 다시 시작하는 피아노

추억의 악보: 『피아노 소곡집 1』

올 초에는 아이 셋, 막내까지 대학에 보내신 후 할 일을 다 마쳤다고 한숨을 돌리시며 어릴 적 잠시 배우고 마쳤던 피아노를 다시 배우고 싶어 하는 50대 어머님이 수강 신청을 하셨다.

음악을 따로 배우지 못하신 어머님들은 연세가 있어서 음악을 잘 모른다고 생각할 수도 있지만, 세 자녀를 키우며 피아노학원을 보내며 아이들이 연주하는 곡을 들으며 귀가 무척 밝아져 있으셨다. 그리고 그런 가운데 나도 연주해보고 싶다는 꿈이 늘 마음 중에 있으셨지만, 그동안은 아이들을 대학까지 돌보느라 그 바람을 실행에 옮길 시간이 늘 부족했다가 올 초에 막내를 기숙사에 보낸 후 드디어 시작해보기로 결심하셨다.

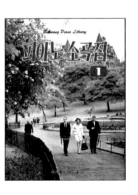

다시 시작하는 피아노. 기초가 전혀 없진 않았던 어머님께, 성인용으로 나온 딱 이 제목의 교재를

택하고 조금씩 진도를 나갔다.

성인분들이 피아노를 배우게 되면 진도가 훨씬 빠르다. 어릴 적 배운 경험에 늘 아이들의 연습곡을 듣던 어머님도 예전의 기억을 잠시 되살리며 조금씩 연습하시더니 어느 날 이 책을 가져오셨다.

어릴 적 피아노를 배웠던 사람이라면 이 책을 기억할 수밖에 없는데, 추억의 악보, 『피아노 소곡집』이다. 어머님이 가져오신 책은 새 책이 아니었다. 세 아이가 배웠던, 레슨 흔적이 역력한 오래된 책. 역사가 깃든 악보집을 가져오셔서 베토벤의 〈월광〉을 연주해 들려주시는 어머님.
이 곡을 너무나 아낀다고. 아이들이 이 곡을 칠 때 정말 행복했다고. 그래서 나도 연주해보고 싶어서 한 마디씩, 한 줄씩 더듬더듬 연습해보았다고. 〈월광〉은 어머님의 감성이 더해져 더욱 듣기에 아름다웠다.

어머님께서 배우기 시작한 지 얼마 지나지 않아 아버님도 함께 배우기 시작하셨다. 아버님은 어머님보다 어릴 적에 조금 더 피아노를 배우셨다고 하는데, 과연 소리가 참 맑고 곱고 자연스러웠다.

두 분이 함께 배우기 시작한 것을 기념하며 모차르트의 〈아

어머니께 말씀 드리리오〉 변
주곡, 일명 〈작은 별 변주곡〉
의 테마 부분을 함께 연주할
수 있게 악보를 보여드렸다.

아버님은 오른손, 어머님
은 왼손 부분의 연주를 하
시게 되었는데, 서로의 소리
를 들어가며 맞추며 연주하시는 모습이 내가 보기엔 마르타
아르헤리치와 다니엘 바렌보임이 함께 연주하던 듀엣 피아노
와 매칭 되어 보였다.

아버님은 기초 피아노를 익히신 후 『피아노 소곡집』의 곡
을 1번부터 차례로 연습하고 계신다. 샵 두 개의 〈스와니강〉
을 어려워하시더니 용케 넘기고 이제 플랫 하나의 고별의 악
보를 보고 계신다.

첫 학기를 마치고 방학이라 집에 온 막내까지 다섯 가족.
부모님이 피아노 연습을 하니 자연스럽게 아이들도 피아노
앞에 앉게 되고 집에서 들리는 음악소리에 행복하다고 하시
며, 연말엔 어머님이 좋아하시는 〈월광〉으로, 아버님은 이번
에 익히신 〈스와니강〉으로 아이들과 작은 음악회를 여실지
도 모르겠다.

하루도 빠짐없이 늦지 않게 레슨 받으러 오시는 모습에, 선생이자 공부하는 학생으로 그 한결같음을 많이 배우게 된다.

학창시절 교과목엔 음악과 체육과 미술이 항상 있었다. 일상에 지칠 때면 늘 음악으로 돌아오는 음악인이 있다. 점점 나이가 들어갈수록 내가 살기 위해서 꼭 필요한 것이 음악이라고 여겨지고 돌아오는 경향을 스스로 느끼게 되는, 그런 분들은 음악이 그 성향에 맞는 것이다.

아이들을 웬만큼 키워내고 이제야 나만의 시간 속에 하고 싶었던 것을 시작하신 두 부부의 곁에는 음악이 늘 함께하였고 늘 필요하였던 것 같다. 일상의 잔잔한 기쁨과 슬픔. 음악을 통해 함께 겪고 나누실 수 있다면 부부의 삶에서 그보다 더 좋은 일도 없을 듯싶다.

피아노를 가르치다
오래 전 꿈을 떠올리다

자식을 키우는 일의 어려움

피아노를 가르치다 똑똑한 학생과 어머님을 보며 우연히 어릴 적 꿈을 떠올렸다. 지금은 내게 꿈이란 게 있었을까 싶은 생각이 들기는 하지만, 초등학교 때부터의 나의 꿈은 수의사였던 것 같다. 어머니는 늘 싫어하셨고 내 사주에 나왔다는 대로, 법이나 공무원 쪽으로 진로를 정하기 바라셨다.

입시 때, 문과였지만 해당학과에 갈 길이 유일하게 열어진 절호의 기회, 성적도 안정권이었지만, '평생 개, 돼지나 만지고 살 거냐'는 비명 같은 호통에 어린 나는 어머니께서 원하시는 영문학과에 들어갔다. 다니는 중에도 편입을 기웃거려 동대문에 있던 김영편입사에서 생물학 공부를 하며 호랑이 그림이 그려진 두꺼운 동물학 책을 들춰보기도 하고, 졸업 후 여군 수의사가 될까 하고 학교 게시판의 모집광고를 보며 계획을 세우기도 했던 것 같다.

직장에 다니면서도 서른이 넘으면 그만두고 편입을 하겠다며 주위에 공공연히 말해왔던 것 같다. 그러나 전반적으로 나는 그다지 목표지향적인 성격이 아니어서 살다보니 이렇게 그냥저냥 흘러와버렸다. 그래서 요즘 읽은 이야기 중에 '생각하는 대로 살지 않으면 사는 대로 생각하게 된다'는 말이 참 내 상황에 적절하구나 싶고, '뭐, 대부분의 사람이 그렇지 않겠어?'라며 스스로 위로도 한다.

지난 설날, 어머니와 함께 뉴스를 보다 '올해 설빔은 아이들 한복보다 애완동물용 설빔이 더 많이 팔렸습니다'라는 앵커의 멘트를 들으시던 어머니는 뻘쭘해 하시며 내게 미안한 낯빛을 지으신다. 그리고 호랑이처럼 호령하시던 예전에 비해 많이 수그러드신 말투로 '내가 무지해서 미안하다'라며 전에는 상상도 못했던 말씀도 하신다.

아들과 다니는 교회에 아이의 교회선생님과 함께 당일치기 수련회에 갈 기회가 있었다. 50대이신 권사님 가족 자녀와 손자, 손녀 모두 한 교회에 다닌다. 손자, 손녀 이야기를 나누다 문득 따님 말씀을 하신다. "우리 딸이 대학입시 때 가천대의대에 합격했었는데, 내가 지방이라고 안 보내고 서울에 있는 식품영양학과에 보냈어. 지금 생각하면 그것이 그리 미안할 수가 없어."라고 회한의 말씀을 하시는데, 문득 나와 어머니가 떠오르며 우리만이 아니었네 싶었다. 어머니의 마음도 따님의 마음도 이해할 수 있었다.

대학 때 기웃거리던 수의학과에 대한 이야기 중에 안타까운 일들이 있다. 의대나 수의대 수업에는 필수로 살아있는 생물 실험이 있다. 아픈 사람이나 아픈 동물을 살려 생명을 주고 싶은 마음으로 진학했으나, 막상 공부하는 과정에서는 그 생명을 실험용으로 이용해야 한다. 동물을 키우고 새끼를 낳아 키우고 다시 실험용으로 쓴다고 들었다. 그리고 매달 실험용으로 희생된 동물을 위해 제를 지낸다고 했다.

이 이야기를 듣고 경악했다. 동물을 살리는 법을 배우려면, 무수히 많은 동물의 희생을 보고 견뎌야 했다. 그 지난하고 괴로운 과정을 거친 이후에야 내가 원하던 꿈을 이루게 된다. 피상적이던 오랜 꿈과 현실의 고된 과정, 그 상황의 괴리를 과연 내가 잘 감당할 수 있었을지 모르겠다.

사실, 한 번의 기회를 놓친 후에도 어렵지만 계속 꾸던 꿈을 확고히 밀고나가지 못했던 이유도 꿈을 꾸던 과정에서 알게 된 현실적 상황에 스스로 방황했기 때문인지 모른다.

요즘 내 마음 속 인생의 지침이 되는 말은 최근 '예술의 전당 간다'라 미술전에서 읽게 된 『잡아함경』의 한 구절이다. '이것이 있으면 저것이 있다.'

'행복과 불행은 함께 온다', '인생은 새옹지마' 이런 말들은 엄밀히 따지면 의미는 조금씩 다르지만, 하나의 현상에 '이것'만 오지 않는다는 것, 반드시 '저것'도 함께 한다는 것을 의미한다. 『잡아함경』의 다음 줄을 보면, '이것이 없으면 저것이 없다'이다.

정말 그렇다. 내가 꿈을 이루어 수의학과에 진학했다면, 아픈 동물을 치료하는 과정을 배우기 위해 살아있는 동물을 죽이는 실험을 거쳐야 했을 것이다. 내가 그 과정을 감당할 수 있었을지 지금의 나는 모른다. 끝까지 '이것'을 얻으려했다면 '저것'은 피할 수 없었을 것이다. 피할 수 없는 저것은, 이

것에 대한 마음이 지극하여 그 지극함으로 극복해야 했을 것이다.

못 가본 길은 늘 가슴 아프지만, 그 길을 가지 않음으로 겪지 않아도 된 일에 대해서는 안도의 숨을 쉰다.

그러니 우리 어머니도, 50대의 권사님도, 너무 미안해 하지 않으시면 좋겠다. 사실, 자식에게 미안하지 않은 부모는 없다는 말도 있다. 영문학과를 간 나도, 식품영양학과를 간 그녀도 세월을 살아오고 자식을 키워왔다. 그러니 어머니의 마음도 이제 이해할 수 있다.

피아노를 가르치는 어린 학생들을 대하다 보면, 유난히 똑똑한 학생이 있다. 기대 이상으로 잘해줘서 가르치는 즐거움을 느끼게 하는 학생, 아마도 그 학생은 어디에서나 늘 칭찬을 들을 것이다. 수업을 마치고 칭찬과 기대로 어머니께 말씀을 드리는데, 자녀의 칭찬을 들으시고도 썩 기뻐하지 않는 느낌이다. 그저 '겸손하신가보다'라고 생각했다. 늘 들어서 무덤덤하신가보다 생각했다. 왠지 어릴 적 우리 어머니가 생각났다. 늘 남들의 칭찬에 덤덤하게 때로는 내가 서운하게 느끼는 말씀도 하셔서 많이 섭섭했다. 어린 마음에 다른 친구들 어머니와 비교해보기도 했다.

수업이 수회 반복되며 학생의 어머니와 문자 대화를 나누다 '많이 기뻐해주시면 좋겠다'라는 말씀을 건넸고, 그제야 어머니의 속마음을 듣게 되었다. 여러 선생님들의 칭찬을 계속 듣다보니 똑똑하고 선망을 받는 내 아이를 어떻게 키워야 할지 고민하게 되고 엄마로서 앞으로의 길을 어떻게 이끌어 주어야 할지 큰 부담을 갖게 되셨다고 한다.

나도 내 아이가 어릴 때 『아이는 100% 엄마가 만든다』라는 제목의 유명한 박사님이 쓰신 책을 읽고 고민하던 적이 있었는데, 과연 유난히 똑똑한 자녀를 키우는 어머니는 많이 고민이 되실 듯도 했다. 그제야 자녀의 칭찬을 듣고도 썩 기뻐하는 표정이 아니던 어머니를, 나 어릴 적 우리 어머니를 이해할 수 있었다. 앞으로는 칭찬도 조금은 자제해야 할까.

지금처럼 잘 키워주셨으니 앞으로도 잘 이끌어주시리라 믿는다. 나는 겨우 주 1회 잠시 피아노를 가르치며 학생을 만나지만, 앞으로 오래 보며 자라는 모습을 지켜볼 수 있다면 참 좋겠다. 어머니께서 그 과정 속에서 많은 주위 분들의 조언과 도움을 받아 잘 이끌어 가시리라고 용기를 드리고 싶다.

정말 택도 없는 일이지만, 현재 나의 꿈은 한량이다. 마흔이 넘으며 이제야 클래식의 즐거움을 알게 되었다. 혼자 시간 날 때 관심을 두고 공부하며 듣던 클래식 음악의 여러 분야에 이제야 조금 깊이 있게 발을 들이고 감상할 수 있게 된 것이다.

직장일은 고달프다. 그러나 늘 '저것'보다는 '이것'을 생각하며 본질을 잊지 않고자 한다. 그런 중에, 점점 깊이 있게 알아지는 느낌이 드는 클래식 음악의 세계가 내 앞에 있어 감

사하고, 일을 마치고 샤워 후 소파에 누워 편안한 마음으로
클래식 음악을 듣는 그 잠시의 한량의 시간을 갖는 것. 그것
이 나의 소박하고, 솔직한 꿈이다.

순간순간, 하루하루, 이 현실적이면서도 현실을 벗어난 꿈
을 이루려 산다. 이 꿈 최고의 난관은 집에 도착해 내 방 TV
리모컨을 찾아 전원 버튼을 누르는 순간이다.

매일 연습을 위한 다짐

내가 내가 되는 순간의 쌓임, 연습

3월이 시작되며 나에겐 꼬마 학생들이 생겼다.

매주 수요일, 지칠 즈음인 주중 한 가운데 날에 난 내 꼬마 아가씨들을 만난다.

이제 초등학교 2학년이 된 우리 쌍둥이 아가씨들은, 수업 시간 내내 티격태격 다투면서도 고사리손으로 건반을 누르며 그 티 없이 맑은 눈동자를 나에게 고정하고 한껏 개구진 미소를 날려준다.

백 가지 쯤 되는 일에 모든 영혼이 어디론가 정신없이 흩어져 가버리는 듯한 하루를 보낸 후, 나는 너희들을 만나 내 지식을 전해주고, 대신 너희들의 맑은 눈빛과 표정을 보고, 그 사랑을 읽고, 에너지를 얻고 무한한 힘을 얻는다.

"힘들지 않으세요, 선생님. 좀 쉬셔야 하는데 말이죠……."

이제 처음 개원한 교회문화센터. 왠지 아무도 지원 안할듯한 피아노 기초 수업을 내가 맡아주길 바라셨던 간사님께서 하시는 말씀에 대답한다.

"아니에요, 간사님. 전 이런 시간 속에서 더 에너지를 얻고 힘을 얻어요. 이제 컨서버토리 학부생에 불과한데 이런 기회를 주심에 감사해요. 가르치는 게 최고의 공부인데, 세가 공부하는 것을 복습하게 되고, 다양한 수준의 피아노곡을 잘 가르치고 지식을 전달하기 위해 한 번이라도 더 책을 보며 공부하게 되거든요. 또 제가 매주 받는 레슨 시간에도 역지사지로 생각하게 되며 좀 더 준비하게 되지요. 피아노 기초를 배우는 어른들께는 제가 조금이나마 도움이 될 수 있어서 너무 다행스럽고, 아이들에게도 그렇고요. 아이들이 보내주는 미소가 제게 또 얼마나 힘이 되는지 모르겠어요."

매주 쌍둥이 아가씨들을 보던 5월, 나는 아이들과 하나의 약속을 했다. 아이들은 매일 20분, 나는 매일 120분 연습하기.

〈나의 다짐(아이들용)〉
매일 20분 피아노 연습을 하겠습니다.
마음이 힘들고 어려울 때 음악을 가까이 하겠습니다.
고등학교 졸업할 때까지 매일 연습하겠습니다.

보통, 요즘 아이들도 그렇고 내 어릴 적 경험에 비추어보면 초등학교 졸업 이후 중학생이 되는 순간부터 예체능에 들어가는 시간과 비용을 교과목으로 돌리는 경우가 많은 편이다. 그러나 경험상 여러 교과학습과 경쟁으로 힘든 아이들에게 하나 이상의 예체능을 꾸준히 지속하도록 해주면 아이들 스스로 그 속에서 스트레스도 해소하고 자신감도 키우게 되

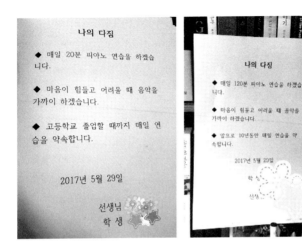

나의 다짐

◆ 매일 20분 피아노 연습을 하겠습니다.

◆ 마음이 힘들고 어려울 때 음악을 가까이 하겠습니다.

◆ 고등학교 졸업할 때까지 매일 연습을 약속합니다.

2017년 5월 29일

선생님
학 생

나의 다짐

◆ 매일 120분 피아노 연습을 하겠습니다.

◆ 마음이 힘들고 어려울 때 음악을 가까이 하겠습니다.

◆ 앞으로 10년동안 매일 연습을 약속합니다.

2017년 5월 29일

학 생
선 생

는 효과가 있다. 또한 건전한 취미생활로 자리 잡으며 평생의 벗처럼 함께 하게 된다. 아이들에게 살아가며 어려운 일이 생길 때 음악을 가까이 하고 또 학창시절을 잘 보낼 힘을 음악 속에서 얻을 수 있기를 바라는 마음으로 문구를 정하고 함께 약속했다.

나로 말하자면, 스스로 쑥스럽지만 아직까지 제대로 지킨 날이 열 손가락에 꼽으니 첫 마음으로는 아침에 일어나 60분, 저녁에 집에 와 60분, 하여 하루 120분의 연습은 전공을 하는 입장에서 꼭 필요하리라 생각하고 다짐하였으나, 지금의 나에게 하루 2시간의 연습시간을 확보하는 것은 다소 무리이기도 했던 것 같다.

방학을 유익하게 보내지 못함에 개강을 앞두고 휴학을 생각하기도 하는 요즈음, 매일 매일을 이 약속대로만 지켰다면 걱정하지 않아도 되었을 텐데 지나간 날에 아쉬움만 가득이다.

아이들에게는 종종 체크하기도 하는 이 다짐들.

지난 수업 시간, 아이들에게 고백했다.

"선생님이 너희들과 한 약속을 못 지키고 연습 안하고 있는데 어떻게 하면 좋을까. 사인까지 한 약속을 안 지키고 있는데 선생님 혼나야겠지?"

내 말에 눈을 동그랗게 뜨고 잠시 내 눈을 또렷이 맞추던 한 아이는 "아니요 안 혼낼 거예요. 선생님이 약속하고 선생님이 안 지킨 거니까요."

아, 이런 자세! 영리한 꼬마 아가씨의 말에 심장이 쿵 내려앉는 작은 떨림을 느꼈다.

맞는 말이다. 누가 시켜서도 아니고 누가 강요하고 혼내서 하는 연습이 아니다. 집중하는 동안 스스로 알게 되는 것이 음악이다. 인내심을 가지고 연습하는 동안 무의식적으로 내면에 쌓이게 되는, 내가 내가 되는 순간들을 만나게 해주는 시간인 것이다. 액자에 걸어둔 다짐들을 다시 한번 읽어본다.

〈나의 다짐〉

매일 120분 솔직한 마음으로 피아노 연습을 하겠습니다.

마음이 힘들고 어려울 때 음악을 가까이 하겠습니다.

마음이 기쁠 때에도 음악과 함께 하겠습니다.

졸업할 때까지 매일 연습을 약속합니다.

다시 어제와 같은 오늘을 산다. 비슷하지만 또 다른 변주곡처럼 오늘 하루도 그렇게 새로울 것이다. 비슷한 하루하루의 날들에 변화를 주는 시간이 연습시간이다. 하루를 보내는 데 있어 연습시간을 가장 중요한 시간으로 만들어 보아야겠다. 일기 쓰듯 매일 연습일지를 작성해보아도 좋겠다.

지난 백일이 아쉽다. 앞으로 꼭 백일만 다시 해보자고 새롭게 다짐하는 오늘이다. 열심히 한 후에 우리 아가씨들, 너희들에게 다시 한번 물어보련다.

"매일 20분 연습, 잘 하고 있는 거지?"

유아 피아노 교재: 음악의 기초부터 즐겁게

책 『무지개 상자 음악 이론(리듬/선율/화성)』 소개

문화센터에서 처음 기초 피아노 수업을 시작하며 서점에 들러 교재를 살펴본 적이 있다. 음악 코너에는 워낙 다양한 교재가 나와 있었고 선뜻 그 중에 하나의 교재를 고르기는 쉽지 않았다. 그렇다고 어릴 때 배웠던 익숙한 바이엘 교재를 택하기도 싫었다.

다시 피아노를 시작하는 성인 분들에게는 세광출판사 『바이엘 상권』의 표지가 얼마나 익숙하며 오래전 옛 정취를 느끼게 해줄지 알았지만, 그래도 그때에서 수십 년이 지났으니 새로운 교재였으면 했다.

지인들의 조언을 구하고 책도 살펴보며 어른들 교재로는 『다시 시작하는 피아노』를 선정했다. 생각지 않게 아이들 교육요청이 들어와서, 아이들 교재도 살펴보기 시작했다.

아이들 교육을 고민하다가 아이들은 ABRSM 방식으로 가르쳐보기로 했다. 우리나라에서는 일부 유학준비생이나 강남 등 교육열이 높은 지역에서 알려진 영국왕립음악원 주관 음악 교육 방식인데, 외국에서는 여러 나라에서 인정해주는 자격시험이다. 올해 초 5급 이론 시험을 준비하며 공부해보

무지개상자 음악이론-화성 & 표현기
호(초급)

정상경,이주연 | 예솔기획 | 2016년 09월 08일

무지개상자 음악이론-선율(초급)

정상경,이주연 | 예솔기획 | 2016년 09월 08일

니 음악을 공부하는 방식이 체계적으로 잡혀있어 기초를 잡기 좋았다. 아이들에게도 처음부터 차근차근 가르쳐보고 싶어졌다. 기본적으로는 ABRSM의 교재를 위주로 하되 이제 초등학교에 입학하거나 1년 지난 아이들이기 때문에 놀이처럼 좀 더 재미있게 가르쳐야 할 필요도 느꼈다.

종로 영풍문고의 피아노악보 코너를 살피다 발견한 책 세 권이 마음에 쏙 들었다. 서양음악은 리듬 멜로디 화성으로 이루어지는데 그 구성으로 세 권으로 나누어서 게임과 여러 곡들의 악보를 함께 실으며 음악의 기초에 친근해지게 만들어둔 구성의 책이었다. 『무지개상자 음악 이론』이라는 책으로, 유치원생부터 시작해도 좋을, 그림 그리기를 좋아하고 색상을 좋아하는 아이들이 친근하게 색칠하며 놀이하며 자연스럽게 음악 이론을 배울 수 있도록 하는 전개였다. 서문에 저작의도를 보았다.

'작곡가들은 글 대신에 여러 가지 기호로 자신의 음악 이야기를 악보에 담습니다. 책을 읽기 위해서는 글을 알아야 하듯 악보에 담긴 음악 이야기를 잘 이해하려면 기호 하나하나에 담긴 뜻들을 잘 공부해야 합니다. 이 기호들을 잘 이해하고 있으면, 신기하게도 훨씬 더 멋진 음악을 연주할 수 있습니다.

하지만 음악은 지식만으로 익힐 수 없습니다. 또 공부과정이 딱딱하다면 아이들의 흥미를 끌 수 없게 됩니다. 『무지개 상자 음악 이론』은 음악을 처음 접하는 친구들에게 다양한 게임, 생활 속의 경험과 소리들을 접목한 이론 활동으로 자연스럽게 음악 이론을 익히도록 만들어졌습니다. 단순히 음악 공부가 아닌 음악 체험을 할 수 있도록 구성되었습니다. 다양한 공감각 활동, 다양한 장르의 곡에 대한 분석과 연주, 음악 이론을 활용한 창작활동 등 예술적 감각과 창의성을 함께 성장시킬 수 있도록 하였습니다.'

구성도 내용이 훌륭하다. 평상시 여러 배경음악에 쓰여 귀에는 익숙하지만 어떤 곡인지 모르는 유명한 클래식 곡들이 아이들 수준에 맞는 편곡으로 수록되어 있어, 교사가 들려줄 수 있게 구성되어 있다.

2016년 9월에 나온 1년 정도 된 책인데, 리듬 책 한 권은 구하기가 어려웠다. 아마 많이 알려지지 않아 좋은 책인 줄 모르고, 인쇄도 더 이상 하지 않는지도 모르겠다.

만약 책을 더 구할 수 있다면 『무지개상자 음악 이론』은 음악 이론 기초를 즐겁게 가이드해줄 수 있는 책으로, 유치원생부터 초등학교 저학년생까지 교재로 채택하기 훌륭한 책이라고 생각된다. 무엇보다 아이들은 대부분 내 생각보다 그림 그리기를 좋아하는 것을 알았다. 색색의 색연필이나 보드마커를 사용하는 것을 좋아한다. 이 책에서 그림 그리기, 게임 등과 접목하여 음악을 가르치는 방법은 지루함을 참지 못하는 아이들에게 집중력을 강요하지 않으며 자연스럽게 음악 이론을 가르칠 수 있는 좋은 방법이라는 생각이다.

다시 시작하는 피아노 교재

중국 피아니스트 「랑랑의 피아노 마스터」

세상의 발전, 문명의 발전이 하루가 다르게 새롭다. 중국 피아노의 발전도 그러하다.

삼익악기의 경우 우리나라에선 1년 1천 대도 팔기 힘든 어쿠스틱 피아노가 중국 현지에서는 연간 5만 대가 판매되고 있다고 한다. 중고 피아노 거래상 말씀에 쓸 만한 연습용 업라이트 피아노는 중국으로 보내지고, 국내용으로는 아담하고 예쁜 콘솔용 피아노만 남긴다고 하신다. 중국 정부는 학생들에게 1인 1악기 정책을 권하고 있으며, 영국왕립음악원 커리큘럼인 ABRSM 과정을 들여와 음악교육을 하는 학교도 있다.

피아니스트 랑랑을 처음 본 것은 동대문 메가박스에서 있었던 2013년 베를린 필하모닉 송년음악회 실황 공연에서였다. 당시 영화관에서 오케스트라 공연을 한다는 소식을 듣고 호기심에 처음 가 본 자리였다. 3만 원이긴 하지만 실제 연주회 반의 반값이라며 가보았다. 그때 얼굴이 뽀얗고 눈이 동그란 피아니스트, 이름도 낭랑한 '랑랑'이라는 피아니스트를 처음 보게 되었다.

최근 예술의 전당 대한음악사에 갔다가 그의 얼굴이 표지에 나온 책을 보았다. 두 종류가 있었는데『랑랑의 피아노 연주법』과『피아노 마스터』각 5권씩이었다.『랑랑의 피아노 연주법』은 기초부터 시작하는 아동용으로,『피아노 마스터』는 초중급 이상의 연습용으로 적합한 듯 했다.

피아노를 가르치다보니 교재가 상당히 중요하다는 것을 느끼게 된다. 특히 나처럼 기초가 충분하지 않은 상태에서 다시 피아노를 시작하거나 독학하는 경우에는 더더욱 그렇다. 피아노에 대한 생각과 테크닉을 담은 책들은 간혹 읽어보았다. 시모어 번스타인의『자기발견을 위한 피아노 연습』이라든지, 러셀 셔먼의『피아노 이야기』, 장 파시나의『젊은 피아니스트에게 보내는 편지』같은 책들은 추천하고 싶은 책들이다. 그 이외에도 피아노 연주와 연습, 교육과 테크닉에 대하여 한 권짜리 저서 형태의 책들은 많이 나와 있다.

그러나 이 책은 그런 종류의 책과 달랐다. 현직 피아니스트가 직접 피아노 교육용 교재를 만들어, 자신의 구체적인 연습법 메시지를 담고 있다.

음악을 하는 분들이 종종 미술작품에서도 영감을 얻는다고 하는데 랑랑 역시 그러한 것 같았다. 곡을 연주할 때 영감을 주는 작품들을 소개하고 있었다.

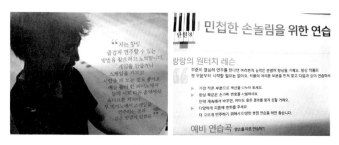

『랑랑의 피아노 마스터』 '레벨 4'에 실린 그림

　연습곡으로 선곡된 곡들은 랑랑이 주로 연습하고 연주하던 곡 중, 현재 단원의 테크닉적인 주제에 맞는 곡을 선별하여 정리하였다. 각 나라의 민요, 고전, 낭만, 현대 작곡가의 곡 등 전 세계의 곡을 연습 주제에 알맞게 편곡하여 소개하고 있다.

　대한음악사에서는 예술의 전당 회원의 경우 5퍼센트 할인 혜택을 준다. 카드를 소지하지 않아 비타민스테이션에 있는 데스크에 가서 일일권을 받아와서 할인받고 『랑랑의 피아노 마스터』 다섯 권을 구입했다.

　각권 8개의 단원으로 구성되어 있고 레벨이 올라가며 조금씩 음표가 많아지며 곡도 충분한 연습이 필요했다. 1권에서는 큰 글씨로 강조하며,

큰소리로 '나는 피아노를 사랑해'라고 외쳐보세요!

라고 쓰여 있어 '정말 따라 해야 하나'라며 조금 민망해 하기도 했다. 그런데 이 유명한 피아니스트도 스스로 자주 그렇게 되뇌어 본다고 한다. 음악이라는 고독한 예술가의 길을 걸으며 얼마나 외롭고 많은 좌절감을 겪었을지 느껴지기도 했다. 늘 기도하며 하나님의 사랑을 믿어 의심치 않는 지인 분 말씀도 생각났다. 한 주 교회에 못 가서 말씀을 안 들으면 나태해지고 일상에 젖어버린다며 교인으로서 스스로 늘 노력한다고 하셨다.

힘들고 고독한 예술가의 마음도 느낄 수 있지만 전반적으로 이 책에서는 랑랑이라는 피아니스트가 얼마나 피아노를 좋아하고 사랑하는지 전해진다.

레슨을 받는 중인 교수님을 비롯하여 예술 전공자들을 곁에서 보다 보면, 자신의 악기에 대한 놀라운 사랑과 경이로운 감정을 가지고 있음을 느끼게 된다. 그리고 그러한 감정은 은연중에 내게도 전달되어 나 또한 같은 마음으로 피아노를 더 사랑할 수 있게 하는 것 같다. '아, 나도 저렇게 노력해야지. 더 아끼고 음악을 사랑해야지.'라는 생각을 하게 된다.

'루바토(이탈리아어 Rubato)'라는 음악용어를 설명하는 랑랑의 이야기가 있다.

"루바토는 이태리어로 도둑 맞다, 잃어버리다라는 뜻을 가지고 있어요. 특정한 구간을 연주할 때 잠시 여유를 가지라는 뜻이죠. 저의 훌륭한 멘토가 되시는 다니엘 바렌보임 선생님께서는 훔쳤기 때문에 다시 돌려줄 필요가 있다고 말씀해 주셨습니다."

그리스 신화의 프로메테우스는 신에게서 불을 훔쳐와 인간에게 전한 최초의 사람으로 전해진다. 음악가가 음악을 사랑하는 마음을 다른 사람에게 전달하는 일. 중국의 훌륭한 음악가가 만든 피아노 교재에 담겨있다.

공감각적 상상을 통해
곡을 이해해보자

음악은 마음으로 연주하는 것

'공감각적 표현'이란 말을 처음 배운 때가 초등학교 6학년 때인 것 같다. 감각은 눈, 코, 입, 귀, 피부를 통해 전해지는 시각, 후각, 미각, 청각, 촉각의 오감이다. 공감각적 표현이란 두 가지 이상의 감각을 사용하여 좀 더 구체적으로 마음에 나타나는 상을 표현하는 방법이다.

예를 들어 '푸른 종소리'는 종소리를 푸르다고 표현함으로 청각을 시각화했다. 종소리가 들리는데 내게 그 소리는 맑고 푸른빛과도 같이 그윽하고 청아한 느낌이다.

'하얀 눈발에 흩날리는 피아노 소리' 같은 경우도 지금 울리는 피아노 소리가 어떤 것일지 상상할 수 있게 한다. 아마도 많은 음표로 빠르게 진행되는 소리일 것이다. 소리를 듣는 나의 느낌에 하얀 눈송이가 내리는 겨울이 생각났다.

'울음이 타는 노을'이라는 문구를 읽을 때, 노을이 강렬하여 마치 울음을 터뜨린 듯 것처럼 보이는 수도, 또는 지금 노을을 보는 내 심정이 마치 울음을 터뜨릴 것 같다는 느낌을 말한 것으로 생각하게 된다.

사실 마음을 실체 그대로 표현하여 전달하는 일은 거의

불가능한 일일 것이다. 친구와 같은 장소에서 같은 노을을 보더라도 나에게는 '울음이 타는 노을'처럼 보일 수도 있지만 타인에겐 '붉은 비단 옷자락'처럼 보일 수도 있다. 보편적 심상이 존재하더라도 체험의 순간, 내 주관적인 감정이 반영되어진 심상은 참 개인적인 것이기에 그 개인적 감정을 좀 더 효과적으로 표현할 수 있도록 '다른 감각을 빌려와 함께 사용(공감각)' 하는 것이다.

'음악'은 소리를 듣는 '청각'을 사용하고, '글'은 글자를 보는 '시각'을 사용한다. 와인이나 커피를 마시면 '미각'이 작동된다. 그러나 여기에서 더 중요한 부분은 그런 신경계의 작동에서 끝나는 부분이 아닌, 음악을 듣고, 글을 보고, 와인을 맛볼 때 내 마음에 느껴지는 심상이다. 그 심상을 통해 내가 반응하는 다음 단계가 중요하다.

[시각] 영화 〈시네마 천국〉의 마지막 장면은 유명한 영화감독이 된 주인공이 아버지와 같았던 영사기사 알프레도가 남긴 (주인공이 자랄 당시 선정적인 장면은 모두 상영불가하여 잘라둔 필름으로) 키스 장면만 모은 영상을 보며 우는 장면이다. 시각은 그에게 알프레도 그리고 잃어버린 첫사랑과 지나온 자신의 삶을 떠오르게 하였다.

[미각] 애니메이션 〈라따뚜이〉에서 미식평론가가 먹은 음식 '라따뚜이'(우리나라 식으로 된장찌개 정도로 비유할 수 있는 프랑스

시골 일반 가정 단품식)는 어린 시절 어머니가 만들어주신 맛을 떠올리게 하여 완고하고 까다로운 평론가인 그를 어린아이의 마음으로 돌아가게 했다.

[청각] 영화 〈연인〉에서 어린 마르그리트 뒤라스가 중국을 떠나 고향으로 돌아가는 배 안에서 듣는 쇼팽의 〈왈츠 no.10〉은 자신의 감정이 사랑이었다는 것을 깨닫게 하며 다시 볼 수 없는 연인에 대한 슬픔으로 흐느끼게 한다.

'장르의 공감각적 표현'이 가장 절실하게 필요한 부분이 음악이다. 가르치고 가르침을 받을 때는 더욱 그러하다. '소리'를 전달하고 표현하기 위해서이다. 레슨 교수님은 종종 좋아하는 골프에 비유하여 가르쳐주시는데, 내가 운전을 좋아하는 걸 아신 이후로는 종종 운전에 비유하여 설명해주시기도 한다.

감각을 설명하고 전달하는 일은 쉽지 않기 때문에 유명한 피아니스트이자 교육자인 러셀 셔먼이 쓴 『피아노 이야기』를 읽으면 온갖 다양한 장르, 다양한 경험들을 빗대어 음악연주법을 설명한다. 음악에 빗대어 쓴 그 경험을 체험해본 사람이라면 어떤 느낌을 말하는지 이해할 수 있는 것이다.

곡을 이해할 때는 상상력도 필요하다. 상상력은 모든 수단을 동원해본다. 골프에도 운전에도 비유했듯이 배울 때도 그러하고 이해할 때도 그러하다.

무엇보다 상상력을 동원하여 이야기를 만들어보는 것은 어떨까. 글로 써보는 이야기는 곡을 이미지화하는 데 큰 도움을 준다.

와인의 세계를 설명하여 인기를 얻은 유명한 만화 『신의 물방울』에서는 와인의 대가가 남긴 유산의 상속자를 택하기 위해, 대가의 유언대로 와인 맞추기 대결을 벌인다. 대가의 글에서 제시하는 와인을 찾는 것이다.

첫 번째 와인을 표현한 글을 읽어보자. "나는 원생림으로 뒤덮인 깊은 숲 속을 걷고 있다. 이끼 낀 나무들에서 습기를 머금은 생명의 향기가 감도는 가운데, 자연의 혜택이 가져다준 이 풍요로움은 인간의 손이 닿지 않는 이 처녀지이기에 어울린다. 오오, 보라, 저기 어울려 노는 짙은 보랏빛을 띤 두 마리 나비를! 이 옹달샘은 너희의 성지일지 모르겠구나."

베토벤의 〈피아노 소나타 28번〉에 대해 상상하여 만들어본 이야기를 '어린 시절을 회상하는 노인의 나른한 하루'로 이야기하는 글도 있다.

예전에, 악보를 초견하는 방법을 설명하며, 마디수를 보고, 박자가 반복되는 부분을 찾고, 멜로디가 반복되는지 살펴본 후 제목과 악상을 통해 분위기를 잡는다고 했다. 그러나 이런 경향에 들어맞지 않는 곡도 많다.

Pre-ABRSM 교재인 『Piano star 1권』 앞부분의 몇 곡들

은 다 이런 성향에 들어맞는 곡들이었다. 그런데 지난 번 이재의 수업시간에 이재가 나에게 어렵다고 하는 곡이 있어서 보니 짧은 곡이었지만 박자의 반복도 없고, 멜로디의 반복도 없는 곡이었다. 멜로디도 박자도 여기저기 계속 변하며 뛰어다녔다.

⟨Granny's Footsteps⟩의 악보를 보면 1~4마디와 9~12마디의 박자는 똑같고, 5~8마디와 13~16마디는 박자도 멜로디도 똑같다. 2분음표로 할머니의 걸음을, 스타카토 4분음표로 두 아이들의 걸음을 표현하고 악상을 통해 가깝고 멀리 오는 걸음들이 느껴진다. 같은 박자와 멜로디의 반복패턴을 알면 곡이 쉽다. 앞선 곡들은 이런 반복패턴이 있었다.

다음 ⟨Grasshopper Jig⟩의 악보를 보면, 전체 16마디의 짧은 곡인 것은 같지만,박자나 멜로디가 딱 떨어지게 공통된 부분은 찾을 수 없다. 그래서 이재가 이 곡을 어려워했던 것이다. 그렇다면 다음으로 악상표기와 제목, 그림을 보자. 제목이 ⟨메뚜기의 춤⟩, 첫 부분에 lively and bouncy '생기 있고 통통 튀는 듯이'라는 지시어가 있다. 그리고 초록색 벌레 세 마리가 풀밭에서 바이올린과 첼로, 피아노를 연주하는 모습이다.

상상해보자. 메뚜기의 몸짓을. 톡톡 튀어 오르며 풀잎을 건너 건너 이동하는 메뚜기. 그런 메뚜기가 추는 춤이니 당연히 박자와 멜로디가 반복되는 것이 더 이상하게 여겨질 것 같다. 첫 두 마디 4분음표 스타카토는 이 풀잎, 저 풀잎을 날아다니는 메뚜기의 몸짓, 세 번째 마디의 2분음표에서 메뚜기는 잠시 쉬어간다. 13개의 4분음표 동안 여기저기 톡톡 뛰어다니던 메뚜기는 여덟 번째 마디의 점 2분음표에 와서야 3박자를 온전히 쉰다. 다음으로 15번을 톡톡 튀기다 잠시 쉬던 메뚜기는 마지막 저쪽으로 사라져간다.

비슷한 부분이 없는 박자와 멜로디가 어렵게 느껴질 수도 있지만, 메뚜기의 움직임을 생각하고 펼침화음과 음표의 진행방향을 염두에 두면 재미있게 연주해볼 수 있다. 이 곡은 박자와 멜로디 등 악보 자체에서 찾기 어려웠던 곡의 이해를 제목과 그림을 통해 상상력을 발휘하여 연주했다.

비단 16마디의 짧은 곡이지만, 이런 연습을 꾸준히 확장해 나아가며 곡의 이해와 표현을 배우기를 게을리 하지 않고 노력하다 보면, 또 음악의 이해를 위해 내가 체험해본 적 있는, 좋아하는 여러 장르의 활동에 음악을 연계해 해석해보며 음악을 이해하고자 노력하다 보면, 언젠가는 베토벤의 〈피아노 소나타 30번〉, 베토벤 스스로 '별이 빛나는 한밤의 무한한 깊이를 바라볼 때의 감상'이라고 토로했던, 신비스러운 느낌의 이 곡도 내 마음에 흡족하게 연주할 수 있는 날도 오게 될지 수줍게 기대해본다.

내가 마음을 다해 연주했다면, 내 연주곡을 들을 청중들의 마음에 안겨줄 무언가까지 걱정할 필요는 없을 것이다. 마음으로 한 연주는 또 다른 마음에 전해질 것이다. 작가가 글을 쓴 이후 그 글은 작가의 것이 아니듯이, 연주를 들으며 느끼는 심상 또한 청중들 스스로 찾을 것이다.

태산 앞에 서 있는 갓난아이처럼 느껴지더라도, 천리 길도 한 걸음부터이니……. 꾸준히 노력하고 연습하고 상상해보자.

눈 건강과 피아노

기도가 되는 연습

봄과 여름학기를 지나는 동안 피아노 소리가 조금씩 나아지던 60대의 고운 어머님이 계셨다. 세 자녀분들이 매주 번갈아 손자 손녀들과 함께 집에 오기 때문에 못 오시는 날도 많았지만, 손자가 피아노학원에서 보던 동요책도 가져다주며 할머니의 피아노 시작을 응원하고, 손자에게 들려줄 동요도 배워 가셨던 어머님.

9월 가을학기 시작을 앞두고, 새로운 결심을 다지며 안경을 새로 맞추러 들렀던 안과에서 황반변성진단을 받으셨다고 연락이 왔다. 독서 금지, 신문이나 악보 금지령을 받으셨다며……

망막의 문제인 백내장, 녹내장은 수술로, 노안이라든지 시력 저하는 안경이나 교정을 통해 극복이 가능하지만, 황반변성은 안구를 감싸고 있는 황반의 문제인데, 아직까지는 썩 효과적인 치료법이 없다고 한다. 글의 초점이 맞지 않거나 올록볼록하게 보이거나 일부분이 안 보이는 증상으로, 예방이나 보존만 가능하다고 한다. 요즘에는 주변에도 루테인 성분의 눈 영양제를 드시는 분이 많고 매일 1알씩 먹으면 눈이 좀 편안해진다고 들었다.

나도 15년 쯤 전에 받은 라식수술로 양안 시력 1.0을 유지하고 있지만, 40대 중반으로 가며 점차 눈 건강이 나빠지는 것도 느끼게 된다. 모임에서 단체로 산 루테인을 쟁여두었는데, 매일 약을 챙겨먹는 것도 일이려니 지난 설 때 산 약이 아직도 반이나 남아있다.

아끼고 마음을 나누던 수강생 분께 안 좋은 일이 생겨 안타까운 심정이다. 평소에는 대학 강의도 들으시며 일상을 넉넉하고 여유롭게 지내시던 분인데, 상황이 조금 나아질 때까지는 피아노 연습대용으로 틈틈이 연주회 참석 등 간접 연주 활동으로 음악을 접하는 것도 한 방법이 될 것 같다.

10년 전쯤, 업무는 많고 아이는 어리고 공부는 하고 싶고, 스트레스 해소라고는 그저 책 읽고 음악 듣는 일 밖에 몰랐던 때, 직장을 다니며 육아를 병행해야 하는 흔한 30대 엄마의 자아분열적 상황의 한 가운데에 있을 때에도 여전히 책이나 피아노는 바라만 보아도 마음이 채워지는 무언가가 있었다.

나이 지긋한 고객과 대화를 나누다 저도 모르게 하소연이 흘러나왔다. "지금은 시간이 없어서 못 읽는 책이라도 책장에 사 두고, 언젠가 읽고 싶은 책을 실컷 읽을 수 있는 시간이 올 때를 대비해요." 노신사 분은 눈을 가늘게 뜨고 쯧쯧~ 하는 마음으로 날 보시더니 "지금 읽어야 해. 그때가 되면 눈이 나빠져!" 하신다. 지금보다 10년이나 어렸던 나는 예상치 못했던 대답에 머리를 한 대 얻어맞은 듯 충격이 컸다. 그

때가 언제 올까 싶었는데, 과연 인생선배들의 말씀대로 마흔이 넘어가면서부터 조금씩 시작되는 것을 느낀다. "마흔이 넘으면 안 먹던 나물의 맛을 알게 되고 눈은 조금씩 침침해지거나 확 나빠진단다. 마흔 후반쯤 되면 갱년기가 오는데 그때 관리를 잘해야 해."

그때는 '나이가 한 살씩 들어가며 새로운 앎도 생기고 새롭게 대비해야 할 일도 생기는 것이다'라며 천진하게 각오를 다지기도 했는데, 막상 겪어가는 이 순간이 그렇게 용감하거나 유쾌한 일은 아니다. 나물과 김치의 맛을 알아지게 된 건 매우 좋은 일이긴 하지만, 육아와의 전쟁에서 겨우 벗어나는 30대를 지나고 나니 , 노화라는 시간의 흐름 앞에 마음이 약해지는 순간이 오는 것이다. 이대로 노화가 계속되어 악보를 보는 눈이 멀고, 음악을 듣는 귀가 먹는다면 어떻게 될까?

'음악의 성인'이자, '피아노의 신약성서'라고 불리는 〈피아노 소나타〉 32곡을 작곡한 베토벤에게 닥친 불행을 함께 아파했던 제자의 글이 있다.

베토벤은 시골에서 여기저기 걸어 다니기를 아주 좋아했다. 어느 날 우리는 기분 좋게 출발하여, 바덴 근처의 아름다운 산기슭에 있는 어느 외딴 수풀에 도착했다. 한 시간 가량 걸어 다닌 뒤에 우리는 풀밭에 앉아 쉬었다. 갑자기, 골짜기 한쪽 기슭에서 목동의 피리 소리가 들렸다. 더없이 고요한 숲 속에서, 맑고 푸른 하늘에 울려 퍼지는 예상치 못했던 멜로디에 나는 매우 감동했다. 베토벤이 내 곁에 앉아 있었으므로, 나는 그 이야기를 했다. 피리 소리는 계속 맑고 밝게 울려서, 듣지 못할 까닭이 없는 상황이었다. 그는 귀를 기울였지만, 그의 표정으로 나는 그가 아무 소리도 듣지 못하고 있음을 알 수 있었다. 그를 슬프게 하거나 놀라게 하지 않으려고 나도 이제는 그 소리가 안 들리는 척 했다. 하지만 이 소리가 처음에 내게 남겼던 달콤한 매혹이 이제는 지독히 깊은 슬픔이 되었다. 거의 깨닫지도 못한 채 나는 슬픈 생각에 잠겨 내 위대한 스승 곁에서 조용히 걸었다. 그는 예전처럼 자신의 내면적 명상에 잠겨 알아들을 수 없는 프레이즈와 음표들을 흥얼거리다가 큰 소리로 노래하곤 했다. 여러 시간을 보낸 뒤 우리는 집으로 돌아왔고, 그는 참을 수 없다는 듯이 피아노 앞에 앉아 이렇게 소리쳤다. 거의 화난 것처럼 보였다. "자, 자네에게 연주해주지." 막을 길 없는 불꽃과 거대한 힘으로 그는 나중에 위대한 소나타 〈열정〉에 포함될 알레그로를 연주했다. 그날은 내 마음 속에 영원히 각인되어 있다.

　-제러미 시프먼 저, 『베토벤, 그 삶과 음악』, page 55~56.

　음악가로 성공을 거두던 20대 중반 나이의 베토벤에게 닥쳐온 시련, 청력상실······. 주위 사람들의 일화로 읽으니 마치 베토벤이 피와 살을 가진 나와 같은 사람으로, 내 옆에 숨

쉬고 있는 듯 생생히 다가오며 마음이 더욱 아프다. 멀리 있는 성인이 아닌, 나처럼 이 세상에 살아 숨 쉬던 사람. 귀가 안 들리는 작곡가였던 사람. 이래서 그의 음악을 듣고 그의 생애를 아는 사람들은 '그의 음악은 진실한 기쁨의 표현이자 헤아릴 수 없는 고통의 산물'이라고, 그는 '운명이라는 역경에 맞서 싸운 영웅'이라고 말하나보다.

악기를 배우는 일은 다른 무엇보다도 더 신체활동에 많이 의존한다. 눈으로 악보를 읽고, 귀로 듣고, 손과 발로 피아노를 연주한다. 손과 팔을 지탱해주는 자세는 허리를 꼿꼿이 세워야 오랜 시간의 연습에도 견딜 수 있다. 선생님들 중에는 요가나 필라테스 등을 하며 기초 체력을 기르는 분도 많으시고, 연주 시에 숨을 안 쉬기도 하는 습관을 자연스러운 호흡으로 바꾸려는 연습을 하기도 한다. 즉, 악기를 연주한다는 것은 신체의 거의 모든 부분을 활용하여 음악에 마음을 담아 세상에 내보내는 일인 것이다.

때로는 너무나 당연한 것들을 다시 한번 복기해 보아야 할 때가 있다. 내가 가지고 있는 것들을 스스로에게 상기시킴으로서, 일상이 되어 잊어버리게 된 고마운 마음을 되살리고, 지키기 위해 노력하겠노라고 다짐해보게도 된다. 그러므로 가끔씩, 아니 자주, 가능하면 매일, 오늘 내가 가지고 있는 것을 생각해 보면 어떨까.

이러한 깨달음을 얻어 그것을 매일매일 마음에 새기며 지내는 사람들 사이에 회자되는 유명한 문구가 있다.

항상 기뻐할 것, 모든 일에 감사할 것, (나와 당신을 위해) 쉬지 말고 기도할 것.
  -『신약성서』 중에서

오늘 내게 하루의 삶을 주기 위해 애써주시는 분들께 감사하며, 내가 가진 것에 기뻐하고, 기도 하는 마음을 연습에 담아본다.

오케스트라 지휘해보기

음악이라는 평생 친구를 만들어주는 일

지지난주에는 아이들에게 새로운 체험을 하게 해주고 싶어 예술의 전당에 다녀오기로 마음먹었었다. 결과적으로 아이들은 참 행복해했지만 음악분수 앞에서 신나게 얼음땡 놀이를 하던 일 때문이지 음악회 때문은 아니었다.

음악회에서 클래식 음악을 들어보자는 것은 나의 과욕이었다. 초등학교 1, 2학년으로 워낙 어렸기 때문에 음악회 측에서도 아이들의 관람은 그다지 권장하지 않는 분위기라는 것을 몰랐는데, 예를 들면 학생할인은 중학생부터 적용되었고, 티켓팅 하면서 학교와 반을 물어보며 아이들이 과연 차분히 음악을 듣고 연주와 감상에 방해가 안 되는지 확인하는 절차도 있었다.

자리를 잡고 앉으니 아이들은 시작과 동시에 무한정 잠의 나라로 빠져들어 한 친구는 1부 연주를 마치고 박수가 끝나고 잠잠해질 때까지도 일어나지 않아 흔들어 깨워야 했다. 2부 연주는 보지 않기로 서로 이야기 나눈 후 예술의 전당 곳곳을 견학했다. 늦은 시간이었지만 비타민 스테이션이나 오페라홀, 그리고 음악당 이곳저곳을 보다 보니 2부 연주가 끝나고 음악분수가 시작되었다.

　10분 정도 음악분수 바로 앞에서 신기함에 분수를 쳐다보던 아이들, 얼음 땡 놀이로 40분을 내내 뛰어다니며 지칠 대로 지친 연후에야 집으로 출발할 수 있었다.

　연주회를 간다면 초등학교 고학년이나 중학생 이상은 되는 나이가 좋고, 아이들이 간다면 그에 맞는 음악극이나 국악극 등 나이에 맞는 공연을 보러 가는 편이 모두에게 좋다는 교훈을 얻은 하루였고, 그래도 아이들에게는 예술의 전당 음악분수를 보며 친구들과 신나게 뛰어놀던 추억은 남길 수 있었으리라며 스스로 위로한 하루였다.

　그렇게 이날 아이들과 5시간 정도 함께 시간을 보낸 후 다음 수업시간에 만나니 아이들은 서로 더 친해진 느낌이고 나에 대한 의존도와 친밀감도 한층 깊어진 느낌이었다. 여전히 장난은 많이 치는 편으로 소리를 빼액~ 질러야 하는 순간도 있지만 말이다.

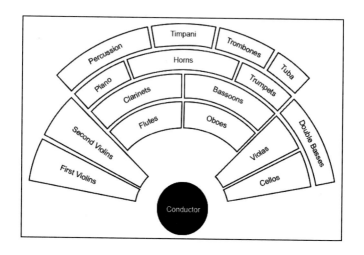

　이날은 집에 있던 두 개의 지휘봉을 들고 갔다. 가서 잠만 자고 오긴 했으나, 명색이 음악회를 다녀온 기억을 좀 더 활용할 수 있었으면 했다. 그래서 작년 한 학기 동안 들었던 지휘법 시간의 수업내용을 토대로 아이들에게 오케스트라와 지휘자에 대하여 이야기해주었다.

　먼저 아주 간단히 자리배치를 설명했다.
　오케스트라는 관현악단이라는 명칭으로 말 그대로 관악기와 현악기로 이루어진 음악단을 말한다.

　지휘자를 중심으로 왼쪽과 오른쪽에는 현악기 가운데는 관악기, 그리고 뒤편으로 타악기가 배치된다고 설명했다. 악기로는 좌측 바이올린, 우측 첼로, 가운데는 오보에나 클라리넷, 트럼펫, 호른 등의 관악기, 뒤쪽으로 심벌즈나 큰북, 작은북 등의 타악기 배치이다.

　다음으로 지휘자에 대한 설명이다. 아이들에게 지휘자의 역할을 물으니 박자를 맞춰주는 사람이라는 답이 가장 많았다. 약간의 힌트를 주긴 했지만 비교적 정확한 답을 말해주었다.

　지휘봉으로 8자를 그리며 박자 연습하기 좋은 곡이 2분의 2박자의 〈모차르트 교향곡 40번 1악장〉이다. 또는 총보(지휘자가 보는 악보. 모든 악기의 악보이다)와 음악이 같이 소개되는 영상도 있다.

　각 지휘자마다 스타일이 조금씩 다르며 음악의 해석이 달라서 빠르기나 뉘앙스가 다르다.

　유튜브를 통해 요엘 레비, 사이먼 래틀, 레너드 번스타인, 다니엘 바렌보임의 연주를 들어보았다.

　1. 요엘 레비-KBS 교향악단
　2. 사이먼 래틀-베를린 필하모닉
　3. 레너드 번스타인-보스톤 심포니
　4. 다니엘 바렌보임-바이너 필하모닉

아이들이 지휘자의 모습에 초집중한 영상은 발레리 게르기예프의 연주 때였다. 러시아 출신의 지휘자인 이분은 지휘봉으로 이쑤시개를 쓰는 분이다. 쇼맨십으로 치부하기엔 이분을 지칭하는 수식어가 현란하다. 현존하는 최고의 지휘자, 제일 바쁜 지휘자라고 불리는데, 어쨌든 이분 손에 들린 이쑤시개를 보기 위해 바짝 다가든 네 아이들의 눈망울이 반짝반짝 보기 좋았다.

이제 한 사람씩 앞으로 나와 지휘봉을 잡았다. 자리에 앉은 세 아이들은 각자의 위치에 맞는 악기를 연주하는 흉내를 내기로 했다. 지휘자의 좌로 바이올린, 우로 첼로, 가운데는 관악기이다. 내가 유튜브의 영상을 보여주니 아이들은 짐짓 지휘자와 오케스트라의 모습을 곧잘 흉내 냈다.

지휘자는 박자를 맞추기도 하지만, 지휘봉을 들지 않은 손으로는, 몸짓과 표정으로 곡의 악상을 알리고 사전에 악기가 들어가는 신호도 준다고 영상을 보며 알려주었다.

다음으로는 가장 목소리도 크고 왈가닥인 민이가 나왔다. 앞으로 나와 지휘봉을 들자마자 친구들에게 "자, 날 잘 봐. 내 말 잘 들어."라고 큰 소리를 친다. 오호, 좋은 기회다. 내가 끼어들어야겠다. "자, 민아, 잠깐. 지휘자는 오케스트라 단원들의 마음을 얻어서 훌륭한 음악을 만들어낼 수 있어야 해. 만약 내가 지휘자라며 단원들을 마음대로 할 수 있다고 생각해서 호령하고 마음을 상하게 하면, 그들의 마음을 얻지 못할 거야. 그러면 좋은 음악을 만들어내기 어렵겠지? 지휘자는 부드러우면서도 강한 리더십으로 단원들의 마음을 얻고 이끄는 역할이 중요하단다." 내 말을 듣고 한층 차분해 진 수민이가 지휘봉을 들고 박자를 맞추어본다. 마지막으로, 제일 어린 윤이는 넷 중에 가장 차분한 성격 그대로 역시 얌전한 느낌의 지휘를 마쳤다. 아이들마다 두어 번씩 앞에 나와 서툴지만 지휘자의 모습을 흉내 내어 보았다.

마지막으로, 피아노는 어디 있느냐는 질문을 잊지 않은 아이들이 기특했다. 함께 들은 피아노 협주곡 은 북한소녀 마신아의 〈하이든 피아노 협주곡〉이었다. 20여 분 정도의 영상인데, 정말 아름다운 연주이다.

과연 2016년, 13세의 나이로 쇼팽 국제 청소년 콩쿠르에서 1등을 차지할 만하다. 그 이전 2014년에는 리스트 국제 콩쿠르와 라흐마니노프 국제 콩쿠르에서 1등을 차지하였다니 대단한 소녀이다. 영상 속 〈하이든 피아노 협주곡〉, 이 곡을 다른 대가가 연주한 영상을 보아도 저 북한 여학생 마신아의 연주가 훨씬 아름답고 마음을 울리는 부분이 있다. 20여 분의 영상을 마치며 오케스트라 단원들과 지휘자들도 그녀에게 따뜻한 미소를 보내는 모습이 보기 좋다.

아이들에게 다섯 살 위의 언니가 치는 모습은 신기하고 부러웠나보다. 아름다운 연주에 가만히 듣는 모습이 귀여웠지만 그것도 잠시, 언니를 흉내 내어본다며 피아노 앞으로 우르르 몰려간다.

나는 우리 아이들이 피아노뿐 아니라 음악의 다양한 세계를 알게 되어 이해하고 감상하고 표현할 수 있다면 좋겠다. 앞으로 커가며 학과공부에 시간을 빼앗기고 음악이나 미술, 체육 등 예체능을 못할 수도 있을 텐데, 그것은 내가 어린 시절에나 하던 잘못이다. 부디 우리 아이들의 부모님들은 그와 같은 실수를 하지 않았으면 좋겠다.

학과 수업에 예체능이 있는 이유는 너무나 충분하다. 국어, 영어, 수학에 지친 아이의 심신을 바로잡아주고 달래어주는 과목이 예체능이다.

시간을 낼 수 없다면 시간을 쪼개서라도 반드시 해야 하는 것들은 바로, 하나도 실용적이라고 여겨지지 않는 이런 과목들이라는 생각이다. 인간에게는 구체적인 언어로는 표현할 수 없는 깊이를 알 수 없는 영혼의 심연이 있고, 그것은 알래스카의 얼음산처럼, 눈앞에 보이는 얼음보다 수면 아래 깊은 바닷속 얼음이 훨씬 크고 거대할 것이기 때문이다.

부모님과 말씀을 나누다 보면 이런 약속과 다짐, 우리 함께 한 합의 따위는 어느 순간 잊은 듯 말씀하실 때가 있다. 피아노는 어차피 초등학교 고학년이나 중학생이 되면 시간이 없어 못 배울 테니 초등학교 저학년 때 어느 정도 진도를 나가야 한다고 한다. 그렇지 않아도 학창시절에는 공부와 과제에 지치고 힘들 텐데, 음악이나 미술, 체육수업이 없다면 아이들은 지친 그 마음을 무엇으로 채우고 다시 힘을 얻을 수 있을까.

아이들이 학과공부에 매진하
게 될 나이가 된다 하더라도, 하
루에 20분이거나, 일주일에 한
두 시간이거나 아이가 좋아하는
예체능 한 가지는 꼭 꾸준히 가
르치고 권하는 부모님이셨으면
좋겠다.

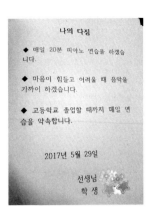

그것은 아이 인생에 평생토록
함께 할 훌륭한 친구를 만들어주는 것이나 다름없다. 친구는
기쁠 때나 슬플 때나 나와 많은 것을 함께 나누는 존재이다.

부디, 아이들 인생의 가장 길고 큰 도전을 하게 될 시기가
다가올 때, 그런 친구를 아이에게서 빼앗지 않는 현명한 부
모님이시기를, 오늘 수업을 마친 네 친구들의 부모님들이 그
런 현명한 부모님이시기를 바래본다.

3

ABRSM Piano 준비하기

—

영국왕립음악원의 음악자격과정을 준비하고 가르치며

ABRSM Piano lesson 1

이재의 피아노 레슨 세 번째

초등학교 3학년 이재의 피아노 레슨 세 번째 시간, 이제 3 회차이지만 매우 똑똑한 친구로 가르치면서 즐거움을 느끼게 하는 학생이었다. 이재는 피아노는 한 번도 배운 적 없지만, 교회의 합창단 활동을 열심히 하고 있다. 어릴 때부터의 영어교육을 통해 영어단어도 매우 잘 알고 있어서 악보 자체에 있는 꽤 수준 있는 단어를 읽고 해석하는 데에도 전혀 막힘이 없었다. 그래서 곡의 분위기를 표현하는 지시어의 해석, 악보를 연주 후 스스로 답을 찾아보는 activity에도 매우 올바른 반응을 보여주었다.

ABRSM의 pre-piano course에 해당하는 교재 『Piano star1』로 이재를 가르치며 파악하게 된 교재의 장점은 다음과 같다. 피아노를 처음 시작하는 어린 학생들이 고사리손으로도 연주할 수 있도록 흔히 이야기하는 손가락번호에 맞는 5개의 음을 넘어가는 음표는 쓰지 않았음에도 불구하고, 음악적으로 좋은 곡들이 실려 있다.

사실 생각해보면 우리 귀에 익숙하고 위대한 많은 곡들이 그리 많은 음을 필요로 하진 않았던 것 같다. 아이들이 곧잘 외워서 치곤 하는 〈떴다 떴다 비행기〉는 도, 레, 미, 3음만 사용하여 리듬을 입혀 만들어졌고, 베토벤의 〈합창 교향곡〉의 선율도 도, 레, 미, 파, 솔, 5음만 이용하여 만들어져서 처음 악기를 시작하는 경우 자주 첫 곡으로 연습되기도 한다.

이러한 곡들 즉 매우 적은 음계를 사용하였음에도 음악적 깊이를 느끼고 재미있게 연주할 수 있는 곡으로 이 책은 채워져 있는데, 기존 음악이 아니라 현대작곡가들이 작곡한 새로운 음악들이다.

두 번째는 오른손, 왼손, 따로 따로 교육되지 않고 처음부터 middle C를 중심으로 큰자리표를 읽어 양손을 사용하는 방식의 악보가 장점이다. 어릴 때 배우던 바이엘 교재를 생각해보면 일정 기간이 지날 때까지는 오른손만 사용했었다. 1번 곡은 '도, 레, 도, 레'로 한 박자씩 시작하는데 최근 다시 열어본 그 교재의 '도'는 middle C에서도 한 옥타브 올라간 C에서 시작했다. 이렇게 한참을 오른손 기본음 연습 후에 왼손에 들어가고 또 양손 연습곡을 치기까지도 기간이 필요했던 바이엘 연습곡집 〈Piano star〉에 실린 곡은 처음부터 양손을 함께 쓰며 음계와 박자를 익히게 하고 제대로 악보 보는 법을 익힐 수 있게 하고 있다. 우리가 피아노 연습을 하는 이유가 단지 악상도 없이 손가락 연습만 위한 연습곡을 치기 위함이 아니니 짧고 작은 곡이라도 악보를 읽고 곡의 악상을 느낄 수 있도록 하는 시작이 참 중요하지 않은가 싶다.

아이들을 가르치다보면 특히 음악을 배우기로 결정한 아이들은 가끔씩 스스로 음을 자유롭게 만들어가며 노래를 만들어보기도 한다.

이 곡은 5개의 음으로 만들어졌는데 듣다보면 중국풍의 느낌이 물씬 난다. 악보 하단에 제목에 어울 리는 홍등 그림과 고양이 그림이 익살스럽게 그려져 있다.

세 번째 시간 이 곡을 연주해본 이재는 중국 느낌이 나는 곡이라고 답했다. 할 수 있을까 라고 스스로 살짝 의구심도 가지며 조금 더 나아가보았다.

This tune uses only five notes. 이 곡은 오직 다섯 개의 음표만 사용되었습니다. Write down the names of the notes in this piece. 이 곡에서 사용된 음을 적어보세요. Make up your own tune using these notes and give it a name. 이 음들을 이용해서 나만의 곡을 만들어 보고 제목을 정해보세요.

다섯 개의 계이름을 찾아 적는 건 어렵지 않았지만, 그러나 과연 이재가 솔, 라, 시, 레, 미 음만을 이용해 새로운 곡을 만들 수 있을지 궁금했다.

이재와 함께 한 단씩 음을 만들어보았다. 처음은 이재가 두 번째는 내가 세 번째는 함께.

함께 만든 곡은 악보로 만들어졌다. 먼저 피아노를 치며 음을 만들고 간단히 지휘해보며 박자를 찾고 다음은 악보로 옮기는 작업으로 진행했다. 악보 작업 이전에 멜로디와 박자를 정한 후 다 들은 이재의 느낌은 다음과 같았다.

"첫 부분은 일본풍인 것 같아요. 두 번째 부분은 중국풍의 느낌이 들어요. 세 번째는 잘 모르겠어요.(이도 저도 아닌 것 같아요)"

사실은 이재가 곡을 만들 수 있을지 그다지 기대하지 않았지만, 흔히 접하지 않았던 활동에 차분하게 집중하여 곡을 만들고 스스로의 생각과 느낌을 말로 표현하기까지 짧은 시간에 열심히 활동해준 이재가 참 대견했다. 다음 레슨 시간엔 좀 더 보완된 완성곡을 악보로 옮기는 작업을 하고, 제목도 붙여보려고 한다.

이러한 경험을 통해, 자연스럽게 작곡가의 역할을 스스로 해보고 악보를 만들어 보면서, 앞으로 만나게 될 새로운 곡을 이해하는 일도 훨씬 수월하게 또 연주할 때에도 작곡자의 의도를 생각하며 연주해보게 되기를 바란다. 의구심을 가지면서도, 학생 한 사람 한 사람에게 맞는 교육을 한 걸음 한 걸음 나아가고 있는 나 스스로도 많은 배움의 시간을 갖게 된 레슨이었다. 똑똑한 이재에게 고마운 마음 전하고 싶다.

음악과 언어

〈Piano star 1〉의 두 곡을 이야기로 만들어보며

지난주에는 이재의 수업이 있었다. 집에 피아노가 없는 친구인데도 워낙 영민해서인지 수업시간 앞 뒤 잠깐의 예습과 복습으로 꽤 좋은 소리를 낸다.

이번 주에는 전주에 배웠던 〈Watch Your Step〉과 〈A Sad Story〉의 악보를 함께 보며 이야기를 만들어보았다.

먼저, 음악과 언어를 생각해보자. 음악과 언어 모두 '소리'라는 수단으로 전달된다. 일반적으로 생각할 때, 우리가 소리를 내는 이유는 전달하고자 하는 생각을 나타내기 위함이다. 언어는 그것을 좀 더 명확히 나타낼 수 있다. 음악은 언어처럼 뚜렷하거나 명확하지는 않지만 뉘앙스나 느낌은 전달이 가능하다.

아래의 두 음악을 언어적 표현으로 묘사해보자. 친절하게도 그림이 함께 있고 악상기호가 구체적이다. 제목과 함께 이것들을 잘 활용하면 언어적 묘사가 더 수월해질 것이다.

첫 번째 곡이다. 제목은 〈주의해(발걸음을 조심해)〉이다. 그림

을 보면 세 동물이 망원경으로 주위를 살피며 숲길을 걷고 있다. 첫 번째 표현기호가 '꾸준히 그리고 조금 주의를 기울이며'이다. 총총총 숲길을 걷다가(1~8마디) 9마디에선 소리가 작아지며 부드럽게 이어지는 소리를 낸다. 이 부분은 그림에 나온 부엉이가 정찰하는 모습으로 보인다. 걷는 동물들은 잠시 발걸음을 멈추고 부엉이는 이들의 앞길을 날며 선회하다 (9~11마디) 걱정될만한 일이 없으리라 생각되자 '괜찮아, 와도 좋아(12마디)'라며 경계태세가 해제된다. 동물들은 다시 처음처럼 숲길을 총총 걸어가며 멀어진다.

두 번째 곡을 보면, 제목이 〈슬픈 이야기〉이고 표현기호 역시 '슬프고 슬픈 마음으로'라고 되어 있다. 그림을 보면 펼쳐진 노트, 연필과 지우개가 있고 책상 위의 전등이 노트를 비추고 있다. 곡을 먼저 계이름으로 불러보면 '라'음이 많이 쓰인다. 전체적으로 3박자음이 자주 나오는 등 음표가 많지 않고 마지막 부분은 점점 느려지다가 '미'음으로 여운을 남기며 끝난다.

이 곡에 대해 나와 이재의 이야기 만들어보기가 조금 차이가 났다. 분명 이런 해석에는 요즈음의 생활상도 그대로 담겨있는 것이 아닐까 생각되기도 했다.

나의 이야기: 전등을 켠 것으로 보아 식구들은 모두 자는

밤에 혼자 공부하는 중이다. 내일이 시험이라 공부는 해야 하지만 잠이 쏟아진다. 버티고 버티다 결국 책상에 엎드린 채 잠이 든다.

이재의 이야기: 혼자 공부하다가 너무 어려운 문제가 나와서 고민 중이다. 혼자 이렇게 저렇게 노력해보다가 포기하고 어머니께 여쭈어본다. 어머니를 부르며 곡이 끝난다.

두 곡은 분위기가 많이 다르다. 여기에서 장조와 단조의 차이도 느껴볼 수 있다. 장조인 Watch your step에는 '도'음이 많이 쓰인다. 첫 시작도, 끝맺음도 '도'로 끝나고 '도미솔' 화음이 곡에 잘 어울린다. 한편, A sad story에서는 '라'음이 시작이고 '라도미' 3화음의 5음으로 끝맺음된다. 제목도 곡조도 전체적으로 슬픈 느낌이다. 노트와 연필이 그려진 그림이 아니었다면 다른 식의 슬픈 이야기가 만들어질 수도 있겠다.

위의 곡은 〈Piano Star1〉에 실린 두 곡으로 책을 펼친 양쪽 면이 장조와 단조의 곡으로 되어 있어 장단조 느낌의 비교, 슬러(이음줄)와 타이(붙임줄)의 비교 공부에도 좋은 페이지였다.

우리가 언어로 말을 전달할 때에는 의사소통의 내용도 중요하지만 다른 뉘앙스적인 부분에서도 많은 영향을 받는다.

음성언어에는 말투, 목소리의 높낮이, 강약, 말을 맺고 끝는 리듬과 프레이즈가 있다. 또한 그 느낌은 사람마다 다르게 표현되고 사람마다 다르게 받아들이게도 된다.

음악의 멜로디와 리듬이 여기에서 비롯된다. 그리고 창작하는 작곡가의 성향이 사람마다 다른 성향의 말투로 비유할 수 있겠다. 멜로디와 리듬, 그리고 여기에 화음 및 다른 여러 악기들의 소리가 합쳐지면 그 분위기는 더 강하고 화려해지고 추상성이 더 심화되기도 한다.

언어는 일반적으로 명확한 의미의 전달이 가능하나 음악은 언어에 비해 추상적이므로 분위기와 뉘앙스는 비슷하게 느끼더라도 이야기로 만들기는 무한할 수 있다. 그만큼 자유롭게 판단하고 상상할 수 있다는 의미도 된다.

또한, 언어가 시대에 따라 조금씩 변하며 말하는 이와 듣는 이의 공통된 기본적 약속에 의한 의사소통이듯이 음악 또한 공통된 경험이 존재하는데 그것을 흔히 서양음악사에서 바로크시대, 고전시대, 낭만시대, 현대곡 등으로의 변화로 볼 수 있다. 그래서 곡을 듣고 직관적인 느낌으로 해석하고 연주해도 무방하겠으나, 시대적인 변화에 따른 공통적 약속을 염두에 두고 있으면 곡의 이해와 감상에 도움이 된다.

직관적인 감정을 음악으로 잘 표현하는 이루마나 조지 윈스턴, 브라이언 크레인, 앙드레 가뇽 등의 피아노곡을 듣고 이야기를 만들어보는 것도 음악을 듣고 이해하기에 좋은 공부가 될 것이다. 다소 어렵게 느껴지는 클래식 음악도 위 악보와 같은 간단한 선율 등 주제선율이 분명히 있으니 그 음을 놓치지 않고 따라가 보면 이해하기 어려운 음악인 것만은 아닐 것이다. 그 따라간 선율에 당시 나의 상황에 맞는 나만의 이야기를 입혀보면서 나의 내면을 들여다볼 수 있다면, 마음의 위로를 받게도 되고 기쁨을 느낄 수도 있을 것이다. 그렇게 되면 음악을 듣는 일은 더욱 즐겁고 흥미진진한 일이 된다.

'음악은 인류의 우주적인 언어'라고 언급한 롱펠로우나 '음악은 천사의 언어'라고 말한 토마스 카일라일의 말을 생각해 보자. 서양음악에서는 종교적으로 음악의 사용이 매우 중요했고, 종교음악의 발전에서 현재 서양음악의 발전이 이루어졌다고도 할 수 있다. 요즘에도 개신교 예배서는 음악이 매우 중요하며 예배시간 전체가 음악으로 이루어지는 경우도 있다.

음악이 인류의 언어라는 말을 가장 잘 보여준 유명한 영화의 한 장면이 생각난다. 영화 〈The Mission〉 중 '가브리엘의 오보에' 장면이다. 선교사를 십자가에 매달아 폭포수에 떨어뜨리기도 하는 원주민과의 첫 만남에서, 험한 일을 당하지 않고 그들과의 소통을 도운 건 말이 아니라 음악이었다.(이 곡을 작곡한 엔니오 모리꼬네에게 삼고초려 하여 가사를 입혀 부른 곡이 사라 브라이트만의 〈Nella Fantasia〉이다)

음악은 구체성을 띤 언어보다 더욱 인간의 내면에 커다란 영향력을 행사하는 위대한 언어이다. 음악을 감상하고 연주하고 공부하면서 내 마음을 면밀히 관찰하고, 훌륭하고 아름다운 음악을 들으며 마음의 편안함과 기쁨을 누리는 하루하루가 될 수 있다면 좋겠다. 음악을 배우는 목적과 즐거움이 바로 여기에 있지 않을까 생각한다.

초견과 악보 읽기

내가 정말 알아야 할 모든 것은 유치원 때 배웠다. 악보읽기도.

2003년도 즈음 재출간 되었던 『내가 정말 알아야 할 모든 것은 유치원에서 배웠다』라는 책이 있다. 미국에서 초판이 나온 1990년 경 거의 9개월간 1위, 2년 간 베스트셀러 도서로 목록에 올랐던 책이다. 내용은 제목처럼 단순했다.

모든 것을 나눠 가져라, 정정당당하게 겨뤄라, 남의 것을 빼앗지 마라, 거짓말을 하지 마라, 남에게 상처를 주었다면 용서를 구하라 등 함께 사는 세상을 만들기 위한 모든 내용은 이미 우리가 알고 있음을, 단지 실천의 문제가 남았음을 다시 깨닫게 한다.
　-책 소개 중에서

저자는 너무나 평범하고 당연해서 잊고 지내는 그런 원칙들이 사실은 일생동안 반드시 지켜야 할 것들이라고 언급하며 일상의 에피소드를 잔잔히 풀어 간다.

오늘의 주제는 악보 보기인데 이야기하려고 보니 문득 이책의 제목이 떠올랐다. 아이들을 가르치고 또 어른들을 가

르치다보니 '유치원에서 이미 알아야 할 모든 것들을 배웠다'
는 말이 악보 보기에도 정확히 부합되었기 때문이다. 단, 우
리가 어릴 때 제대로 배울 수 있었다면 말이다.

사실 피아노를 배운다고 하면, 눈앞에 악보를 펼치고 곧장
음표의 음정에 맞는 손가락 자리를 잡고 건반을 치는 것이
어릴 적 우리들 피아노학습의 시작이었다. 〈바이엘 상〉의
'도, 레, 도, 레, 도'부터 시작하는, 건반 위에서의 손가락 연
습이 중심이 되는 교재로 말이다. 그때의 기억으로 피아노를
다시 시작한 많은 어른들은, 피아노 앞에 앉아 악보를 펼치
자마자 음정에 맞는 건반을 더듬더듬 찾아 누르기 바쁘다.
나 역시 마찬가지로 최근까지도 그렇게 연습을 해왔다.

그러나 ABRSM 이론 교재로 공부하고, pre-ABRSM
piano 교재로 아이들을 가르쳐보니 접근방법이 달라져야 함
을 깨닫게 되었다. 악보를 처음 만나게 되면, 한 음 한 음 피
아노 건반을 누르는 것보다 선행해야 할 중요한 일이 있다.
피아노뚜껑을 닫고 그 위에 악보를 펼치고 곡의 처음부터 끝
까지 악보를 제대로 읽어보는 것이다. 같은 리듬이 반복되는
부분을 찾아보고, 같은 멜로디가 반복되는 부분을 찾아 곡
전체의 구성을 파악해보는 일은, 한음 한음씩 더듬더듬 악
보를 보며 피아노 건반을 누르기에 앞서 반드시 챙겨야 할
일이다.

〈바이엘〉과 같은 손가락 연습 위주의 짧은 연습곡이 아닌 온전한 하나의 곡을 연습할 때 더욱 이 선행이 필요하다. 이런 악보 분석의 시간은 언뜻 보기에 연습 시간을 허비하는 듯 보이지만, 잠깐의 시간 동안 곡의 구성을 파악해 머릿속에 담아두면, 곡 연습이 훨씬 수월해진다.

다음에 각각 다른 수준의 기량을 요구하는 세 악보가 있다.

처음 곡은 ABRSM Grade 1 공부 이전 pre course인 〈Piano star 1〉 중 한 곡으로 4분음표와 2분음표가 전부인 16마디의 곡이다. 이 교재는 피아노를 처음 배우는 어린이들에게 권하는 교재이다.

두 번째 악보는 세광음악출판사 『피아노 소곡집 1』에 나온 〈스와니강〉으로 역시 16마디이다. 『피아노 소곡집』은 흔히 〈바이엘 하〉까지 배운 수준의 단계면 시작할 수 있다.

세 번째 악보는 ABRSM Piano 실기시험 〈Grade 7 초견 테스트〉를 위한 곡 중 하나이다. 이 곡은 13마디의 곡이다.

참고로 ABRSM Grade 8의 실기를 합격하면 외국 대학 입학 시 가산점이 크다. 음악에 대한 이해도 뿐아니라 연주 실력도 어느 정도 갖추었음을 인정받는다. 이 악보는 바로 그 이전 단계의 초견 테스트 곡이다.

첫 악보를 보자. 이 악보에는 작곡자가 표현하고자하는 정보가 가득 담겨있다. 먼저, 큰보표의 중간을 보면 P-mpp-mf-F 순서로 곡의 강약 표기 가 있고, 각 음정에는 스타카토와 페르마타(늘임표)도 표시되어 있다. 이것은 작곡자가 전달하고자 하는 음악의 분위기를 나타내는 기호정보에 해당한다. 이런 기호정보를 잘 살려 악상을 표현함으로 전체 음악의 유기적 구성이 완성된다.

처음 악보를 읽을 때, 가장 우선적으로 할 일은 리듬과 멜로디 두 방면에서 전체 구성을 파악하는 일이다. 구성을 파악한 후에 악상기호를 체크하여 연주 시 곡의 분위기를 표현하도록 하자.

세로줄과 세로줄 사이를 마디라고 하고 세로줄이 두 줄 겹치면 겹세로줄 이라고 부르며 곡의 끝을 나타낸다. 이 곡은 총 16마디로 첫 8마디의 리듬을 살펴보면, 두 번째 8마디의 리듬과 정확히 일치한다. 멜로디를 보면 5~8마디의 멜로디가 '도솔 파미레도 파솔라시 도'로 13~16마디의 멜로디와 같다. 음악을 이루는 큰 축인 리듬과 멜로디로 나누어 곡의 구성을 파악한 이후 곡의 분위기를 나타내는 기호와 곡의 제목을 생각하며 곡을 표현할 수 있다.

다음은 두 번째 악보 〈스와니강〉을 보자.

왼손이 모두 8분음표로 음표가 많아 복잡하고 어렵게 느껴진다. 그러나 같은 방법으로 마디를 나누고 리듬과 멜로디를 살펴보자. 이 곡도 16마디이다. 친절하게도 4마디씩 4단의 구성으로 그려져 있다.

먼저 리듬을 보면, 1~4마디와 5~8마디, 13~16마디의 리듬이 비슷하다. 2단, 4단의 리듬은 똑같고 3~4마디만 조금 다르다.

9~12마디는 음높이가 전체적으로 높고 곡의 구성 상 클라이맥스 또는 약간의 변화를 준 부분으로 보인다.

멜로디를 보면 2단과 4단의 멜로디가 정확히 일치한다. 1단을 보면 1~2마디는 2, 4단과 같고 3~4마디가 조금 다르지만 음의 이동 방향은 같다.

이 곡은 1단, 2단, 4단의 리듬과 멜로디가 거의 같으니 본격적인 건반연습 때 3단 부분만 좀 더 신경 써서 연습하면, 반복되는 부분들은 수월할 것이다.

마지막은 ABRSM Piano 실기시험의 한 분야인 초견 악보이다. 7급 수준으로 마지막 단계인 8급보다 조금 쉬운 수준이다. 초견 시험 시 1분의 시간이 먼저 주어진다. 1분 동안 처음 보는 악보를 파악한 후 연주하는 것이다. 다소 느리더라도 멈추거나 반복 없이, 흐름이 끊기지 않고 곡을 연주하면 점수를 얻을 수 있다.

내게 1분의 시간이 주어졌다고 생각하고 악보를 보자.

13마디의 구성이다. 리듬을 보면, 1~5마디와 6~10마디의 리듬이 같다. 10마디에서 양손의 리듬이 바뀌나 11마디에서 다시 오른손으로 멜로디가 이어지며 마무리된다. 멜로디를 보면 1~5부분의 멜로디가 6~10에서는 전체적으로 네 개 음 올라가 표현되어 있다.

위에서 함께 한 악보 읽는 법을 정리해보면,

악보를 4마디나 8마디씩 그룹핑 한다.
그룹끼리 리듬의 공통점과 차이점을 찾는다.
그룹끼리 멜로디의 공통점과 차이점을 찾는다.
전체적 구성이 파악되면 마음에 정리해둔다.
악상기호와 곡의 제목을 참고로 분위기를 만들어 연주해 본다.

예시로 본 첫 번째 악보는 초등학교 1~2학년인 학생들에게 가르치는 중이다. 두 번째 악보는 초등학교 때 잠시 피아노를 배웠다가 이번에 다시 시작하신 50대 남자분이 연습중이다. 세 번째 악보는 ABRSM 실기 7급 초견 시험 곡이다.

각각의 수준은 다르지만, 첫 번째 악보를 분석하는 방법 그대로 세 번째 악보에도 적용할 수 있다. 즉, 새로운 곡을 만나면 먼저 마디를 묶어 그룹 짓고, 리듬과 멜로디의 공통된 부분을 찾은 후 전체의 구성을 염두에 둔다. 이후 악상기호를 살려서 연주해본다.

음표가 아무리 많은 곡이더라도, 아무리 긴 곡이더라도 곡을 파악하는 기본적인 방법은 크게 다르지 않을 것이다. 어릴 때 잠시 피아노를 배우다 다시 피아노를 시작하시는 분도, 전공 공부중인 나도, 아이들이 보는 악보를 보며 읽는 법을 새로 배운다.

유치원 시절 어릴 때 배웠던 내용을 근간으로 하여 조금 덧붙이고 늘이고 응용해간다면 피아노 연주도, 삶도 그리 어렵지만은 않지 않을까 문득 생각해본다.

음악가들에 대한 책을 읽다보면 음악을 좋아하는 친구들과 밤새 연주를 하며 즐겁게 보냈다는 구절이 종종 보인다. 첼로의 거장, 파블로 카잘스도 그의 자서전 『나의 기쁨과 슬픔』에서 그런 기억을 이야기하고 있다. 때로 매우 부러운 일이다.

사실 피아노는 대개 독주악기로, 음식으로 치면 우유나 계란 같은 완전식품처럼 오직 홀로 서도 오케스트라와 독주의 느낌을 다 낼 수 있는 유일한 악기이다. 다른 현악기나 관악기들은 반주와 어우러지는 삼중주, 사중주의 앙상블곡들이 피아노의 독주곡보다 훨씬 많다. 그렇다고 해서 피아노가 앙상블에 적합하지 않은 악기라는 말은 아니다. 두 대의 피아노를 위한 작곡도 많고 네 손을 위한 곡도 많다. 슈베르트의 가곡엔 피아노 반주가 더할 나위 없이 아름답다. 마음만 먹으면 친구들과 밤새워 음악을 연주하며 놀기 충분하다는 말이다. 그런데 선행조건이 있다. 밤새워 음악을 연주할 수 있을 정도의 레퍼토리를 준비하고 있을 것. 그렇지 않으면 친구들과 함께 연주하려는 악보를 초견으로 칠 수 있을 것. 결국 악보를 제대로 읽을 수 있어야 하는 것이다.

언젠가, 친구와 함께, 음악과 함께하는 최고로 사치스러운 밤을 지새워 보고픈 로망이 있다. 그러려면 악보를 많이 보고, 많이 연습해야겠다. 제대로 놀기 위해서 제대로 공부해야겠다며 의욕을 불태워본다.

12조성 쉽게 익히기

도레미파솔라시도 만드는 방법

문화센터의 피아노 레슨.

초등학교 1, 2학년의 장난꾸러기들과 함께하려니 매번 똑같은 방식이라면 재미를 느끼지 못할 것 같아서, 가진 지식을 재미있고 쉽게 전해주려다 보니 스스로의 공부도 늘 새롭다.

부모님과 말씀 나누다보면 피아노라는 악기를 기초로 하긴 하지만, 피아노를 잘 치기보다도, 악보를 잘 읽기보다도, 음악을 즐겁게 느끼길 바라는 마음이 제일 크신 것 같다. 아이들이 어리기도 하지만, 부모님 스스로 어릴 적 피아노를 배우던 기억이 있어서이다.

ABRSM 수업이라고 하여 딱히 다른 내용을 가르치는 것은 아니다. 다만 피아노라는 악기가, 우리가 배우는 음악이 서양에서 만들어진 것이다 보니, 그 나라에서 음악을 가르치는 표준이 되는 방식은 어떤 것인지 궁금했다. 공부하며 느끼는 점은, 나도 어릴 때 이런 방식으로 공부했다면 좀 수월하지 않았을까 하는 아쉬움이다.

지난 레슨 시간에는 도레미파솔라시도를 만드는 방법을 아이들에게 가르쳐주었다. 간단한 법칙만 알면 피아노의 어느 건반에서 시작하여도 도레미파솔라시도를 만들 수 있다.
처음엔 과연 7~8세의 아이들이 온전히 따라올 수 있을까
걱정도 되었지만 완벽한 기우였다. 그만큼 쉽다. 한편으로 요
즘 아이들이 얼마나 똑똑한지 그 영민함이 사랑스럽고 뿌듯
했다.

〈12조성의 도레미파솔라시도 만들기〉
도레미파솔라시도에 순서대로 번호를 붙이면
1 2 3 4 5 6 7 8(1)이다. 이것은 영어이름으로
C D E F G A B C이다.

앞으로의 설명을 돕기 위해 간단히 다른 이름을 붙여보았
다. 예를 들면 3번음은 '미'이며 영어로는 'E'이다.

피아노의 음은 반음계(half note)씩 올라간다. 나란히 놓인
흰건반과 검은 건반을 오른쪽으로 가며 번갈아 누르면 소리
가 (절)반음씩 올라간다. 가장 기본이 되는 다장조 즉 C
Major의 도레미파솔라시도 음은 C에서 시작하여 오른쪽으
로 흰 건반을 눌러 다음 C까지이다. 이것을 스케일(scale)이라
고 부른다.

기억할 것은 미파와 시도 사이가 반음이라는 것이다. 건반
에서 보면 미파와 시도 사이에는 검은 건반이 없다. 즉 반음
관계이다. 반면, 미파와 시도가 아닌 다른 음들 사이에는 반

드시 건반이 하나 있다. 즉 반음씩 두 번 이동한 온음관계다.

사진의 건반에서 C Major 스케일을 보자. 모두 흰 건반으로 이루어진 C Major에서 도와 레 사이에는 검은 건반이 하나 있다. 나란한 건반 사이가 반음(half note)이니 사이에 건반을 하나 포함한 다음 음은 온음(whole note)이다.

즉, 미파와 시도 사이에만 건반이 없고(반음)

다른 음 사이에는 반드시 건반이 하나 있다.(온음)

이렇게 하여 C음부터 D E F G A B. 그리고 검은 건반인 C# D# F# G# A#의 각 12음을 첫 음 '도'로 생각하여 한 옥타브씩 만들어본다.

다시 정리하면, 시작하는 음과 다음 음 사이에 건반을 하나 건너 이동하는데, 세 번째와 네 번째 음, 일곱 번째와 여덟 번째 음은 사이건반 없이 바로 옆으로 이동한다.

이것이 장조의 스케일이 만들어지는 방식이다. 그리고 이 열두 개의 스케일이 악보로 만들어지면, 오선에 샵(#)과 플랫(b)이 붙어 표현되는 것이다.

MISSION: 피아노가 옆에 있다면,

한 옥타브의 각 음을 '도'로 시작하여 열두 개의 스케일을 만들어보자. 모든 음 사이에는 건반이 하나 있는데(온음), 미파와 시도 사이에는 건반이 없다(반음)는 규칙만 기억하자.

어릴 적 기를 쓰고 샵 한 개, 플랫 한 개, 샵 두 개, 플랫 두 개 등 하나씩 증가하는 조표에 따라 조성이 바뀌던 악보들을 붙들고 씨름하던 기억이 있다. 샵이 붙을 때는 바로 다음 계명이 도가 되고, 플랫이 붙을 때는 세 음 아래가 도가 된다던 어릴 적 피아노 선생님의 말씀이 여태까지 악보를 볼 때 계이름을 찾던 방식이었다. 틀린 건 아니었지만, 조성이 만들어지는 기본원리를 알았다면, 소리를 귀에 익히며 다음 음을 찾기도 쉽고, 조표가 여러 개 붙은 악보를 읽는 일도 조금 더 수월하지 않았을까 생각해본다. 원리를 이해하는 방식은 처음에는 복잡해 보여도 두고 두고 편안하기 때문이다.

아니, 어쩌면 앞서 말한 원리는 진즉 배워 알고 있었던 것 같다. 그러나 악보 안에서 음표를 읽으려 했을 뿐, 각 음을 기준으로 스케일을 만들어본 적은 한 번도 없었다. 어쩌면 매우 사소하다고도 할 수 있는 이러한 접근방법의 작은 차이로 이해도가 크게 달라지는 경험을 하고보니 더욱 이 방식을 공부하고 싶어진다.

가르치다 보면, 우리 세대보다 더욱 영특해진 아이들임을 느낀다. 그러니 우리가 공부하던 때와 조금 다르게 가르치고 배우게 하여, 아이들이 음악을 더 쉽게 이해하고 오랫동안 가까이하게 되기를 바란다. 음악은 아이들이 살아가며 기쁠 때나 슬플 때나 찾아가 쉴 수 있는 나무 그늘이 되어 줄 것이다. 내게 그러했듯이, 음악은 영혼의 보리수가 되어 아이들 마음 안에서 무럭무럭 자라 세상의 어려운 일 중에도 아이를 지켜 줄 것이다. 아이들이 자라나듯 나 또한, 공부의 끈을 놓지 않고 부단히 자라나야겠다. 새로운 발견과 쉬운 전달로 아이들 마음 속 음악이라는 보리수를 풍성하게 가꿔주려면 말이다.

ABRSM 5급 이론시험 준비하기

음악의 이해와 성취를 가능하는 좋은 방법

음악은 객관적으로 그 이해도와 성취도를 가능하기 어려운 과목이다. 공부하는 입장에서도 스스로 어느 정도 알고 있는지 또 어떤 체계로 공부하는 것이 좋을지 파악하기 어려운 것이 음악이다. 일찍 서양음악의 체계를 확립한 외국에서는 음악의 이해도를 측정하는 급수시험이 몇 종류 있는데, 영국왕립음악원에서 주관하는 ABRSM 시험을 소개해보고자 한다.

[시험 소개]

ABRSM은 영국왕립음악원에서 검증하는 음악급수자격으로 음악을 이해하는 본질적인 부분에 목적을 두고 있다. 100여 년의 전통을 가지고 있으며 전폭적인 정부지원을 받아 운영된다. 외국 대학 입학 시 가산점을 받을 수도 있다.

우리나라에는 이 자격이 잘 알려지지 않았으나, 서양음악의 본고장을 비롯, 음악전공자들 사이에서는 인정받고 있는 자격이다. 단지 악기 하나에 대한 배움이 아니다. 이 자격을 한 단계 한 단계씩 차근차근 공부하는 동안, 음악이 무엇이며 어떻게 이해하고 감상할 수 있을지 알 수 있게 되며, 더불어 내가 다루고 있는 악기에 대한 깊고 폭넓은 이해가 가능해진다.

기초인 1급에서 8급까지 있으며 각각 이론과 실기시험으로 나누어진다. 8급 실기급수를 취득하면 음악대학 입학시험 수준까지 인정되는 수준으로 여겨진다. 8급 시험 이후에도 더 깊이 공부할 수 있도록 단계적으로 자격시험을 볼 수 있다.(자세한 정보는 www.abrsm.co.kr 참고)

[5급 이론 시험 준비를 위한 교재 구입하기]

악기를 처음 시작하는 학생들의 경우에는 1급 시험부터 공부하면 되며, 어느 정도 악기를 공부한 후 5급 이상의 실기 시험을 보려는 경우는 5급 이론 시험 합격이 필수이다.

5급 이론 시험 준비 시, 1급부터 5급의 급수별 이론시험 관련 책자와 정답 총 10권과, 5급 이론시험 문제와 정답 각 1권씩 하여 총 12권을 정독한다면 충분히 합격할 수 있다. 책은 영국왕립음악원에서 펴내는 책으로 영어로 되어있으나 해석이 많이 필요하진 않다. 음악용어 몇 가지만 제대로 안다면 공부하기 수월하다.

국내 홈페이지에서 교재 구입 시 2~3일 내로 받을 수 있으나 배송요금이 포함되어 교재가 비싼 편이다. 때문에 시간 여유를 두고 구매할 수 있다면 배송료가 없는 'www.book-depository.com'을 추천한다. 배송료가 없는 대신 배송시간이 걸리는데 최대 1개월 정도로 배송기간을 넉넉히 잡고 주문하면 좋다.

[시험 접수 및 공부 방법과 기간]

매년 3월과 10월경 시험이 있는데 접수는 좀 더 일찍 하는 편이라 미리 접수일을 확인해서 등록해두는 것이 좋으며, 나의 경우 시험 준비는 3월 시험을 앞두고 1월경부터 쉬엄쉬엄 대략 하루 2시간 정도씩 책을 보았다. 각 급수별 책의 페이지가 35~60페이지 정도이니 그렇게 시간이 오래 걸리지 않았다.

1급 첫 부분을 보면 악보를 정확하게 읽는 것에 대한 설명과 당부가 나와 있는데, 그 글을 읽으면서 더욱 이 자격에 신뢰감을 느낄 수 있었다. 음표와 쉼표, 음자리표부터 시작하여 박자표의 의미, 오선과 오선에 음표를 그리는 방법 등 매우 기초적이며 중요한 것들부터 꼼꼼하고 상세히 설명해두었기 때문에 복습하는 의미에서도 꼭 세심하게 차곡차곡 읽어보기를 권하고 싶다.

공부 중에는 악보를 많이 그려보게 되기 때문에 잘 지워지는 지우개가 필요하다. 악보의 모든 부분을 빠짐없이 그리는 문제들이 있는데, 악보를 직접 그려보며 악보를 그리는 기본 법칙부터 작곡가의 의도까지 파악하게 된다.

나의 경우 연주할 때 이전에는 단순히 음표 위주로 악보를 보아왔다면, 이 시험 준비를 하며 악보를 그려보는 동안 악보 안에 여러 음악기호와 악상들 또한 악보의 중요한 부분임

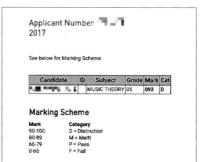

을 인식하게 되었다. 그리고 작곡자가 적어둔 악상을 통해 어떤 식으로 곡을 연주해야 작곡가의 의도와 곡의 분위기를 살릴 수 있을지 한 번 더 생각해보게 되었다. 1급부터 5급까지에 있는, 이탈리아어, 영어, 독일어, 프랑스어 등으로 된 악상 기호 200여 개를 외우는 것이 어렵긴 했지만 외워두니 이후 악보 보는 중 종종 찾아져서 악보 해석에 도움이 많이 되었다.

[합격 및 인증서 발송]

3월 이론시험 후 5월 중순 경 합격증이 온다. 사전에 메일로 합격 여부와 점수를 확인할 수 있다.

[실기시험 준비]

5급 이론 시험을 합격하면 더 높은 급수의 실기시험을 볼 수 있는 자격이 주어진다. 초견과 스케일 및 아르페지오, 연주와 시창청음에 이르는 실기시험의 다양한 시험과제를 미리 경험해보고 성취감과 자신감을 얻기 위해, 먼저 6급 실기 준비를 권한다. 이론시험은 시험문제가 동일하고, 실기 시험은 각 악기별로 준비한다.

실기시험 전체는 약 30여 분 소요되며 연주곡 3곡은 처음부터 끝까지 경청되며 평가는 영국왕립음악원 소속 시험관이 전 세계 평가장에 파견된다.

체계적인 커리큘럼으로 음악공부를 도우며 객관적인 음악 실력을 측정해보는 자격인 ABRSM. 직접 경험해보니 음악 공부와 음악이해를 위해 참 훌륭한 지침이라는 생각이다. 음악을 공부하고 알고자 하는 사람들에게 꼭 추천하고 싶다.

스케일을 재미있게 연습하는 법 1

스케일 연습은 중독성이 있다

스케일(scale)은 음계, 즉, 음의 계단을 말한다. 계단이니 차곡차곡 한 칸 한 칸씩 천천히 올라가고 내려오다가 기초체력이 되고 발(손가락)이 꼬여 넘어지지(버벅대지) 않을 것 같으면 빠르고 유려하게 왔다 갔다 해보는 것이다. 실지로 계단 오르내리기를 상상해보면 사뿐사뿐, 성큼성큼, 뒤뚱뒤뚱, 총총총, 가볍거나 무겁게 등 걷는 방법도 여러 가지가 있듯이 음계 연습도 다양하게 해볼 수 있다.

어릴 적 처음으로 보았던 스케일 연습곡이 〈하농 39번〉이었다. 피아노를 조금 배우고 나면, 손가락 연습곡인 〈하농 연습곡〉을 1번부터 배워간다. 20번 정도 배울 때쯤 되면, 선생님께서 39번을 펴보라고 하신다.

〈하농 39번〉은 12개의 각 조가 3개씩(메이저, 마이너 melodic, 마이너 harmonic) 4옥타브가 그려진 악보로, 종이가 모자란 듯 다닥다닥 그려 놓았어도, 여러 장을 넘긴 이후에야 40번을 보게 되는, 끝이 안 보이는 악보이다.

스케일 연습의 지루함과 공포를 알게 한 39번, 어찌어찌 악보를 더듬더듬 따라가다가 마지막 화음 5개를 눌러야 할 때면 그나마 겨우 제 박자를 찾아가는 듯 하던 곡이 현저히

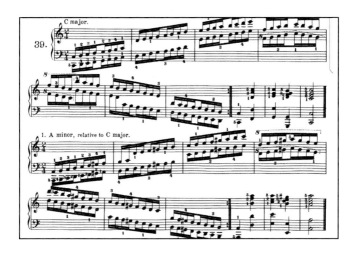

느려지던 기억, 무작정 하기 싫고 악보도 열어보기 두려웠던 마의 39번의 기억은 영원할 것만 같았다.

〈하농 39번〉을 잠시 잊고, 재미있는 스케일 연습을 해보자.
　사실 스케일 연습에서 몇 가지만 기억하면 악보는 그다지 필요치 않다. 이전 글에서 설명한 스케일이, 장조 스케일이다.
　피아노의 어떤 음을 도로 시작하더라도 '미파'와 '시도'가 반음이라는 것만 기억하면 만들 수 있는 장조 스케일.

단조 스케일은 시작음을 도가 아닌 '라'로 본다.

[여기서 잠깐!] 왜 서양음악은 장조와 단조가 나누어져서

스케일 연습할 게 많아졌을까. 잠시 궁금하여 검색해보다 좋은 글과 연구결과를 발견하였다.

서양에서는 16~17세기 무렵 장조와 단조의 조성 개념이 성립되었습니다. 기쁨과 슬픔의 감정, 밝음과 어둠의 감정은 예술을 가능케 하는 것들로서 장조와 단조의 변화에 따라 사람의 감정도 바뀐다는 음악원리가 500~600년 뒤 위와 같은 신경생리학적 연구를 통해 과학적으로도 입증된 것입니다.

　-『장조와 단조』에서 발췌

단조 스케일은 시작하는 음을 '라'로 본다. 그리고 '미파'와 '시도'가 반음인 것은 동일하니,

라시도레미파솔라

1 2345678

음의 순서로 보면 2와3, 5와 6번째 음 사이가 반음인 관계로 만들면 단조스케일이 된다.

마이너 스케일은 세 가지로 만들어진다.

첫 번째, 위의 설명 그대로 만드는 내추럴 마이너 스케일 (자연 단음계)

두 번째, 7음을 반음 올리는 하모닉 마이너 스케일(화성 단음계)

세 번째, 화성 단음계로 만드니 6, 7음 사이가 너무 떨어지

며 부자연스러워, 선율을 자연스럽게 만들기 위해 7음과 함께 6음도 반음 올려주는 멜로딕 마이너 스케일(가락 단음계), 멜로딕 마이너 스케일은 올라갈 때(상행)는 6, 7음을 반음씩 올리고, 내려올 때(하행)는 자연 단음계로 내려온다.

음계가 이렇게 나뉜 기원까지 올라가보면 분명 더 납득이 갈만한 이유가 있겠지만, 오늘의 주제는 '스케일을 재미있게 연습하는 법'이기 때문에 몇 가지 더 기억해야 할 것들만 생각해보자.

위에서 설명한 방법으로, 12조성 각 메이저, 멜로딕 마이너, 하모닉 마이너의 36개 스케일을 만들어 볼 수 있다.

음계를 만들 수 있게 되면 다음으로 2옥타브 또는 4옥타브로 연습하는데, 손가락 쓰임(핑거링)의 간단한 법칙 두 가지만 명심하자.

첫 번째는 손가락 번호에 대해서이다. 손가락은 5개, 스케일은 7음이나 8음이 되기 때문에 중간에 엄지손가락을 접어 꺾어주며 상행과 하행을 진행하므로, 상행 시는 손가락번호 123/1234로, 하행 시는 손가락번호 4321/321로(오른손 왼손 반대로 번호 붙여 이동하면 된다) 건반을 누른다.(상하행 변경 시 5번이 사용되기도 한다)

두 번째는 흰 건반과 검은 건반을 누르는 손가락에 대해서이다. 12조성 장단음계의 스케일 연습은 흰 건반과 검은 건반을 빠짐없이 골고루 연습할 수 있어 매우 유용한데, 연습 시 간단한 법칙이 있다. 엄지손가락으로 검은 건반을 누르지 않는 것이다. 그러므로 시작하는 손가락이 반드시 1과 5가 아닐 수 있다. 편안하게 2나 3 또는 4번 손가락으로 시작한다. 흰 건반을 누르는 엄지손가락(엄지손가락은 손가락 중 유일하게 상하좌우로 움직임이 가능하다)을 축으로 하여 다른 손가락은 길고 유려하게 검은 건반 또는 흰 건반을 눌러준다.

다음으로 본격적인 연습에 들어가면,

1. 스케일 연습에서 악보는 참고용으로만 본다.

스케일을 만드는 몇 가지 법칙을 숙지하여 만들어낸 건반의 음을 위주로 연습한다.

2. 악보에서 참고할 내용은 '손가락 시작번호' 그리고 '조성' 정도이다. 손으로 연습하며 귀로 음을 듣고 마음으로는 조성을 생각한다. 각 조성 메이저, 마이너의 느낌도 생각해본다.

연습순서는 다음과 같이 해보자. 각 조별로,
major / minor melodic / minor harmonic
순으로 연습해본다.

C 》 G 》 D 》 A 》 E 》 B 》 F# 》

······Db(C#) 》 Ab 》 Eb 》 Bb 》 F

또 다른 방법은 위 순서의 음을 '도'음으로 두고 장조를 연습 후, 세 칸 아래의 음을 '라'음으로 하여 두 종류의 단조를 연습하는 것이다. 즉 C major 후에 A minor melodic/A minor harmonic의 순서로 12조를 연습하는 것이다.

두 번째 방법이 조금 더 쉽게 느껴질 것이다.

위의 연습이 어렵다면, 처음부터 4옥타브의 스케일 연습을 바로 들어갈 필요는 없다. 처음에는 다섯 손가락을 기준으로 하여 공부해도 좋다. 옥타브 스케일 연습에 어려움을 느낀다면 5음 스케일 연습도 추천한다.

스케일 연습을 반복하다보니, 내 몸은 나도 모르게 피아노로 들어갈 듯 수그러져 있다. 내가 글렌굴드는 아니지만 왜 글렌굴드의 피아노 치는 모습이 그랬는지 이해하게 된다. 단, 나는 스케일 연습을 오래 할 때만 나오는 포즈이긴 하지만.

스케일만 치는데도 두어 시간이 후딱 흐른다. 계속 연습하다보면 수학문제를 풀고 있는 것 같기도 하고, 끝이 안 보이는 어질어질한 우주 속에 있는 것 같기도 하고, 그럴 때는 피아노를 치고 있다는 생각이 안 드는 느낌이다. 그 순간을 좀 더 즐겨도 좋고 조금 더 다양한 감의 변화를 넣어 연습해 보아도 좋겠다. 손목은 위아래로 움직이지 않고 좌우로만 가며, 소리에 더 귀 기울이며 음과 템포를 고르게 만들어본다. 처음에는 천천히 시작하고, 손가락이 새로운 조성의 건반의 지형에 익숙해지면 차츰 메트로놈의 속도를 올려본다.

그렇다면 이러한 스케일 연습을 통해 우리가 얻을 수 있는 것은 무엇일까?

유명한 음악만화 『피아노의 숲』의 한 장면에서는 숲의 소년 카이가 스케일 연습 이후 잘 치지 못했던 곡을 유창하게 칠 수 있게 된 모습에 스스로 신기해하는 장면이 나온다.
유튜브에서 찾아보자. 스케일 연습의 중요성-피아노의 숲
『ABRSM Piano Scales &Arpeggios』 책의 서문에는 왜 스케일 연습을 하는지에 대해 언급하고 있다. 원문 그대로 옮겨본다.

Scale practice plays an essential part in developing a pianist's skills, and time devoted to these exercises within each practice will improve keyboard fluency. Not only can many areas of piano technique be developed through scale practice(such as posture, hand position, co-ordination, balance between the hands and movement of the arm), but the sense of key and pattern acquirrd through familiarity with scales and arpeggios has several benefits; it speeds up the learning of new pieces, develops evenness of line and quality of tone, builds aural awareness, and increases familiarity with the geography of the piano.

마지막 문구가 시적이다. '우리는 (스케일을 연습함으로) 피아노라는 지형에 익숙해지게 된다.'

스케일 연습을 통하여 시간가는 줄 모르는 즐거움도 갖고, 피아노라는 어려운 미로 앞에서 슬기롭게 올바른 길을 찾아가는 지혜를 얻어 보자.

다시 말하지만 단연코, 스케일 연습은 재미있다. 반복적이지만 그렇지도 않다. 잘못하면 곡 연습을 들어가기 싫을 만큼 오래도록 스케일 연습만 하게 되는 경우도 있다. 부디, 처음의 어려움을 이겨내고 즐겁게 연습해보자.

스케일을 재미있게 연습하는 법 2

『Plaidy Technical Studies for the Piano』

스케일을 제대로 연주하려면, 먼저 고르게 연주해야 하는데, 처음부터 그렇게 하기는 쉽지 않다. 그래서 그에 앞서 선행해야 하는 다양한 연습방법을 통해 경직되어있던 손가락을 깨우고, 닫힌 귀를 열게 해야 한다.

처음에는 차례로 두 개의 음을, 세 개의 음을, 네 개의 음을, 그리고 손가락 다섯 개를 모두 쓰는 음들을 자연스럽고 고르게 연주하는 법을 공부한다. 손가락의 모양은 모두 다르고 그 쓰임과 힘도 다르기에 우리는 귀를 열어 그 고르기를 듣는 방법을 통해 손가락의 힘을 조절할 수 있겠다. 각각의 연습곡을 연주하면서 리듬에도 신경 쓰도록 한다. 1박에 3개의 음이 있는 셋잇단음표의 연주에 각 음이 정확히 3분되는지, 1박에 6개의 음이 연주되는 경우에 2+4, 3+3 등의 박자를 넣고 있지는 않은지, 쓸데없이 한 음이 강조되고 있지는 않은지, 각 연주곡에 필요한 아티큘레이션은 어떠한지 세심히 살피고 섬세히 신경 쓰며 연습해야 한다.

음표의 나열이 머리 아프기만 하다고 생각지 않고, 노래처럼 생각하며 마음으로 불러보거나 직접 소리 내 노래하듯이 불러보며 연습하는 것도 좋겠다. 어릴 적에 하논의 연습법을 제대로 듣지 못하여 그저 답답한 생각만 들기도 했었다. 그러나 단순한 반복에 불과하게 여겨지는 그 모든 음표들도 아름다운 노래로 느껴지는, 좋은 음악으로 느껴지는 경험을 내스스로 만들어가며 느끼며 연습한다면, 비단 음표들의 나열이 아닌, 훌륭한 음악의 일부로 느껴지는 시간도 만나지게 될 것이다.

12개의 으뜸음을 시작으로, 장조와 단조의 조성까지 모두 24개의 조성이 있다.

또 각각의 양손 스케일을 옥타브뿐 아니라 6도와 10도로 연습하는 방법도 의미 있다.

먼저, 손가락의 쓰임이 비슷한 조성으로 다섯 개의 조성이 있다. C부터 시작하여 5도씩 올라가서 만들어지는 장조의 조성, C-G-D-A-E 장조의 조성이다.

도에서 시까지 연주할 때, 음은 7개, 손가락은 5개이다. 그래서 스케일 연습 시 123과 1234를 반복하여 엄지손가락을 움직여 연습하는데, 123은 short, 1234는 long으로 묶음하며 부른다.

오른손과 왼손을 유니즌(같은 음)으로 옥타브 스케일 연습할 때, 위의 다섯 개의 장조에서는 다음과 같이 움직인다. 글로 써서 어렵겠지만, 최대한 쉽게 설명하고자 노력하니 따라 해 보기 바란다. 우선 2옥타브만 연습해본다.

C장조 스케일 연습에서 올라갈 때, 오른손이 먼저 SHORT이다. 다음은 왼손이 라음을 3번 손가락으로 치며 SHORT으로 따라온다. 다음은 오른손이 시까지 4번으로 연주하며 다시 1번 엄지손가락으로 도를 연주할 때가 LONG, 곧바로 도까지 친 왼손이 4번 손가락으로 레를 치며 LONG이다.

내려올 때는 반대이다. 왼손이 먼저 도시라를 치고 솔을 1번 손가락으로 치며 SHORT이다. 파를 1번 손가락으로 치고 미에서 3번 손가락으로 내려오는 오른손이 바로 SHORT으로 따라온다. 레를 4번으로 치고 1번 손가락이 도를 치게 되는 왼손의 LONG 이후에 도를 치고 시를 4번 손가락으로 치는 오른손의 LONG이 따라온다.

정리해보면, 위의 5개의 장조 스케일 연습에서는, 상행 오른손 SHORT-왼손 SHORT-오른손 LONG-왼손 LONG/하행 왼손 SHORT-오른손 SHORT-왼손 LONG-오른손 LONG의 순이다. 익숙해질 때까지 숏과 롱을 외치며 연습하다보면 자연스럽게 손에 익게 된다.

스케일 연습을 할 수 있는 많은 연습교재가 있지만, 가능하다면 앞서 소개한 『PLAIDY Technical Studies for the Piano』 교재를 서초동 음악플러스 홈페이지에서 주문하여 이런 방식으로 함께 연습할 수 있다면 좋겠다.

ABRSM 8급 실기:
스케일&아르페지오 1

내 생존회로는 음악을 필요로 하여……

새해 결심으로 올해 10월에 ABRSM 8급 피아노 실기시험을 준비하기로 했다. 재작년 봄에 이론 5급 시험 합격 후 가을에 시험 삼아 6급 실기를 패스했다. 8급 실기의 경우 이 시험을 패스하면 '음악대학 입학 가능 수준' 정도 된다는 대외인정기준이니 패스를 목표로 내 수준을 확인하고, 나 스스로 만족감을 얻고 싶은 마음이다. 늘 생각하지만 음악을 하는 것은 도 닦는 일이라고 본다. 참 어렵고 힘들고 외로운 일이다. 그러나 사람이 어떤 일에 소질이 있든 없든 간에, 여건이 되든 되지 않든 간에, 굳이 돈이 되어 물질적인 생존활동에 반드시 필요치 않은 그 일에 매달리는 이유는, 그것이야말로 자신의 생존을 위해 반드시 필요한 일이기 때문이라고 생각한다. 생존회로가 그것을 필요로 하기에 다가서는 것이다. 사람에 따라서 그것이 체육(운동)이 될 수도 있고 그림(미술)이 될 수도 있고 음악(악기)이 될 수도 있는 것이다. 내게는 음악이다. 그래서 어렵지만 도인이 되기로 결심하고 내가 가장 힘든 시간을 지낼 때 늘 찾게 되는 음악을 공부하고자, 지난 3년간 백석예술대학 평생교육원을 다녔다. 그리고 학교 공부와 더불어 레슨 선생님께 ABRSM을 소개받고 체계적이고 지속적인 교육시스템에 반해 꾸준히 자격시험을 보기로 결심했다.

ABRSM 시험은 봄과 가을, 일 년에 두 번 있다. 올해 일 년 동안 학교를 다니면서 함께 가을 시험을 준비하기로 했다. 차근차근 연습을 할 계획인데, 시창청음, 초견, 스케일과 아르페지오, 연주곡 3곡 완주라는 네 과정 중 가장 어려운 부분이 스케일과 아르페지오 분야이다.

8급에서는 모든 스케일이 다 나오는데, 앞으로 9개월 남은 동안 하루 한 페이지씩 매일 규칙적으로 연습을 반복하기로 계획했다.

직장을 다니느라 시간이 별로 없지만 틈틈이 시간을 내어 하루 30분은 연습하기로 했다. 또 내 성격과 생활습관 및 신체리듬을 고려하여 굳이 매일 정해진 시간에 연습하기로 생각지도 않으려 한다. 그저 하루 30분 스케일 연습을 하기로 마음먹었다.

8급 스케일&아르페지오 책을 보면 매우 다양한 내용으로 구성되어 있다. 먼저 기본 스케일 전체를 4옥타브로 양손 또는 한손으로 레가토나 스타카토를 다 연습하도록 한다.

다음으로 3도와 6도 스케일을 레가토나 스타카토로 양손으로 연습하게 한다. 예를 들어 3도라면 왼손이 도에서 시작하면 오른손을 3도 위인 미를 첫음으로 스케일을 하는 것이고, 6도라면 오른손이 88건반의 건반의 네 번째 도(C4)에서, 왼손은 세 번째 미(E3)를 첫음으로 하여 스케일을 한다.

다음으로 양손 따로 3도 화음 스케일을 2옥타브 하게 된다. C major와 B flat major 두 음정에서로 두 가지 방법의 핑거링을 제시하고 있다.

다음으로 4옥타브로 반음계씩 전체를 치는 크로마틱 마이너 3도 스케일을 치게 되어있는데, 감독관이 정해주는 음을 시작음으로 한다.

실제 시험 시에는 영국왕립음악원에서 파견된 선생님이 시험감독관으로 오시는데 영어로 말씀하시고 그 지시에 따라 치면 된다. 재작년에 보았던 6급 실기시험의 경험을 말하자면 수험자의 긴장감을 풀어주기 위해 매우 편안한 분위기로 대해주셔서 첫 시험에도 크게 어려움을 느끼지 않았다. 연주경험도 감독경험도 많은 전문가 선생님이시라는 느낌을 받았다. 시험일정이 정해지면 곧 감독관 선생님의 경력에 대해서도 홈페이지에 올라오는데 대부분 경력이 오랜 전문가분이 오셔서 친근하게 대해주시는 편이니, 너무 떨지 말고 자신 있게 칠 수 있으리라 생각한다.

앞으로 시험인 10월까지 스케일과 아르페지오를 공부하고 정리하며 한편씩 글을 올리고자 한다. 직접 피아노를 치고 연습하며 몸으로 감으로 익히는 것도 중요하겠지만, 이론과 함께 정립해가며 익힌다면, 지금은 비록 매우 느리고 더디게 진도가 나가는 듯 보이더라도 후에는 더 큰 발전이 느껴질 것이고 잘했다는 생각이 들 것이다. 천천히 제대로 깊이 있게 하나하나 공부하기로 결심해본다.

미래의 피아노

베르나르 베르베르의 『신』을 재미있게 읽은 기억이 있다. 신 후보생들에게 모형의 지구가 주어진다. 아무 생명도 없던 태곳적 시간부터 지구 멸망의 시간까지 그들은 계속 생명체를 만든다. 하루는 바다생물, 하루는 육지의 생물, 또는 광물 등 여러 가지를 만드는 데 각자의 역량에 따라 각기 다른 종이 생긴다. 문명의 발전 그리고 소멸, 지구 멸망과 생성의 반복이 17호 지구별까지 가고, 이렇게 끝 간 데 없이 가는 줄거리에 어떤 결말을 내려는지 슬며시 작가가 걱정스러울 즈음 위트 있는 마무리 덕분에 상큼했던 기억의 소설이다.

재미있던 부분은 각 신 후보생들이 만들어내는 생물종에 대한 것이었다. 돌고래족을 만드는 후보생, 사자족을 만든 후보생 등 각자의 생각에 따라 다른 특성을 가진 인류가 만들어지기도 했다.

문득, 그동안 살아오며 보았던 생물 중 나이가 들어가며 하나씩 알아지고 발견하게 될 때마다 그 연관성에 이게 뭐지? 싶던, 어린 시절 식탁에서 그 반찬을 발견했을 때의 신선했던 기억을 떠올린다. 짐작하셨는지도 모르겠다. 오징어, 꼴뚜기, 문어, 주꾸미, 낙지, 대왕오징어…… 다리가 많고 미끄덩하게 생긴 종족들. 오징어의 축소판인 꼴뚜기는 어머니께서 간장양념으로 달고 짜게 볶아 주셨었고, 주꾸미는 볶음으로, 오징어와 문어는 삶아서 초고추장에 찍어먹었다. 문어와 오징어는 비슷하게 생겼지만 다리의 개수가 다르고, 낙지는 더 부드러웠다.

주변을 돌아보면 비슷한데 조금 다른 종류의 생물들이 꽤 있다. 게 종류도 그렇다. 과연, 이 모든 산물은 어쩌면 책 속의 신 후보생들의 경쟁의 산물은 아니었을까? 후보생이 생각했던 생물의 기본형을 만든 후 계속 응용하며 종을 늘려갔던 건 아니었을까?

미래의 피아노가 궁금한데 뜬금없이 생명창조와 오징어와 꼴뚜기는 웬 말이냐 하시겠다.

과거부터 현재까지, 우리가 연주하는 피아노가 현재의 모습을 갖추기까지는 과정 중에 만들어진 다양한 건반악기의 변천사가 있다.

처음엔 기타보다 좀 큰 크기의 상자모양으로 들고 다닐 수 있을만한, 소리가 작은 클라비코드. 이후 크기가 좀 커지고 현을 뜯어 소리를 내는 하프시코드. 좀 더 견고해지고 건반 수가 58개가 된, 모차르트나 베토벤, 하이든 시대의 피아노, 이후 지금의 철골조로 현이 훨씬 길어지고 30개의 건반이 추가되어 88개의 건반을 쓰는 피아노까지의 역사. 왠지 아래 사진을 보면 크기가 다른 모양의 꼴뚜기, 주꾸미, 오징어가 떠오르지 않나?

클라비코드: 기타처럼 현 하나로 여러 음을 표현했다.

하프시코드: 각 음마다 각각의 현이 생겼다. 페달은 없었지만 연주 중 오른쪽 무릎으로 피아노를 살짝 위로 들어 올리면서 댐퍼 페달 역할을 했다. 왼쪽 무릎도 다른 기능으로 이용했다.

하프시코드: 부드러운 깃털 같은 것으로 현을 뜯었다. 기타의 초크 같은 역할이라고 생각해볼 수 있겠다. 소리를 듣다보면 과연 뜯어내는 소리임이 느껴진다.

베토벤, 하이든, 모차르트 시대의 피아노는 58건반으로 전체가 나무로 만들어졌으며 건반색이 지금과 반대였다.

영화 〈아마데우스〉 중 모차르트의 즉흥연주 부분.

현대의 그랜드 피아노: 88건반으로 현이 더욱 길어지고 철골조 프레임을 이용, 단단한 장력을 가지게 되었다. 음향판도 더 커졌으며 다양한 소리의 표현에 더 섬세해졌다.

유튜브의 From the Clavichord to the Modern Piano

위 영상에서는 클라비코드부터 현대의 피아노까지 구체적으로 설명하고 있으며 1, 2부 총 20분 내외이다. (위 사진들은 영상 캡쳐 본이다.)

처음 이 영상을 보고 최초의 건반악기는 좀 커다란 상자 모양으로 지금의 피아노에 비하여 작고 귀엽다는 생각을 했다. 그때는 기타처럼 휴대할 수도 있었겠다 싶다. 소개하는 분도 이때의 악기는 소리도 작고 혼자 들으며 연주하는 정도의 악기였다고 한다. 이 클라비코드를 보면 건반수보다 현의 수가 적다. 현 하나로 여러 음을 표현했다. 기타처럼.

건반만 없다면 하프와 닮기도 하고 기타와 닮기도 했던 클라비코드는 점점 변화하여 하프시코드, 모차르트 시대의 목재피아노, 그리고 오늘날의 철골프레임의 피아노로 진화하게 되었다. 건반 수는 더 많아지고 음향판의 크기도 점차 커졌다. 페달의 역할도 분화되면서 더욱 웅장하며 섬세한 표현이 가능하게 되었다.

〈현재의 피아노〉

전자키보드가 생긴 것은 1960년대이다. 그러나 보다 더 어쿠스틱 피아노의 느낌을 살린 '디지털 피아노'가 보급되기 시작한 것은 20여 년쯤 된다.

내 첫 피아노는 직장생활 첫 보너스를 받은 후 청량리 롯데백화점에서 산 인도네시아산 삼익피아노였다. 120만 원에 샀던 1998년에 디지털 피아노가 있었던가 기억이 가물가물하다. 이후 2002년 구로 행복한 세상 백화점 야마하 대리점에서 구매한 당시 최고가였던 190만 원의 CLP-150은 아직도 보유중이다.

내 방에는 72년 일본산 야마하 업라이트와 최근 구매한 야마하 P-115 모델(50만 원 남짓)이 있다. 중고 야마하를 구할 때는 흔쾌히 조언해주시던 레슨 선생님께 그랜드 피아노에 대해 문의하니 악기 욕심을 가지면 한도 끝도 없으니 자중하길 당부하신다. 단, 만약 방음실을 하게 된다면 에어컨설치는 필수라는 조언은 잊지 않으신다. 단독주택이어서 방음실 설치는 필요 없지만 쾌적한 방음실은 집중하며 연습하기 좋을 듯하다.

우리나라에는 디지털피아노와 어쿠스틱 피아노(또는 어쿠스

틱 피아노에 사일런트 기능이 있는 피아노) 중에서 선택하는 편인데, 일본과 유럽 등지에서 인기인 '하이브리드 피아노'도 있다. 하이브리드(양쪽)라는 명칭에서 유추할 수 있듯이 양쪽의 장점을 더 부각시킨 피아노이다. 이 피아노는 음향판과 현은 없으나, 피아노건반의 액션을 그대로 사용한다. 건반터치 부분은 피아노와 동일하며 소리는 어쿠스틱 피아노 소리를 녹음한 전자음이다. 연습 시 소리조절이 가능하다.

하이브리드 피아노: 건반액션과 해머가 어쿠스틱 피아노와 동일하다. 왼쪽은 업라이트 피아노 액션을, 오른쪽은 그랜드 피아노 액션을 사용한 하이브리드 피아노

위의 하이브리드 피아노는 야마하 브랜드인데 600만 원에서 1000만 원 정도의 가격이다.

〈미래의 피아노〉

앞으로 나오게 될 피아노는 어떤 것일까.

매년 베이징. 프랑크푸르트. 상하이 등에서 세계적인 악기 박람회가 열린다. 아래의 피아노는 2016년 상하이 국제 악기 박람회에서 선보인 피아노이다. 보면 대가 터치패드로 만들어져있으며 인터넷에서 악보를 찾아보고 레슨 영상 시청이 가능하다.

최첨단 기술의 피아노
(네이버 맥가이버님 블로그 참고)

드라마 〈밀회〉에서 선재의 피아노방을 기억하는지…… 어릴 적 어머니가 30만 원 주고 사주신 HANIL 피아노 주위로 빼곡히 가득 쌓인 악보 제본집…… 지나가는 디테일이었지만 정말 인상적이었다. 만약 시대가 훨씬 이후이고 선재에게 위 사진의 피아노가 있었다면, 그 빼곡한, 고풍스러운 장면은 볼 수 없었을 것 같다. 대신 어릴 적 어머니가 일하러 가시고 홀로 남으면 다니엘 바렌보임의 마스터클래스를 보며 연습할 수 있었으리라.

피아노 위의 빼곡한 책들은 모두 악보집을 제본한 것이다. 만약, 선재의 피아노가 상하이 박람회에 나왔던 피아노라면, 그 누구보다 잘 활용했을 것이다.

피아노 치는 사람에게 악보는 얼마나 소중한지 모르겠다. 한편으로 생각해보면, 전기가 없으면 악보를 못 보아 무용지물이 되는 컴퓨터 내장 최신터치패드 보면대를 가진 피아노보다, 전기가 필수인 디지털피아노보다, 순수 어쿠스틱 피아노와 종이악보가 훨씬 유용할 수도 있겠다.

그러나 전자책이 나오며 가방이 훨씬 가벼워지고 책을 둘 공간이 활용되는 면이 있듯, 적극적인 새로운 기술의 활용도 의미가 있다.

최근 롯데콘서트홀에서 있었던, 피아니스트이자 지휘자인 라르스 포그트와 로열 노던 심포니 오케스트라의 연주회에서는 피아노협주곡을 연주하며 오케스트라 지휘를 위해 그랜드 뚜껑을 떼어두고, 보면대가 있을 자리에 아이패드를 두어 종이악보 및 총보 대용으로 활용하는 것을 볼 수 있었다.

그랜드 피아노 위에 놓인 아이패드 프로가 보인다. 오케스트라 단원들이 지휘자의 연주를 미소를 띠며 듣고 있다. 따뜻한 느낌, 좋은 사람이라는 느낌을 주는 오케스트라였다.

베토벤의 곡이 이렇게 섬세하고 아름다웠구나, 라는 깨달음을 갖게 한 연주였다. 그동안 베토벤의 바람머리와 강한 인상에 대한 선입견이 있었음을 인식하게 되었다.

가끔 생각한다.

이미 오래전 돌아가신 분들이 작곡한 곡을 연주할 수 있게
한 종이의 발명과, 오늘 내 집 내 방에서 유명 피아니스트와
오케스트라의 전설적인 공연을 감상할 수 있게 한 이 모든
문명의 발전을. 그리고 이 순간 휴대폰 하나로 들을 수 있는
모든 음악과 이 시대에 태어나 이 모두를 향유하고 있는 내
자신이 받은 축복에 대해.

내가 받은 축복에 대하여 나 또한 조금이라도 세상에 돌
려줄 수 있기를 바란다. 그리고 음악에 대한 오랜 사랑과 감
사의 마음이 앞으로도 지금과 같기를 믿어 의심치 않는다.

피아노 조율과 페달의 원리

건반악기와 요한 세바스찬 바흐

수년 전, 집에서 가까운 거리에 피아노 조율학원이 있었다. '아, 저기 조율학원이 있네. 언젠가 배워보아야겠다.'라며 출퇴근길 먼발치에서 간판만 바라보다가 수년이 훌쩍 지났다. 근 10여 년 정도 자리를 지키던 조율학원은 어느 날 문을 닫았다. 전화로 가끔 문의하고 인사만 드렸던 남자 선생님도 어디로 가셨는지 모르겠다. 그때 집 근처였으니 마음먹고 열심히 6개월만 다녔다면 얼마나 좋았을까. 늘 그 자리에 계시리라 생각했는데 아니었구나. 깨달은 바가 있었다.

그 후 신사동에 있는 현대조율학원에서 잠시 공부할 기회가 있어 조율을 공부했다. 우리나라 최초의 여성조율사이신 서글서글한 미모의 정순영 선생님께서 직접 가르치셨다. 우연히 친구 따라 본 시험에 합격하여 이 일이 평생의 업이 될 줄은 몰랐다고 하셨다. 피아노 조율하며 여러 피아노를 만났을 때의 에피소드도 듣기 즐거웠다.

피아노연주도 그렇고 피아노조율도 그렇고 장인정신이 필요한 일이다. 함께 수강했던 친구 중에는 독일유학을 준비하며 공부 중이던 대학생 채영이도 있었는데 그와 나 아직도 조율사 자격증은 못 땄다. 열심히 하지 못했지만 쉽게 얻을 수 있는 자격증도 아니라는 결론을 내렸다.

공부하는 사이 한국산업인력관리공단에서 주최하는 조율사 시험은 1년에 2회에서 1회로 줄었다. 매년 1월 중 필기시험 신청, 2월 중 필기시험, 3월에 실기시험이다. 가을에 있던 조율사 시험이 없어진 대신 가을에 열리는 조율경진대회에서 순위권에 들면 필기시험이 면제되며 바로 조율사자격 취득이 가능하다. 그래도 시험이 일 년에 두 번은 있어야지 않나 싶다.

동음조율, 옥타브조율, 평균율조율로 넘어가는 조율과정은 일종의 마음수련이라고나 할까. 외로운 일이다. 늘 사람들에 둘러싸여 있다가 홀로 방 안에서 피아노선과 건반을 만지고 있다 보면, 조율을 위해 따앙 따앙 쳐보는 피아노음만 듣고 있다 보면, 그리 외로우면서도 허전한 느낌. 어쩌면 사회생활을 한 이후 그러한 시간을 가질 기회가 거의 없었기 때문에 더 그런지도 모른다. 그때 그 허전함을 채워주는 것은 바로 '소리', 동음조율(피아노 소리는 2개 또는 3개의 현을 동시에 울려서 낸다. 같은 음정의 여러 줄의 현이 같은 음을 내도록 조율하는 것을 말한다) 할 때 따앙~ 따앙~ 울려 퍼지는 소리이다.

첫소리로 동음을 맞추는데 소리가 난 이후 잔여음의 맥놀이도 함께 듣는다. 그 작아지다가 사라지는 시간은 평소 피아노 연습을 할 때는 곡의 마지막 음 이외는 듣고자 하는 때

가 많지 않기에 음을 하나하나 끝까지 듣는 조율의 경험은
새롭다.

두어 시간쯤 열중하다 집에 오는 버스 안, 마음 중에 현의
소리가 한참 울린다.

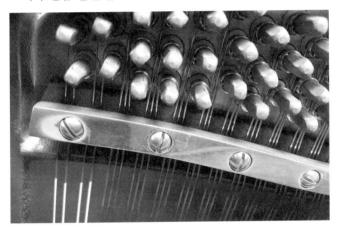

피아노의 높은음과 중간음은 3개의 현으로 중간 이후 낮
은음은 두 개의 동선으로, 낮은 음은 1개의 동선으로 이루
어진다. 각 현이 묶인 핀을 조절하여 음정을 맞춘다.

피아노 조율 시험에는 안 나오나 실전에서는 종종 있는 일이라고 하는, 줄이 끊어졌을 때 줄을 교체하는 실습을 해보았다. 아래 사진이 현이다. 각 음의 높이에 따라 현의 두께가 달라진다. 처음으로 줄을 교체해본 후 뿌듯함에 사진을 찍어보았다.

음마다 두께가 다른 현, 끊어진 현을 잇는 매듭 엮는 법, 내가 처음으로 바꿔본 현

피아노조율은 연주와 다르다. 조율학원에 가면 공방이 생각난다. 기본조율공구도 매우 많다. 작업장에 가면 '아, 내가 이러려고 온 건 아닌데' 생각도 절로 든다. 여자 조율사님이 많지 않은 이유도 같은 이유겠다. 건반뚜껑을 떼거나 보면대를 뗄 때도 나무가 무겁고 헤머 전체를 들어 올려야 할 때도 힘이 필요하다. 요즘은 아파트나 빌라 등 공동주택 생활에 최적화된, 조율이 필요 없는 디지털 피아노가 많이 보급되어 피아노 조율 수요가 전처럼 많지 않기도 하다.

피아노 조율 하면 떠오르는 단어, '공방', '작업장', '장인정신'…… 정말 피아노를 좋아하고 꾸준히 노력하는 사람이어야만 조율일을 평생의 업으로 가질 수 있지 않을까 생각한다.

오래 전 건반악기가 생기기 시작 하던 당시 고음악 연주에는 다른 많은 조율법이 있었다. 베르그 마이스터 3세 조율법, 피타고라스 조율법, 미텔톤 조율법, 발로티 조율법 등 음악가와 악기개발자들은 다양한 방법을 시도하였었다.

바흐 이후로 옥타브를 12음가로 동일하게 나누는 '평균율 조율법'이 곡의 연주와 작곡에 무난한 것으로 여겨지며 오늘날 조율법의 기준이 된 것으로 보인다. 지금은 평균율 조율의 음정이 귀에 익숙해졌지만 아주 어릴 적 피아노를 처음 배우던 때 처음 들은 피아노 음계는 어딘지 핀트가 살짝 어긋나있다는 느낌이었다. 그 느낌이 맞았다. 평균율의 의미가 사실 그러했다.

사람이 듣기에 좋은 순수한 화음은 음의 진동수가 1:2, 2:3, 3:4 등으로 정수로 들리는 소리라고 한다. 그런데 이런 순정화음조율의 단점은 조성이 바뀔 때마다 그 조성에 맞게 피아노의 조율을 다시 해야 한다. 2옥타브 이상 올라가면 옥타브음끼리도 소리가 안 맞아지기도 했다. 그래서 당시의 곡은 곡 중간에서 조성이 변하는 곡이 없었다. 당시에 피아노 음악회가 있었다면 같은 조성의 곡만 연주되었을 것이다. 다른 조성의 곡을 연주하려면 기존 조율법으로는 두 시간을 들여 피아노 조율을 다시 해야 했으니 말이다.

평균율(equal temperament) 조율법은 진동수 비가 1:2인 한 옥타브(예를 들면 '도'에서 '도'까지를 한 옥타브라고 한다.)를 12개의 반음으로 나누어 이웃하는 음끼리 똑같은 진동수비로 조율하는 것이다. 12개로 나눈 진동수비는 1:1.059463……이다. 즉 1.059463……을 12제곱하면 2가 되는 것이다.

이렇게 만드는 평균율 조율은 숫자로는 균등한 진동수이지만 실전에서 현을 조율할 때는 음끼리 살짝살짝 어긋나게 조율하게 된다. 그래서 처음 들을 때는 정확히 맞아떨어지는 화음의 안온한 기분이 안 든다. 그리고 이것이 평균율에서는 맞는 소리이다. 그와 같이 조율하는 것이 평균율 조율이다. 필기와 실기시험을 위해 외울 때 어떤 음은 조금 오른쪽으로, 어떤 음은 몇 도 왼쪽으로……, 이런 식으로 머릿속에 저

장했던 것 같다.

그래서 평균율 조율은 많은 실습 없이는 배우기가 만만치 않다. 반복적으로 소리를 많이 듣고 익숙해져야 한다. 일반적인 조율법도 이렇게 어려운데 다른 조율법들은 또 어떤지 잠시 궁금해 하다가 그냥 생각을 멈추기로 한다.

요한 세바스찬 바흐의 〈평균율 클라비어 곡집(Well-Tempered Clavier)〉이라는 작품이 있다. 조성이 각각 다른 48개의 곡으로 당시 여러 다양한 조율법이 이용되며 건반악기의 발전이 있던 시기에, 'well-tempered'라는 '잘 조율된'이라는 제목과 함께 건반악기 작곡의 가능성을 잘 보여준 작품으로 평가 받는다. 당시 참신하고 새로운 시도였다.

이 곡은 연습곡으로서만이 아니라 훌륭한 예술작품으로 평가받는데, 이 작품을 들은 많은 시인들의 칭송의 글이 있다.

들게 해주고 느끼게 해주오.
소리가 마음에 속삭이는 것을
생활의 차디찬 나날 속에서
따스함과 빛을 내리시기를

독일의 문호 괴테는 바흐의 〈평균율 클라비어 곡집〉을 듣고 이렇게 노래했다. 또한, 베토벤의 32개의 피아노 소나타

를 피아노의 신약성서로, 바흐의 〈평균율 클라비어 곡집〉을
피아노의 구약성서라고 일컫기도 한다.

중고등학교 음악시험문제에 음악의 아버지와 어머니가 누
구인지 묻던 질문이 기억난다. 사실 '바흐는 음악의 아버지,
헨델은 음악의 어머니'라는 말은 서양음악의 탄생지인 유럽
에 가서 이야기하면 금시초문이라는 반응이다. 아마 우리나
라 음악교육 초창기에 일본의 음악책을 베끼다시피 하여 들
여온 책 어딘가에 적힌 글들이 아니었을까 유추해본다. 그러
나 이 표현이 서양에서 없던 말이라지만, 바흐의 생애와 바
흐가 남긴 작품들을 보면 '음악의 아버지'라는 말이 너무나
잘 어울린다.

바흐는 실제로 스무 명이나 되는 아이들의 아버지였다. 그
의 수많은 작품은 하나님에 대한 경의 그리고 실질적으로 아
이들을 키워내기 위해 돈을 벌고자 직장의 회사원처럼 끊임
없이 작곡한 결과물이다. 그는 자식들의 양육과 교육을 위
해 돈과 시간을 아끼지 않았으며 자녀들 중에도 훌륭한 음
악가를 많이 배출해내어 우리가 흔히 부르는 바흐라는 이름
의 작곡가는 그의 집안 전체로 따져 여러 명이다. 그래서 베
토벤은 베토벤, 모차르트는 모차르트, 이렇게 작곡가의 이름
으로 곡을 찾으면 되지만 바흐는 풀네임인 요한 세바스찬 바
흐(J.S.Bach)를 기억해두는 것이 좋다.

20년 전에 샀던 인벤션 연습곡집 앞부분에 바흐에 대한 이

야기가 있다. 놀랍고 존경할만한 부분은 바흐 스스로 자기 자신의 업적에 대하여 했던 말이다.

사람들은 내가 대단하다고 말하지만 나만큼 노력한다면 누구나 나처럼 할 수 있다.
-요한 세바스찬 바흐(J.S.Bach)

독일어에서 '바흐(der bach)'라는 남성 명사는 '시냇물'이라는 뜻이다. 바흐의 곡을 알고 사랑하는 사람들은 바흐 이후의 서양음악은 바흐로부터 나왔다고 말한다. 작은 시내이지만 그 깊이를 알 수 없는 샘인 바흐. 그의 〈평균율 클라비어 곡집(Well-Tempered Clavier)〉은 건반악기의 가능성을 잘 보여주었다.

바흐 시대에는 피아노는 아예 없었고 오르간, 하프시코드 등 건반악기 자체가 매우 새로운 것이었기에 작곡자들은 건반악기에 그리 확신을 갖지 못하고 있었다고 한다.
'도'와 '도' 사이를 미끄러지듯 가며 수많은 음을 낼 수 있는 현악기와는 달리 피아노는 각각의 한 음씩 헤머를 통해 현을 때려 소리를 낸다.
피아노라는 건반악기는 타악기의 북채를 이용하여 현악기의 줄을 퉁겨 소리를 낸다. 이 북채 역할을 하며 현을 때리는 헤머, 현을 때린 후 나는 여음을 멈추는 댐퍼. 헤머라는 북채를 연주자의 손가락을 이용해 작동하게 하는 액션과 건반의 메커니즘이 피아노이다.

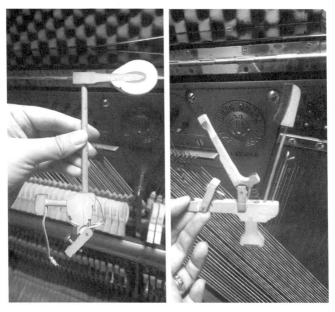

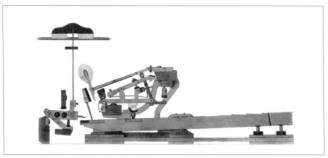

그랜드 피아노의 액션 구조

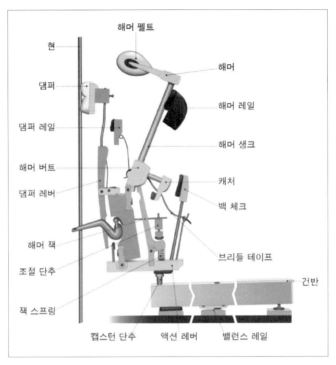

해머 펠트

현

댐퍼

댐퍼 레일

해머 버트

댐퍼 레버

해머 잭

조절 단추

잭 스프링

해머

해머 레일

해머 생크

캐처

백 체크

브리들 테이프

건반

캡스턴 단추   액션 레버   밸런스 레일

업라이트 피아노의 액션 구조

　음정이 확실히 구분되어지는 건반악기의 특징 때문에 바
흐 시대만 해도 이런 건반악기로 자유로이 곡을 작곡할 수
있을지 의문이 많았다. 바흐는 각 12개씩 24개의 모든 장조
와 단조를 이용하여 〈평균율 클라비어 곡집 1권〉 24곡을 만
들고 또 다시 24개의 〈평균율 클라비어 곡집 2권〉을 작곡하

였다. 이 곡의 원제목은 'well-tempered' 즉 '잘 조율된 클라비어 곡집'으로 바흐가 24개의 모든 조성을 연주할 수 있는 조율법을 쓰고 있었다고 추측해볼 수 있다. 꼭 평균율 조율법을 썼는지는 논란이 있으나 현재의 대부분의 피아노 조율법인 평균율 조율은 24개의 조성을 충분히 연주할 수 있는 조율법이다.

바흐가 작곡한 곡들은 일상 중 어디에서도 자주 들을 수 있다. 요즘 베토벤의 〈피아노 소나타 비창 3악장〉을 연습중인데, 클래식FM에서 어디서 많이 들던 좋은 곡이 나오기에 제목을 알고자 끝까지 귀 기울여 들으니 작곡자가 바흐인 것이다. 바흐를 좋아하면서도 딱 떨어지는 연습곡만을 생각하던 내게 그 곡이 현대작곡가의 곡이 아니라 바흐가 작곡했다는 사실은 정말 신선했다. 곡목을 적어 imslp.org에서 악보를 찾아 출력해 연습해보았다. 훌륭한 오르가니스트(오르간은 발쪽에도 건반이 있다)였던 바흐의 작곡이라 역시 세 개의 손이 필요해서 쉽지는 않았지만 더듬더듬 악보를 읽어나간 그 곡은 BWV 645, 〈눈 뜨라고 부르는 소리가 있어(Wachet auf, ruft uns die Stimme)〉였다.

바흐가 만든 멜로디는 지금 들어도 좋은 멜로디가 많아서 후대의 여러 곡에 반영되었고, 대위법적 음의 구조는 재즈 편곡에도 잘 어울려서 재즈곡도 많다는 사실도 알게 되었다. 내 선입견 속 바흐답지 않던 곡이 바흐의 작품이었다는 사실, 그리고 그가 작곡한 곡의 멜로디가 TV나 영화의 배경음악으로 무수히 많이 쓰인 것을 알면 알수록, 앞으로 만나게 될 보물찾기에 한없이 행복해진다. 앞으로도 이렇게 베토벤을 연주하다 바흐를 듣고 모차르트를 듣다가 바흐를 연습하게 될 것 같다.

65년을 이 지구상에서 살다가 간 바흐. 275년이 지난 지금도 그의 음악은 인류에게 무한한 경이와 기쁨을 주고 있다.

피아노 페달

피아노를 가르치다가 아이들이 집중을 못하고 심심해보이면 피아노 뚜껑을 열어 보여준다. 와 하며 의자에 올라와 피아노 속을 들여다보는 아이들에게 간단히 피아노의 동작원리를 설명해준다.

피아노는 페달을 써서 음의 어운을 조절할 수 있다. 곡 연주에 페달의 사용은 매우 중요하다. 피아노 뚜껑을 열어보면 헤머가 보이고 그 아래로 현을 누르고 있는 댐퍼라는 장치가 있다.

건반을 누르면 댐퍼가 현에서 떨어지는 동시에 헤머가 피아노의 현을 때리면서 소리가 난다.

손가락을 건반에서 떼면 해머가 제 자리로 돌아가면서 댐퍼는 현을 누르며 지음을 하고 그때 소리의 울림이 멈춘다.

〈댐퍼 페달〉

업라이트 피아노의 오른쪽 페달을 댐퍼 페달이라고 부르는데 이 페달을 누르면 현을 누르고 있던 댐퍼 전체가 일시에 현에서 떨어진다.

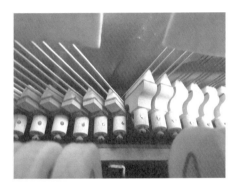

댐퍼 페달을 누르지 않은 상태(댐퍼가 현에 붙어 있음)

댐퍼 페달을 누른 상태(댐퍼가 현에서 떨어져 있음)

댐퍼 페달을 누른 상태로 건반을 누르면 댐퍼가 현을 잡아주지 않으니 소리의 여음이 길게 남는다. 댐퍼 페달에서 발을 떼면 댐퍼가 현을 눌러 여음이 멈춘다. 댐퍼는 모든 음에 하나씩 있는데 고음부로 가다보면 댐퍼가 없는 경우가 있다. 고음부는 현이 짧아 소리가 작고 빨리 사라지기도 하지만, 구조적으로 댐퍼를 설치하기가 어렵기 때문이기도 하다. 고음부의 몇 음들은 유난히 여음이 길게 느껴지는데 댐퍼가 없어 지음을 해주지 않아서이다. 뎀퍼 페달은 소리를 지속시키기 때문에 서스테이닝(sustain, 지속하다) 페달이라고도 부른다.

〈사일런트 페달〉
업라이트 피아노의 중간에 있는 페달을 사일런트 페달이라고 한다. 약음페달이라고도 부른다.

사일런트 페달을 누르면 중간의 부직포가 붙은 레일 전체가 현과 해머 사이로 들어온다. 그렇게 되면 건반을 눌러 해머가 현을 때릴 때 현을 직접 치는 것이 아니라 부직포를 사이에 둔 채로 현을 울리니 소리가 작아진다. 사일런트 페달은 다른 페달과 달리 고정해둘 수 있다. 업라이트 피아노 페달이 두 개인 경우는 보통 이 페달이 없는 경우다.

〈소프트 페달〉

업라이트 피아노의 가장 왼쪽 페달을 누르고 해머를 보면 해머 전체가 기존 거리보다 조금 더 현 쪽으로 가까워져 있다. 타현거리가 짧아져 해머가 현을 치는 반동이 약해지며 소리가 다소 작아진다. 터치가 가벼워지기 때문에 건반을 눌러 소리내기도 좀 더 쉽고 부드러워져 흔히 소프트페달이라고 칭한다.

〈그랜드 피아노와 업라이트 피아노〉

그랜드 피아노는 업라이트 피아노와 구조가 다르고 페달의 역할도 조금 다르다. 앞서 액션의 모습에서 보았듯이 그랜드 피아노의 현은 수평구조, 업라이트 피아노의 현은 수직구조이다. 이런 차이점으로 필요공간과 소리가 울려 퍼지는 면적이 다르다. 그랜드 피아노는 현이 수평으로 되어있어, 해머가 위아래로 움직여 업라이트 피아노보다 중력의 구조에 맞으니 더 자연스럽다. 또한 수평으로 된 현의 구조상 그랜드

피아노가 차지하는 면적이 넓다보니 그만큼 소리의 울림도 크다.

그랜드 피아노에는 사일런트 페달 대신 그 자리에 소스테누토 페달이 있다. '소스테누토(sostenuto)'는 '음을 충분히 깊게 눌러서'라는 뜻으로 이 페달을 사용하면 손으로 누르고 있는 건반의 뎀퍼만 현에서 떨어진다. 그래서 그 특정음의 소리만 지속시킬 수 있다. 독일의 피아노 제조사인 스타인웨이에서 특허를 갖고 있다. 이 소스테누토 페달이 없는 피아노도 있다.

그랜드 피아노 가장 왼쪽의 소프트 페달을 누르면 헤머가 전체적으로 오른쪽으로 움직인다. 그래서 현 3개 또는 2개를 타현하던 헤머가 현 1개만 타현하게 되며 소리나 음색의 변화가 생긴다. 현 1개만 타현하게 하므로 '우나 코다(una corda, 줄 하나) 페달'이라고도 한다.

4

음악을 들으며

예술의 전당에 가보자

예술의 전당에 가면 하늘도 공기도 다르더라

예술의 전당을 참 좋아한다. 아이가 어릴 때 네 발 자전거를 탈 무렵 예술의 전당 분수 앞으로 자주 놀러 다녔다. 음악분수 옆에 있는 모차르트 카페에서 오므라이스를 나누어 먹고 선선한 바람이 부는 벤치에 앉아 자전거를 타며 노는 아이를 보고 있노라면 그보다 더 행복할 수가 없었다.

여름날, 모차르트 카페엔
화분이 가득

여름날 저녁의 음악분수

   우면산이 옆이라 가끔씩 산행하기도 좋았다. 5월에는 국립
국악원에서 하는 어린이날 특집 공연, 매년 7월 경 미술과
놀이 전시, 12월에 하는 호두까기인형 발레 공연 등은 수년
간 빠짐없이 보았다.

   이사한 후로는 아이와 같이 자주 다니기는 어렵지만, 예술
의 전당 회원에 등록하여 매달 『Beautiful Life』를 받아보는
일은 잊지 않고 있다. 월간으로 80여 페이지 정도 되는데,
내한하는 예술가에 대한 인터뷰와 공연 후 감상평 등, 글과
구성이 알차다. 웹페이지로도 볼 수 있지만, 1년 블루회원 가
격에 할인까지 받으면 2만 원대로 이 잡지를 매월 받아볼 수
있어 매년 신청해둔다. 또 인문, 미술, 음악, 서예, 성악, 연
기, 여행, 공연 등 분야별 아카데미가 있어 오페라 강의를 2
학기 수강하기도 했는데, 늘 피곤하여 침까지 흘리며 졸면서

헤드뱅잉을 하여 강사님 보기 민망할 때도 많았지만, 그 중에도 내 무의식은 들려오는 음악을 들었으리라 생각하며 빠지지 않으려 노력했다.

황지원 선생님의 오페라 강의시간, 푸치니 오페라 중

아카데미 수업시간보다 조금 일찍 도착한 날이면 직원식당이자 고객도 이용할 수 있는 카페테리아 '예'에 들러 6,000원으로 저녁식사를 하고, 그래도 남는 시간엔 아트샵에 들러 예쁜 소품과 그림들을 본 후 수업에 들어가기도 하였다.

어느 가을엔 와인 축제가 열려 음악분수 앞 테이블에 앉아 음악을 들으며 친구들과 와인을 마시기도 했다. 최근 몇 년간은 시범운영하던 푸드트럭을 겨울만 빼고 거의 상시 운영하는 듯하다. 늘 같은 음식이 아니라 자주 바뀌는 메뉴들이다. 다만 맛있던 떡볶이와 오뎅이 있다가 없다가 해서 다소 안타까운 건 어쩔 수 없지만, 겸사겸사 이 어디를 가나 늘 한 가지 메뉴에 특화된 입맛을 좀 바꿔보리라 결심해보게도 된다.

1984년에 지어진 지 30주년 기념 전시에서는 예술의 전당이 지어지면서부터의 역사와 전경을 비타민 스테이션(지하 1층 공간, 외부에서는 1층)에서 오페라 하우스로 올라가는 지하 로비에서 찬찬히 볼 수 있었다.

최근 몇 년 전부터는 객석 기부 형태로 예술의 전당 운영과 발전을 위한 기금을 모으고 있으며, 비타민 스테이션에서 음악당까지 가는 길을 지하로 정비

대한음악사 벽 창문에는 바흐의 프렐류드 1번 악보가!

하고 에스컬레이터를 연결하여 우산 없이도 바로 주차장에서 음악당으로 갈 수 있게 되었다.

지하의 비타민 스테이션을 비롯하여 오페라 하우스, 서예관, 음악당, 미술관 등 곳곳에 쉴 수 있는 카페와 식당이 있다. 그리고 주차장으로 가는 길에 있는 대한음악사는 최근 명동점이 문을 닫으며 예술의 전당점이 유일해졌다.

최근에는 겨울에 음악분수 앞 광장에 스케이트장을 마련하여 저렴한 가격에 스케이트를 탈 수 있게 되었다. 그리고 매년 12월 31일 9시 30분에 시작하는 예술의 전당 제야음악

회가 끝나면, 모든 이들이 광장에 나와 모여 소원카드를 써 붙인 풍선을 새해의 카운트다운과 함께 하늘로 올려 보낸다. 그리고 불꽃놀이…… 춥지만, 아름답다.

매번 새롭게 살아 숨 쉬는 예술의 전당, 삶에 지치거나 어딘지 부족함이 느껴질 때, 이곳에 간다. 그리고 나도 모르는 무언가를 다시 채우고 돌아온다.

어쩌면 그냥 그곳 광장에 서서 가만히 바라보이는 넓은 하늘, 건물과 어우러진 조명에 한 번 홀려 마음을 빼앗기면 오래도록 헤어 나오지 못하게 되는지도 모르겠다.

가을밤 예술의 전당 피아노 독주회, 예매부터 감상까지

끝없는 여정, 베토벤&백건우

백건우 님의 베토벤 피아노 소나타 연주회를 보러 예술의 전당에 다녀왔다. 첫날 금요일 프로그램은 20번, 1번, 19번, 15번, 8번의 순서였다.

19번과 20번은 소나티네에서도 볼 수 있던 친근한 곡이었고 베토벤이 스승 하이든에게 헌정한 1번도 어디서 많이 들어본 것 같은 익숙한 멜로디였다.

지난 4월에 예매하고 전곡 CD도 준비하며 공연 전 미리미리 예습을 하고 가리라 다짐하였건만, 전날인 목요일이 되어서야 곡을 제대로 들어보았다. 수년 전 사놓은 베토벤 피아노 소나타 악보를 함께 펼쳐놓고 프로그램 순서대로 CD를 들었다. 5개월이 지나도록 마음만 먹고 있다 제대로

```
                        PROGRAM

9.1.(금) 20시 | 소나타 20번, 1번 19번, 15번, 8번(비창)
9.2.(토) 17시 | 소나타 5번, 3번 12번, 14번(월광)
9.3.(일) 14시 | 소나타 6번, 7번, 16번, 17번(템페스트)
9.3.(일) 18시 | 소나타 10번, 2번, 22번, 23번(열정)
9.5.(화) 20시 | 소나타 11번 18번, 9번, 25번, 21번(발트슈타인)
9.6.(수) 20시 | 소나타 24번, 4번, 13번, 26번(고별)
9.7.(목) 20시 | 소나타 27번, 28번, 29번(함머 클라비어)
9.8.(금) 20시 | 소나타 30번, 31번, 32번
```

듣지 못했는데, 발등에 불이 붙으니 하룻밤 아니 한 시간도 안 걸리는 일이었다. 5개월 마음의 짐이 참 무거웠을 텐데…… 마음속으로 스스로를 바라보며 혀를 끌끌 차는 밤.

이 프로그램에 대해서 진즉 공지되어 있는 것을 알고 있어서 좀 더 일찍 들어볼 수 있었는데, 역시 마음먹기보다 행동하기가 중요하다는 생각을 다시 하게 되었다.

퇴근하고 예술의 전당으로 향하는 길. 오랜만에 보는 예전의 모습에 나도 모르게 마음속에 퍼지는 노래가사는 유리상자의 '사랑해도 될까요' 첫 부분……

'문이 열리네요. 그대가 들어오죠. 첫눈에 난 내 사람인 걸 알았죠……'

얼마 전 들러서 라이프와 보그, 하림라시드전, 엑스레이맨

과 간다라미술전 까지 하루에 섭렵한 지 한 달 정도 지났던 가. 그래도 너무 오랜만인 것 같다. 마음 같아선 이 근처에 살고 싶은데.

카페테리아 '예'에서 허겁지겁 5,500원의 저녁식사를 마쳤다. 이곳에서 식사할 때면 2014년과 2015년에 걸쳐 예술의 전당 아카데미 오페라 강의를 수강하던 때가 떠오른다. 헤드뱅잉 하며 침 흘리며 꾸역꾸역 듣던 강의시간 내 모습도 기억나고……. 그때 좋았지. 황량한 겨울바람을 헤치고 늦을까봐 계단을 뛰어 올라가던 기억도 나름 좋았던 것 같다. 옆자리 세 아가씨들은 음악 전공생들인지 음악 이야기와 유학 시절 이야기를 하고 있었다. 이곳에 오면 나와 다른 사람들

보는 재미도 있다는 사실이 새삼 다시 느껴졌다.

음악당으로 가는 길, 참새가 방앗간을 그냥 지나가랴. 아트샵에 들러 스윽 새로 나온 상품들을 훑어보았다. 아기자기 새로 진열된 예술적(?) 상품들 덕에 눈이 즐거워지는 곳이다. 아트샵 바로 옆에 자리한 예술의 전당SAC(Seoul Art Center) STORE에 예술의 전당 굿즈가 다양하게 생겨서 나처럼 예전을 좋아하는 사람은 이것저것 예쁜 것을 사두고 싶겠다. 각 건물들 모습이 배치된 크리스털 문진이 너무 마음에 들어 구입했다. 골드회원만 10% 할인된다 하여 조금 아쉬웠지만, 늘 이렇게 새롭게 발전하는 모습 보기 좋고 흐뭇한 마음이다.

예술의 전당 저녁의 조명은 참 운치 있다. 전에 비오는 날 찍은 사진들은 분위기가 더 좋았다. 아트샵과 SAC STORE는 첫 번째 사진의 한가람 미술관 입구 1층에 있다. 디자인 미술관에서는 무민전을 하고 있다. 다른 날 방문했었는데 전시가 아기자기하고 그림과 색채가 너무나 귀엽다. 전시관 안에 사진촬영을 위한 공간도 많아 아이들과 한 번쯤 가볼만 하다. 전시 그림을 보며 미대생으로 보이는 여학생들이 터치와 선에 대해 이야기하는 모습을 보며 식당에서 봤던 음대생들과의 기시감을 느끼기도 했다.

　조금 지체했더니 금세 8시가 가까워지고 있었다. 계단에 푸드 코트와 파라솔에 한가로이 식사와 음악분수에서 들려주는 음악을 즐기는 사람들 모습이 여유로워 보여 한 컷. 이 분위기 참 좋다. 가을바람 솔솔 부는 예술의 전당의 밤이다.

　계단을 다 오르니 또 이런 조명을 가진 음악당(우측)과 서예관(좌측) 전경이 들어온다.

　예매표를 찾아 3층으로 올라왔다. Yes24에서 할인받아 27,000원에 4월에 예매해둔 표. 아쉬웠던 점은 공연일이 가까워오며 진행된 이벤트로 8회 전 공연을 신청하는 경우 50% 할인석 이 각 등급별 100석까지 있었던 것. 이번 베토벤 전곡 연주를 많은 도시에서 진행하고 계셔서 서울에 좀 여유가 있지 않았나 싶었다. 이러면서 또 하나 배운다. 상황과 희소성에 따라 좌석예매를 여유롭게 해야 하는 공연도 기한이 다가와 하는 게 더 좋은 공연도 있다는 것을. 이런 상황을 알고 영리하게 예매를 했다면 같은 가격보다 더 저렴하게 2층 좌석에서 감상할 수 있었을 것이다. 그러나 이런 노하우, 하나하나 직접 부딪히며 배워가련다.

3층 좌석에 앉으니 예술의 전당 음악당 콘서트홀의 전경이 다 보인다. 고풍스럽다. 롯데콘서트홀의 아늑함과 새로움과는 다른 느낌이다. 그래도 30년 전에 이 정도의 음악당이라니. 세계적 예술가들이 공연해본 후 칭찬하는 음악당이라니. 시간의 흐름을 생각해보면 더욱 대단한 건축물의 위용을 느껴본다.

합창석까지 찬 청중들의 기대, 저 넓은 연주홀 가운데 우아하게 놓인 그랜드 피아노, 피아노 주위로 소리를 캐치하려 설치된 마이크선들, 오케스트라도 없이 오로지 홀로인 피아노 독주회인 것이다. 이런 중압감을 어찌 견뎌낼 수 있을까. 연주자는 말이다······.

연주가 시작되면 모든 스포트라이트는 연주자에게 간다. 청중들의 인기척, 그들의 눈빛과 그들이 내는 소리 모두 신경 쓰일 텐데······. 이런 가운데에서 음악을 만들어내는, 만들어낼 뿐만 아니라 청중을 이끌며 늘 청중의 관심이 끊이지 않도록 긴장을 늦추지 않고 마음으로 연주하며 감동을 이끌어내는 연주를 하려면······ 괜스레 걱정하는 건 내 입장 내

수준의 생각이겠고, 올해 71세의 백건우 님은 수많은 경험과 지혜와 집중력이 있으시니 기우일 뿐이다.

지난 6월 제주 해비치 아트 페스티벌의 연주회 때 연주에 홀린 25세 발달장애인 정영 씨가 연주 중 피아노 옆에 다가 왔을 때에도 미소 띤 얼굴로 정영 씨를 바라보며 연주를 멈추지 않으셨던 백건우 님이시다.

이제 진짜 연주가 시작되었다. 익숙하고 반가운 20번의 2개 악장이 끝나고 베토벤이 하이든에게 헌정한 1번의 4개 악장이 끝나고 역시 익숙한 19번이 흘렀다. 잘 모르지만 각각 만들어진 시기도 다른 이 작품들인데 이어서 연주하는 전개가 참 자연스럽게 흘러가는 느낌이 들었다.

문득 프로그램지에 실렸던 인터뷰 내용이 떠올랐다.

2007년 그의 나이 예순 한 살에 베토벤 피아노 소나타 전곡(32곡) 마라톤 리사이틀을 완수한 백건우가, 10년 만에 다시 '피아노의 신약성서'(한스 폰 뷜로 베를린 필 초대 지휘자 코멘트) 앞에 앉는다. …… 2017년, 일흔 한 살의 백건우는 우리네 삶과 베토벤을 다시 돌아보기에 적절한 시간이 됐다고 판단한다.

  "프로그램을 만들 때, 유명한 곡을 그냥 늘어 놓지 않습니다. 작곡가의 마음에 스며들어, 더 나은 작품을 고르려고 노력합니다. 번호 순서대로 연주하기보다는 베토벤에 대한 올바른 가치관을 추구하고자 합니다. 출판 순서대로 늘어놓는 것을 베토벤이 의도했다고 보지 않습니다. 이 작품이 끝나면 다음에 무엇이 올 것인가를 음미하고 자연스러운 흐름을 만들어내고자 합니다. 음표들이 사랑하고 서로 끌리는 대로 곡의 순서를 정합니다."

  20분의 인터미션 시간이었다. 피곤하여 잠시 눈을 붙였다. 어제 잠을 많이 못 잤음에도 기대하던 공연이어서 집중해서 들으니 졸리거나 하진 않았다. 졸려서 못 들을 정도라면 1층 심포니카페에서 샷 추가한 아메리카노를 냉큼 마시고 올라왔을 것이다. 다음 곡을 한 번 더 들어볼까 하다가 요즘 순위 1위라는 윤종신의 '좋니'의 플레이버튼을 눌러보았다. 윤종신 특유의 사실대로 표현하며 정곡을 찌르는 가사가 역시 인상적이고 그래서 그다지 듣고 싶지 않았는지 몰랐지만 그래도 참 듣길 잘한 것 같다. 후렴 부분의 길게 내지르는 소리가 구슬프면서도 따뜻한 성악의 소리 내는 느낌으로 다가오며 감동이 깊어진다. 세 번의 후렴구가 지난 후 펼쳐지는 음악의 향연은 요즘 높아진 청중의 수준을 충분히 만족시킬 만 하다고 생각했다. 평상시 들었다면 무언가 다른 일을 하며 들었을 텐데 음악회장에서 음악에 흠뻑 흘러든 마음으로 오직 소리에 집중할 수 있는 환경에서 온전히 노래만 들으니 그 감동이 더욱 커지는 것 같았다. 사실 내게 익숙한 쪽은 클래식보다는 가요. 공연장보다는 차 안이나 내 방에서 듣는 음악. 그리고 항상 무언가 같이 하면서 지나가며 듣는 음악 쪽이다.

또 워낙, 새로운 것에 적응하기까지 오랜 시간을 필요로 하는 성격이다 보니 극장에서 영화 보는 것조차 익숙해지는 시간이 필요한 편이다. 여전히 연극이나 뮤지컬을 보는 일은 여간 신경 쓰이고 불편하게 느껴지는 일이 아닐 수 없다. 이런 연주회도 마음먹고 가야 하는 일이라 자주 가 본 일이 없어 역시 익숙하지 않아서 어쩌다 가보게 되는 연주회는 매번 실패했다. 음악의 흐름을 따라가지 못해, 그냥 소리나 들으며 시간을 때우고 있다가 연주자의 연주를 마치는 순간을 나타내는 마지막 손짓이 끝나면 우레와 같이 일어서서 박수 치는 사람들을 따라 하며 그런 척 한 적도 꽤 많다. 슬프게도 '저들은 무엇을 느꼈을까. 잘하긴 잘했나 보다. 난 어떻게 듣는지 모르겠던데…… 무식한 모습 들키지 말기로 하자. 같이 박수 많이 쳐야지…….' 정도의 생각만 했던 것 같다.

그러나 이번 연주회는 나름대로 많은 준비를 했다. 레퍼토리 순으로 악보를 보며 CD를 들었다. 그리고 학교를 다니며 지휘법과 대위법 수업을 들은 일, 음악을 사랑하여 뒤늦게 꿈을 좇는 학우들과의 대화, 세 번의 전공실기 위클리 수업과 실기시험, 똑 떨어진 추계음악회 오디션의 경험 등…… 음악회 이전에 이런 많은 경험을 하고 들었던 적이 없었다. 그리고 무엇보다 음악 감상에 도움을 받게 되었던 영상의 내용을 늘 기억한다.

〈다니엘 바렌보임 'How to listen to Music'〉

피아니스트이자 지휘자인 다니엘 바렌보임이 음악 감상 하는 법에 대해 설명하는 5분 정도의 영상이 있다.

"음악을 단순히 일상의 불쾌한 일들을 잊기 위한 도피처로 삼지 맙시다. 다른 일을 함께하며 음악을 듣지 맙시다. 음악을 듣기 전에 잠시의 침묵의 시간을 가지며 음악을 들을 준비를 합시다. 첫 음이 흘러나오면 그 음을 따라 함께 여행해 봅시다. 온전히 완벽히 그 음에 집중하며 그 음과 함께 날아가 봅시다. 그리고 그 음악과 함께 느끼며 즐겨봅시다. 장송곡에서도 미사곡에서도 그 기쁨도 슬픔도 우리는 즐길 수 있습니다. 음악에 많은 것을 주면 줄수록 우리는 음악으로부터 더 많은 것을 받을 수 있습니다."

이 영상에서 진정으로 호소하는 다니엘 바렌보임의 말이 내게 큰 감명을 주었고, 음악 감상을 할 때 어떤 자세여야 하는지 알게 해주었다.

인터미션이 끝나고 2번째 시간이 시작되었다. '전원'이라는 부제가 붙은 15번 소나타. 사전 예습 때 곡에 대한 글도 떠오르고 4악장이 정말 좋았던 기억도 났다.

베토벤은 자연에서 음악적 영감을 받았다. 긴 시간 시골길을 산책하며 떠오른 악상들을 스케치북에 적었다. 베토벤은 창의적인 아이디어의 원천이 어디냐는 질문에 다음과 같이 대답했다.

"내가 어디에서 아이디어를 얻는지 물어보면 정확하게 대

답할 수는 없다. 아이디어는 예상치 못한 순간에 직접적 혹은 간접적으로 떠오른다. 음악적 영감은 자연에서, 숲에서, 산책하면서, 밤의 적막 속에서, 이른 새벽 동이 틀 때도 솟아난다. 악상은 감정에 따라 일어난다. 시인의 경우에는 언어로 전환되고, 내 경우에는 소리로 와 닿는데, 이 소리들은 음표로 표현될 때까지 내 안에서 요동친다."

　-D.J.Grout, 『서양음악사』, 1973, p.516에서 발췌

　'전원(Pastorale)'이라는 부제는 베토벤이 직접 붙인 이름은 아니었지만, 부제를 들으며 곡을 감상하면 그런 듯하다. 곡의 선율을 따라 여행하다 4악장에 들어서면서는 나도 모르게 음악당 천정을 올려다보게 되었다. 수십 인의 오케스트라의 연주가 아닌, 피아노 한 대, 한 사람의 연주자, 그리고 인류에게 위대한 선물을 가져다준 작곡자가 합작한 작품이 음악당 전체를 울리고 사람들 가슴 속에 울려 퍼지고 있었다. 가슴이 벅차올랐다.

　이 감동을 몰아 드디어 〈피아노 소나타 8번-비창(Pathetique)〉이다. 이 부제는 베토벤이 직접 적은 부제라고 한다. 숨죽이며 격렬한 감정들이 1악장부터 시작된다. 참고 참던 그 마음의 타격을 더는 견디기 어려워서였을까. 1악장 중반으로 가는 중 여기저기서 기침하는 소리가 들려왔다. 한 군데에서 시작한 기침소리가 서너 곳으로 퍼져갔다. 그 이전까진 감정의 동요를 그리 일으키게 하지 않는 곡들이었는데……. 8번 1

악장은 다르다. 기침하던 몇 사람들은 숨죽이며 참고 참다가 힘들었다던 느낌으로 기침이 쉽게 멈추지 않는다. 연주자의 집중을 흐릴까 걱정되었지만 역시 기우일 것이다.

2악장 Adagio Cantabile. 2악장은 아르투르 슈나벨의 경우 무척 느리게 연주한다. 지난 학기 시험곡이기도 했던 2악장이다. 나의 경우 빠른 곡보다 느린 곡에서 음악에 대해 더 많이 배웠던 것 같다. 이 곡을 배우면서 느린 곡의 매력과 학습에 대해 생각할 수 있었기 때문에, 베토벤 소나타의 느린 악장은 한 번쯤 다 연습해볼까 생각해보기도 했다. 베토벤이 표시했다시피 아다지오의 아주 느린 악장임에도, 백건우 님의 연주는 그다지 아다지오로 느껴지지 않았다. 1악장과 3악장의 템포가 워낙 빠르기 때문에 그 템포에 맞는 아다지오를 그리고 있는지도 모르겠다. 작곡자는 곡을 세상에 내어놓을 뿐, 그 이후는 연주가의 몫이다. 그리고 우리는 베토벤이 직접 친 〈비창〉을 들어본 적이 없다. 타임머신을 타고 그 시절로 갈 수 있다면 베토벤의 연주를 녹음해올 수 있을 텐데, 물리학에서는 가능하다고도 한다. 언젠가는 정말 그런 날도 오게 될까.

많은 연주가들이 아다지오보다는 빠른 템포로 연주하기도 하는 2악장. 그동안의 내 선호는 이 마음이 스러져 감을 아쉬워하며 함께 좀 더 오래오래 머물기를 바라는 심정으로 표현하는 느린 쪽이었으나, 백건우 님의 연주 마지막 즈음 가서 느낀 깨달음으로, 빠르게 치는 것도 충분히 설득력 있다는 생각을 하게 되었다.

다시 생각해보면, 1악장은 너무나 심장을 쥐어뜯는 순간의 연속이다. 그런 감정이 과연 왜 만들어졌을지 생각해보다가, 죽음이나 다른 고통을 표현한 느낌보다는 사랑의 감정이 가득 차 있다는 생각이 들었다.

2악장의 지시표는 'Adagio Cantabile(느리게 노래하듯이)'이다. 그러나 과연 무언가 사랑의 큰 고뇌를 겪었는데, 노래하고 싶은 마음이 들기나 할까 싶기도 하며 지속적으로 연타로 들어가는 16분 음표나 셋잇단음표의 의미를 생각해보게 된다. 1악장의 심장을 쥐어뜯는 처절한 심경에서 다소 벗어나, 아닌 척 조용히 노래하는 멜로디도 생겼지만, 오른손 또는 왼손으로 멈춤 없이 계속되는 음표들의 느리지 않은 연타는, 나 괜찮아요 라며 아닌 척 가장하던 일이 실은 과장이었음을. 슬픈데 슬프지 않은 척 보이기 위해 끊임없이 웃음을 흘리고 아무렇지 않은 척 꾸미려 하는 표현이 아닐까 생각해보게 되었다.

겉으로는 평온히 노래하지만 마음 깊은 곳 뚝뚝 떨어지고 있는 눈물방울들…… 양손 중 셋잇단음표나 16분음표로 안 채워지는 마디가 하나도 없다가, 곡의 마지막 네 마디에서만 긴 음표로 연결되며 맺어진다. 나 슬프지 않다고 가장하고 있던 내 마음을 내가 스스로 알게 된 것이다. 그리고 이제 사랑도 미움도 슬픔도 정리하겠노라고 체념하며 조용히 그 두근거림을, 가장을 멈춘다.

　3악장이다. 마음의 깨우침 이후에도 세상은 똑같이 돌아간다. 나의 기쁨과 슬픔에도 아랑곳없이 전날과 똑같이 흘러간다. 나 또한 그런 세상에 보조를 맞추어 살아간다. 함께 움직여본다. 반복적인 일상을 작은 변주를 통해 새롭게 보내보려 하기도 하고, 경건한 마음으로 기도하기도 하고, 또다시 보내는 똑같은 일상의 저녁, 밤…… 잠을 청한다. 그리고 결심한다. '난 다시 흔들리지 않으리라.'고.

　3악장을 마치고 일어서는 마에스트로를 향해 우레와 같은 박수가 울려 퍼진다. 벌떡 일어나 함께 박수를 치고 싶었지만 3층 맨 앞좌석은 아찔하다. 조금 무서워서 자리에 앉아

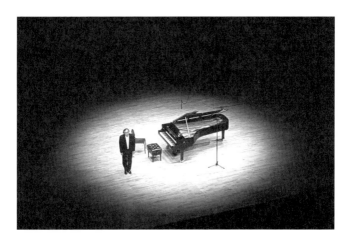

손만 높이 들어 박수 치며 마음을 전했다.

3악장이 끝나면서 나도 모르게 눈물이 나서 재빠르게 눈물을 닦았다. 창피해서 아무렇지 않은 척 박수를 치며 눈물을 훔쳤는데, 마에스트로가 무대에서 나가신 후음악당을 나오는 길에 함께 나오던 다른 여자 관객도 눈가의 눈물을 닦는 모습을 보았다. 오늘…… 감동 받았다.

깊은 고개 숙임으로, 함께 한 관객들에게 감사의 인사를 하는 마에스트로의 모습은 다시 한번 경이로웠다. 끊이지 않는 박수에 세 번의 커튼콜 인사 후 사인회를 위해 기다리는 관객들을 보러 나가시고…… 마지막 공연에서는 좀 여유롭게 앵콜 곡도 연주해주실까. 은근히 기대해보게 된다.

1층으로 내려가니 긴 줄이다. 먼발치서 사인하시는 모습을 사진으로 담았다. 앞으로 여러 번 뵐 거라 오늘 난 여유로우니. 사인을 마치고 눈을 마주치며 웃어주시는 모습이 참 보기 좋았다.

9시 20분쯤…… 밖으로 나오니 음악분수 앞에서 좋아하는 재즈 선율이 흘러 한참을 서서 들었다. 다음곡도 재즈. 흥겨움에 아이들도 어른들도 춤을 추기도 하는 모습이 참 즐거워보였다.

　재즈가 이렇게 사람을 편안하게 하고 흥겹게 하는구나, 새삼 깨달았다. 다음 곡은 일 디보(Il Divo)의 〈마이웨이(A Mi Marena)〉, 프랭크 시나트라의 '마이 웨이'를 이탈리아어로 부르는 곡으로 음악분수의 단골 레퍼토리이다.

　서서히 마을버스 정류장으로 향하기 위해 계단을 내려왔다. 가을바람이 청명했다.

　완벽한 하루, 완벽한 마무리, 한마디로 좋은 날. 정말 행복했다. 행복은 순간이다. 행복한 사람은 이런 좋은 순간순간들을 더 만나려 하고, 이런 찰나의 순간들을 모으고 모아 시간으로, 기억으로 만들며 살고자 노력하는 사람이 아닐까.

　음악과 함께 한 긴 여행의 순간들, 이 공기, 이 바람, 이 느낌을 오래 오래 간직하고 싶다.

오늘의 대미를 장식했던 비창 3악장을 떠올린다. 늘 결심해도 우리는 또 다시 흔들리겠지만, 그래도 늘 새로이 결심하는 우리 모습. 같지만 다른 날, 오늘 또 새로운 변주로 새날을 연주해보기로 한다.

그리고 생각한다. 음악에 우리를 더 많이 내어줄수록 우리는 음악으로부터 더 많은 것을 받을 수 있다는 말. 그리고 일흔한 살 마에스트로의 삶과 함께한 음악과의 동행 길, 잠시 함께 걸을 수 있었던 오늘 밤을.

편안한 미소의 바흐

타티아나 니콜라예바의 바흐 CD에서 발췌함

필자가 타티아나 니콜라예바를 마지막으로 만난 것은 모스크바 음악원 재학 중 박사 과정에 입학을 위한 연주 무대에서였다. 무사히 시험을 통과한 나에게 축하의 말을 건네며 미소를 짓던 니콜라예바 교수가 불과 몇 달 후 미국에서 연주 도중 쓰러져 불귀의 객이 되리라곤 아무도 예상치 못했을 것이다. 아직은 전성기가 지나지 않은 69세라는 나이도 그러했거니와, 바흐 이외에도 쇼스타코비치의 새로운 사이클을 계획하며 왕성한 레코딩을 진행 중이었던 터라 그의 죽음은 비단 러시아뿐만 아니라 전 세계 음악 팬들에게 큰 아쉬움으로 남게 되었다.

평생 요한 세바스티안 바흐라는 큰 인물을 해석하고 그려내는 것을 사명이자 즐거움으로 삼았던 니콜라예바가, 서양 음악의 삼라만상이 총정리되어 있음이 분명한 평균율 조곡전 48곡과 조우할 때 그 모양새는 과연 어떤 메시지를 우리에게 전해 줄 것인가. 이미 최고의 대가들이 저 나름의 기준으로 완성품들을 빛내고 있는 지금, 그의 해석은 그 가운데 어느 위치에 놓일지도 흥미로운 일이다.

무엇보다 지극히 자연스럽고 보편타당한 논리가 니콜라예바의 바흐에서 느껴지는 가장 큰 특징이라고 하겠다. 일체의 거부감이 없는 둥근 터치와 악상은, 같은 여성으로 바흐의 최고 권위를 자랑하는 로잘린 투렉과 유사점도 발견되나, 다소 예스런 프레이징의 투렉과는 달리 니콜라예바의 호흡은 깔끔하여 맺고 끊음이 분명하여 담백하다. 평균율 클라비어 곡집 1권의 3번이나 2권의 5번의 프렐류드에서 느껴지는 편안한 연결과 마무리는 복잡한 대위법의 중첩되는 음의 논리를 달관한 노련미의 승리이다.

거기에 꿋꿋한 심지와 남성미마저 느껴지는 옹골찬 타건도 그만의 매력이다. 1권의 4번에서 요구되는 푸가의 장대함이나 12번의 푸가에서 들려지는 방대한 스케일은 그 자체가 드라마틱한 효과를 자아내며 멋지다. 같은 러시아의 대가로, 한없이 투명한 아름다움을 자랑하던 스비아토슬라프 리흐테르의 연주와 차별화되는 모습이기도 하다.

하지만 러시아인다운 서정성과 강한 표현력 또한 니콜라예바의 연주를 뒷받침해주는 또 하나의 큰 기둥이다. 언뜻 들어서는 쇼팽을 연상시킬 만큼 낭만음악풍의 평균율 클라비어곡집 1권 8번의 프렐류드나 오르간 이디엄에 따른 2권 11번의 프렐류드 등은 유려한 싱잉 라인과 결코 도를 벗어나지 않는 리듬 감각에 실려 청자에게 훌륭히 전달되며, 바흐의 악보에서 우연히 발견한 보석과 같은 멜로디들을 마주하는 기쁨도 맛볼 수 있을 것이다.

니콜라예바의 바흐에서 어딘지 모를 여백의 미와 초월의 경지를 느낀다면 그것은 단연 인벤션(2성)의 연주에서일 것 같다. 잘 다듬어진 음상과 세심하면서도 사려 깊은 손길로 어루만지는 듯 연주되는 이 열다섯 곡의 소품에서, 그의 솜씨는 세속의 모든 잡념과 고민을 벗어버린 듯 홀가분하다. 물론 다성부에의 적응과 기초 훈련이라는 목적의 충실함 안에서 그 해석이 빛을 발하고 있으며, 단순함 안에서 들려지는 니콜라예바의 웅변이 놀랍다.

수많은 바흐 연주자들 중 '바흐의 즐거움'을 몸소 실천한 이가 있다면 그도 역시 니콜라예바이다. 생전에 필자에게 "나는 운 좋게 다성부를 빨리 몸에 익히는 능력을 타고났으며, 그 능력으로 바흐가 소유한 아름다움과 그를 연주하는 즐거움을 청중에게 나눠주려 합니다."라고 의견을 피력한 바 있는데, 과연 신포니아(3성) 15곡의 모습은 바흐라는 이름이 전해주는 고풍스럽고 다소 딱딱한 이미지와는 전혀 다르게 선율미와 음의 유희성에 충실한 단순한 형태를 띠고 있어 이해하기 쉽다. 새삼 대 바흐의 미소, 아니 니콜라예바의 미소가 떠오르는 명연이라고 하겠다.

〈글/김주영(피아니스트)〉

타티아나 니콜라예바를 추억하며

타티아나 니콜라예바의 바흐 CD에서 발췌함

사실, 한 번도 만난 적도, 실제 연주회를 본 적도 없는 피아니스트를 추억한다는 것은 어불성설이다. 그러나 우리는 우리의 삶에 상처―상처는 곪든 아물든 우리 인생에 의미를 던져준다. 그래서 나는 어느 순간부터 편안하고 아름다운 소리도 좋지만, 소리로 우리들의 마음에 상처를 낼 수 있는 연주자가 진정한 예술가가 아닌가 하는 생각을 하기 시작했다.―를 내거나 의미를 던져 주었던 사람을 종종 회상해 보듯이, 나는 피아노 소리로 의미를 던져준 한 피아니스트를 회상해보려고 한다.

기억과 놀라움.

안타깝게도 타티아나 니콜라예바(Tatiana Nikolayeva, 1924~1993)의 내한 연주가 성사되지 않아 그의 실제 연주를 들을 기회는 우리에게 주어지지 않았다. 그러나 나에게는 니콜라예바에 대한 매우 강렬한 기억 두 가지가 있다. 그것이 니콜라예바의 음악세계를 과연 얼마나 말해줄 수 있을지 모르겠지만, 분명히 그 기억은 니콜라예바의 음악만이 갖는 특성을 잘 드러내 주는 것이라고 생각한다.

기억 하나는 거의 10년 전으로 거슬러 올라간다. 밤늦은 시간에 택시를 탔다. 하루 일과를 마친 후의 피곤함, 그리고 약간의 고독함과 쓸쓸함, 거기에 약간의 정서적인 위축도 느끼는 그런 심리상태였다. 택시 안의 라디오에서는 니콜라예바가 연주하는 바흐/부조니의 코랄 전주곡 〈눈 뜨라고 부르는 소리가 있어(Wachet auf, ruft uns die Stimme), BWV 645〉가 흘러나오고 있었다. 그것은 전혀 뜻밖의 경험이었다. 니콜라예바의 연주는 그 어느 때보다도 뚜렷하고 명료하게 나의 마음속으로 들어왔다. 그것은 물리적인, 이성적인 관점으로는 설명하기 어려운 그런 경험이었다.

소음으로 가득한 도시 한복판, 그리고 그리 성능이 좋지 못한 택시의 라디오에서 흘러나오는 연주가 어떻게 그런 의

미와 울림을 던져줄 수 있었던 것일까, 이런 나의 경험과 유사한 경험을 한 사람들은 적지 않을 것이다. 그리고 그런 경험이 음악에 대해, 예술에 대해, 인간의 감정에 말해주는 것은 사람들 사이에 어떤 연결된 고리 같은 것이 있다는 것을 뜻하지 않을까. 그 고리가 이어지는 순간은 우리가 머릿속으로 생각하지 못한 경우에도 만들어지는 것이다. 택시 안에서 들은 니콜라예바의 음은 그 한 음, 한 음이 경건하다고 할까, 그러면서도 깊은 회한을 불러일으키는 그런 음의 경험이었다. 그 이전에도 나는 니콜라예바를 종종 듣고 있었지만, 그 순간 나는 니콜라예바가 지닌 음의 힘을 비로소 깨달았던 것 같다.

또 하나의 기억은 LP를 주로 듣던 시절의 일이었다. 바흐/부조니의 샤콘느를 니콜라예바의 연주로 듣는다, 클라이막스 지점(악보로는 183마디에 해당되는 부분이다)에서 니콜라예바의 연주가 틀린 것처럼(그것도 매우 크게) 들리는 것이었다. 나는 분명히 LP의 바늘이 튀었다고 생각했다. 그래서 다시 처음부터 들어보았다. 그런데 나는 내 귀를 의심하지 않을 수 없었다. 그건 오디오의 바늘이 튀는 것이 아니었다. 본래 그렇게 녹음된 것이었다. 그건 이전까지의 통념으로는 있을 수 없는 일이었다. 지금은 라이브 녹음이라고 하더라도 음반 제작을 위해 수정작업을 거치는 경우도 많기 때문이다. 아무튼 나는 적잖이 당황했다. 그리고 니콜라예바의 틀린 음은 당시 음악에 대한 나의 관념을 무너뜨리며 들어왔다. 그렇지 않은가. 모두들 클래식은 완벽해야 된다고 믿지 않는가. 클래식 작품을 연주할 때 연주자의 실수에 대해서 대부분의 사람들은 그리 관대하지 않다. 그러나 가만 지금의 모습을 돌아보면, 음악을 듣는 많은 사람들이 음악에 대한 감동과 작품에 대해 말하고 있기보다는 겉으로 드러나는 소리의 질, 그리고 감각과 관련된 이야기들을 주로 하고 있다는 것을 알 수 있다. 더 빠르게, 더 정확하게 더 큰 쾌감을 주는 연주를 찾고 있다고 말해도 과언이 아닐지 모르겠다.

후에 니콜라예바가 스튜디오 녹음보다는 라이브 레코딩을 선호한다는 사실을 알았고, 당시의 음반 역시 박수소리가 전혀 없었지만 실황 녹음이라는 사실을 뒤늦게 알았다. 그리고 내가 니콜라예바가 음을 크게 헛짚었다고 생각하는 부분은 잘못된 음을 연주한 것도 아니었다. 본래는 Sharp이 붙은 음에 내츄럴(Natural)이 붙어서 단2도 음정이 된 부분을 니콜라예바가 다른 음들보다 더욱 강하게 테누토로 연주하여 니콜라예바의 실수라고 생각했던 것이었다. 지금은 이상하게도 니콜라예바의 샤콘느를 들을 때면 내가 그의 미스터치라고 생각했던 그 부분이 어김없이 기다려진다. 그 부분에 이르면 귀를 쫑긋 세우고는 기다린다. 그러면 가슴 속에서 무언가 뜨거운 것이 북받쳐 오르는 것처럼 눈시울이 뜨거워진다. 니콜라예바는 아마도 샤콘느를 연주할 때 내가 느낀 감동의 수십 배, 혹은 수백 배의 감동을 지니고 있었을 것 같다. 그 뜨거운 감정을 아주 여러 해 품었기 때문에 그 순간에, 그 짧은 시간과 공간의 틈 사이를 통해 커다란 에너지가 여지없이 흘러나올 수밖에 없었던 것이 아니었을까 하는 생각이다. 그리고 이런 틈새를 통해서 우리는 바흐의 인간적 감정과 면모도 어렵지 않게 상상해 볼 수 있는 것이다. 바흐는 역시 차갑게 타오른 불꽃이었다. 그리고 그 열기는 낭만파 작곡가들의 열기보다 더욱 더 뜨거운 것이었다. 그래서 어떤 이가 나에게 "바흐야말로 진정한 로맨티스트였다."고 말했을 때 그 '로맨티스트'의 의미를 나는 공감할 수 있었다.

니콜라예바가 역시 실황으로 녹음한 〈베토벤 피아노 소나타 전집〉을 접한 것은 최근의 일이다. 베토벤 음반은 바흐의 경우와는 사정이 달라서 연주 도중에 청중의 기침소리와 온갖 잡음으로 듣는 사람에게 인내심을 요구한다. 첫 번째로 이 음반을 들으며 놀랐던 것은 니콜라예바의 집중력이었다. 정말 대단한 집중력을 지닌 사람이 아닐 수가 없다.

또한 타티아나 니콜라예바는 단순히 훌륭한 피아니스트만은 아니다. 바흐 스페셜리스트라는 인식으로 널리 알려져 있지만, 니콜라예바는 여성으로는 베토벤의 피아노 소나타 전곡을 처음으로 녹음한 피아니스트이기도 하다. 그리고 피아니스트이기 이전에 작곡가였고, 러시아 음악사에서 가장 위대한 작곡가인 드미트리 쇼스타코비치(Dmitri Shostakovich, 1906~1975)가 가장 칭송한 피아니스트였다. 니콜라예바는 쇼스타코비치가 바흐의 평균율을 모델로 삼아 작곡한 전주곡과 푸가를 완성시키고, 세상에 알리는 데 공헌했다. 니콜라예바가 없었다면 쇼스타코비치의 피아노 작품들은 세상에 빛을 보지 못했거나, 좀 더 오랜 시간을 필요로 했을지도 모른다. 니콜라에바는 피아니스트 이전에 진정한 예술가였던 것이다.

연주회를 가면 그런 경험을 하는 때가 있다. 무대에 등장하여 연주를 하기 직전, 연주자가 잠시 호흡을 고를 때 주위를 침묵시키는 그런 힘, 그리고 그런 힘을 지닌 연주자는 대부분은 감동을 안겨주곤 한다. 우리 시대에는 모든 것이 너무나 풍요롭다. 음악도 그중 하나이다. 그리고 우리는 모두 그 풍요의 피해자들이다. 왜냐하면 나의 바깥에 너무나 재미있고 흥미로운 것들이 많기 때문에 정작 자신의 안, 내면을 들여다보고 자기를 알고, 음미하고 세상을 떠날 시간이 엄청나게 줄어든 것이다. 나는 그런 상황에서 좋은 음악은 침묵을 안겨주는 음악이어야 한다는 생각을 한다. 좋은 음악, 좋은 소리는 주변을 침묵시키고, 그 침묵 속에서 새롭게 떠오르는 정신적인, 영적인 감흥을 안겨주어야만 한다는 것이다. 그래서 클래식에서는 작품 못지않게 위대한 연주자의 존재가 중요하다. 빠르게 변해가는 세상의 모습에 자기를 순응시키지 못해 불안에 떠는 그런 우리 현대인들 속에서는 결코 섞일 수 없는 물과 기름처럼 존재하더라도, 그 사람들 사이를 부유하며 변하지 않는 인간의 본성을 파악하기 위해 방황하고, 현재의 삶을 좀 더 영적인 차원으로 고양시킬 수 있는 내적인 힘을 키우는데 골몰하는 그런 연주자의 존재가!

니콜라예바는 과거의 위대한 음악가의 대열 속으로, 천상으로 사라진 사람이지만 그의 소리, 그의 음들은 그런 부분을 충복시키는 힘이 있다. 소리는 정신현상의 수준에 도달해야만 위대한 예술적 재료로서의 음으로 성립할 수 있는 것이다. 니콜라예바의 한 음, 한 음처럼.

〈글/김동준(음악평론가)〉

타티아나 니콜라예바(Tatiana Nikolayeva, 1924~1993)

니콜라예바는 1924년 5월 4일 러시아의 남부 브리얀스크에서 태어났다. 니콜라예바의 어머니는 모스크바 음악원에서 공부한 피아니스트였고, 아버지는 음악 애호가로 주말이면 친구들과 더불어 가정 음악회를 즐기곤 했다. 이러한 음악적 환경에서 자란 니콜라예바는 이미 4세경에 바흐의 전주곡들을 연주할 수 있을 정도였다. 13세 때인 1937년에 모스크바 중앙음악학교에 입학해 알렉산드르 골덴바이저(Alexander B.Goldenweiser)에게 피아노를 배웠다. 모스크바 음악원의 학장과 총장을 지낸 골덴바이저는 니콜라예바 어머니의 스승이기도 했고, 라자르 베르만의 스승이기도 했다. 니콜라예바는 1950년 26세 때 자신의 〈피아노 협주곡 1번〉으로 소비에트 연방 국가상을 수상하면서 작곡가로서도 명성을 얻었다. 그리고 같은 해 바흐 서거 200주기를 기념하여 열린 '라히프치히 국제 바흐 콩쿠르'에서 우승하면서 본격적인 바흐 해석자의 길로 들어섰다. 그리고 당시 콩쿠르에서 심사위원석에 있었던 쇼스타코비치는 니콜라예바의 연주에 깊은 인상을 받아 자신이 작곡한 〈24개의 전주곡과 푸가 Op.87〉의 초연을 부탁했다. 니콜라에바는 이 곡의 초연뿐만 아니라 쇼스타코비치가 이 곡을 작곡할 동안에 조력자 역할을 하기도 했다.

그러나 이런 뛰어난 음악성과 능력을 지닌 니콜라예바가 서방세계에 진출한 것은 1990년이 되어서야 본격적으로 이루어졌다. 66세의 나이에도 니콜라예바는 아랑곳하지 않고 연주여행에 열정을 쏟았다. 니콜라예바는 샌트란시스코에서 쇼스타코비치의 〈24개의 전주곡과 푸가 Op.87〉을 연주하던 중 쓰러져서 병원으로 옮겨졌으나 다시 눈을 뜨지 못했다. 사인은 뇌출혈이었다.

니콜라예바는 피아니스트이기 이전에 뛰어난 작곡가였다. 그리고 그의 레퍼토리는 바흐 이외에도 50여 곡의 피아노 협주곡, 베토벤의 피아노 소나타 전곡, 쇼스타코비치의 피아노 작품들, 그리고 차이코프스키, 라흐마니노프, 스크리아빈, 스트라빈스키 등의 러시아 작곡가 작품들에 이르기까지 방대하다. 니콜라예바는 비상한 암기력으로 언제 어디서든 연주할 수 있었다. 그리고 직접 작곡하여 만년에 녹음한 〈어린이를 위한 앨범〉 등에서 니콜라예바의 따스한 인간미를 만날 수 있기도 하다.

세미클래식으로 클래식에 가까워지기

'팬텀싱어 시즌 2'가 시작되었다

안드레아 보첼리와 셀린 디온이 함께 부른 〈the Prayer〉라는 곡을 참 좋아한다. 학교에서 배우던 영어와 제2외국어 이외에 다른 언어에 대한 순수한 관심이 생긴 것도 이 곡 때문이다. 뉴스에서 종종 접하는, 내가 어찌할 수 없는 세상의 많은 아픔을 대할 때 종교와는 무관하게 이 곡을 들으며 그 가사를 생각한다.

몇 년 전 지인의 결혼식, 축의금만 내고 나오려고 돌아서는 순간 축가로 이 곡이 흘렀고, 새 출발하는 부부의 앞날을 위한 축복송으로도 너무나 잘 어울렸다. 그 곡 이후 피로연장에서 양가부모님이 함께 불러주신 〈a love until the end of time〉도 참 즐겁게 들었다. 이 결혼식은 아름답기도 했지만 아름다운 노래가 있어서 기억에 남는다.

위 두 곡의 특징은 정통 성악가와 일반 가수가 함께 부른 곡이라는 점이다. 이런 조합으로 만들어진 곡 중에 테너 플라시도 도밍고와 존 덴버의 〈Perhaps Love〉가 있고 우리나라엔 정지용 시인의 시에 곡을 붙여 가수 최동원 씨가 성악가와 함께 부른 〈향수〉가 있다. 또한 시크릿 가든의 〈Spring to Serenade〉에 가사를 붙여 성악가 김동규 님이 부른 〈10월의 어느 멋진 날에〉라는 곡도 성악 같으면서 성악이 아닌 듯한 친근함으로 다가오는, 가을이 되면 부르고픈 노래이다.

외국에서는 〈(루치아노) 파바로티와 친구들〉이라는 주제처럼 유명한 성악가와 가수의 콜라보레이션도 인기를 얻고 있지만, 유독 우리나라에서는 성악과 대중가요를 엄격히 구분하는 이분법적인 사고가 강하여 성악가는 정통 성악곡만 해야 인정받고 반대의 경우는 폄훼 받았다고 한다.

지금은 50대이신 성악 전공 교수님의 경험담을 우연히 듣게 되었는데, 대학 때 가수 친구의 제안을 받아 함께 녹음했던 곡이 꽤 인기를 끌었다고 한다. 거리에서 흘러나오던 곡의 목소리를 알아들은 친구가 물어도 내가 아니라며 극구 부인해야 했고, TV 출연 요청도 거절하고 얼굴 없는 가수로만 있어야 했다고. 공연 요청도 많았지만 대중 앞에 설 수가 없어서 함께 불렀던 친구에게 미안했다고 하신다. 당시에는 대중가요와 정통 성악의 구분이 훨씬 더 엄중했던 것 같다.

최근 새로이 시작한 '팬텀싱어 시즌 2'에는 정통 오페라 무대에서 인정받고 있는 세계적인 성악가를 비롯, 정통성악을 전공한 음대 출신의 성악가들이 다수 출연하여 경연 중이니, 시대가 많이 바뀌었음도 실감하게 된다. 한꺼번에 많은 대중에게 자신의 음악을 알릴 수 있는 TV의 위력 그리고 클래식을 대중에게 많이 알리고자 하는 음악가들의 간절한 바람이 낳은 현상이라고 생각한다.

정장과 캐주얼, 그 중간 느낌의 세미정장이라고나 할까. 정통 성악과 대중가요의 중간단계라 할 만한 이러한 세미클래식을 접하다보면, 어려워보이던 클래식에도 관심이 생기게 된다.

이러한 크로스오버 가수들 중에는 조쉬 그로반, 안드레아 보첼리, 일 디보, 레슬리 가렛, 임태경의 음악을 즐겨듣는 편이고, 악기 쪽으로는 전자 바이올린의 바네사 메이와 수려한 외모의 막심 므라비차의 피아노를 좋아한다. 유키 구라모토나 이루마의 서정적인 연주도 좋지만, 막심 므라비차의 연주는 현란한 테크닉과 비트가 강한 리듬으로 락 콘서트 같은 시원한 느낌이 전해진다. 그의 첫 앨범 〈the piano player〉에서 현란한 피아노 실력을 자랑했던 '왕벌의 비행'. 이 곡이 림스키 코르사코프의 오페라에 나오는 관현악곡이라는 사실을 알게 되면서, 지루하게만 여겼던 클래식 음악에 대한편견이 깨지면서 다른 곡에 대해서도 더 알고 싶은 마음도 갖게 되었다.

개인적으로는 책과 드라마와 영화의 차이를 그다지 크게 생각지 않는다. 모두 같은 시간을 들여 체험한다는 맥락에 어떤 큰 차이가 있을까. 사교를 위해서 드라마와 영화가 조금 더 함께 대화하기 좋고 함께 감상하기 쉽다는 장점이 있다. 다만 조금 다른 차이라면 책에 대한 진입장벽이 약간 더 높아 보이는 점이다. 책읽기는 집집마다 TV만 틀면 쉽게 접할 수 있는 드라마와 영화와는 또 다르고, 나 홀로의 온전한 시간에 글을 펼쳐 읽어야 하는 집중의 시간이 필요하기에, 개인차에 따라 다소 어렵게 여겨질 수 있다.

비슷한 맥락으로 클래식 음악 또한 그렇다. 어릴 때 가장 쉽게 접할 수 있는 클래식 음악이라면 93.1 라디오 클래식 FM일 것이다. 나의 경우 주변에서 듣는 사람이 없어서 그런 걸 듣는다고 하면 고상한 척이라며 친구들에게 살짝 야유를 듣기도 했다. 학창시절 공부하며 듣던 라디오는 91.9나 89.1이었고 당연히 친구들과 나누는 대화는 가요 아니면 팝이었다. 자연스럽게 클래식과 멀어지기도 했지만 만약 클래식FM을 계속 들었더라도, 함께 이야기 나눌 사람이 없어 지속하기 어려웠을 것이다.

책과 마찬가지로 클래식 음악 또한 평소 클래식을 듣고 접할 기회가 많지 않다는 점도 큰 진입장벽일 수 있다. 더욱이 클래식 음악은 가요나 팝송처럼 짧지 않다. 30분에서 3시간 길이의 곡 안에 무수히 많은 감정과 표현을 형식을 갖추어 담아낸다. 바쁜 현대인들에게는 3~5분 내외로 짧게 듣고 적당히 감정을 느끼게 해주는 가요와 팝이 훨씬 더 편하고 친근하다. 이런 점 때문에, 세미클래식을 통한 입문이 더 중요할지도 모른다.

대학 시절 조지 윈스턴이라든지 유키 구라모토 등의 세미

클래식 피아노곡이 유행이었다. 조지 윈스턴의 〈파헬벨의 Canon〉, 〈Living in the country〉나, 유키 구라모토의 단순한 선율이나 감정의 깊이를 더하는 따뜻한 음색의 〈Lake Louise〉를 참 좋아했다. 한 방송사의 일기예보 시작음악은 김광민의 〈Child〉(또는 Morning이라는 제목)라는 피아노곡이었고, 브라이언 크레인의 〈Butterfly Waltz〉, 앙드레 가뇽의 〈조용한 나날들〉, 〈바다 위의 피아노〉 같은 곡들은 CF음악으로 쓰이기도 하며, TV나 거리에서 쉽게 들을 수 있었다. 또 일본의 유명한 애니메이션 기획사인 지브리 스튜디오에서 나온 영화음악곡들은 피아노로 연주하기에 좋은 곡들로 서점 음악코너에 가면 여러 출판사들에서 나온 악보들을 많이 볼 수 있다.

이런 곡들을 세미클래식, 크로스오버라고 칭할 수 있을까. 정통 클래식의 무게나 깊이, 왠지 범접하기 어려운 장중한 느낌이 적으면서도, 대중가요나 팝 중에서 일시적인 즐거움만 주는 곡들이 아닌, 한때의 유행이 지나면 사그라지는 곡이 아닌, 오래 오래 들어도 듣고 싶은 좋은 곡들.

어떤 옷을 입는지에 따라 내 마음가짐이 달라지는 경험처럼, 음악의 다른 스타일은 정신의 다른 부분을 고양시킨다. 한 번쯤 클래식의 즐거움도 알아보고 싶은데 막상 접하기는 어렵게 느껴질 때. 세미클래식을 들으며 차츰차츰 친근해지는 것도 한 방법이다.

책과 드라마나 영화가 '이야기'라는 근원을 갖고 있듯이, 클래식이나 대중가요나 '음악'이라는 한 뿌리에서 탄생했다. 스타일을 겁내지 않고 음악을 접하다보면 대중가요나 재즈의 선율 속에 녹아들어간 베토벤 피아노소나타의 선율을 발견하는 ―퀸의 〈Love of my Life〉의 한 소절과 베토벤의 〈피아노 소나타 27번 2악장〉의 한 소절의 공통점/팝송 Midnight Blue는 베토벤 피아노 소나타 8번 비창의 2악장의 선율이라는 것― 깨알 같은 재미도 찾게 되고, 흐르는 재즈선율이 바흐 골든베르크 변주곡 중 아리아라는 사실도 알게 될 것이다. 또, 어릴 적 부르던 〈반짝반짝 작은 별〉이 모차르트의 12개 변주곡의 주제 선율이었다는 사실도. 그리고 영화에서 듣던 익숙한 멜로디 중에 얼마나 많은 클래식 곡들이 있었고, 일상 중에 얼마나 많은 클래식 선율들을 접하고 있었는지 알고 깜짝 놀라게 될 것이다.

이렇게 하나둘씩 우리 일상생활 중에 접하고 있는 선율들을 주의 깊게 들여다보며 클래식이 멀리 있는 것이 아니라는 것을 알게 되면, 클래식이 즐거워지고 더 깊이 알고 싶어진다.

팬텀싱어 시즌 1과 2는 사람의 목소리, 성악 분야에서 클래식을 알아갈 좋은 배움의 장이다. 곡의 제목과 원어 가사 그리고 그 원어의 해석이 친절하게 나오니, 좋았던 곡이라면 제목을 적어두고 유튜브에서 다른 성악가의 노래로 들어볼 수 있다면 좋겠다. 또 클래식FM을 듣다가 좋은 선율이 흐를 때, 끝까지 곡을 듣고 제목을 적어두어 유튜브에서 한 곡씩 음악을 찾아 들으며 클래식 음악의 매력에 빠져본다면, 더욱 풍성히 음악의 기쁨을 맛볼 수 있을 것이다.

피아니스트 발렌티나 리시차의 스트리트 피아노(Street Piano)

그녀의 유튜브 구독자가 되어 보자

서울 성동구 성수동 서울숲에 가면 잔디밭 가운데 공연장이 있고 거기에 누구나 칠 수 있는 피아노가 한 대 있다.

서울숲의 Street Piano를 향해 달려가는 아이들의 모습이 사랑스럽다.

서울숲 곳곳 그리고 동대문 디자인 플라자, 신촌이나 홍대 거리에서도 볼 수 있는 Street Piano. 거리에 놓인 피아노에서 사람들이 연주하는 모습은 유튜브에서 street piano로 검색하면 찾아볼 수 있다.

Street Piano 영상 중 유독 눈에 띄는 사람이 있었는데, 그녀는 유명한 콘서트 피아니스트 발렌티나 리시차였다.

그녀는 어떤 날은 파리의 공원에서 우아한 블랙 가운을 걸치고 리스트를 연주하고, 어떤 날은 런던의 기차역에서 두툼한 코트를 입고 라흐마니노프를, 대형 쇼핑몰 에스컬레이터 옆의 업라이트 피아노에서 베토벤을 연주하기도 한다.

그녀의 내한공연 티켓은 상당한 고가라 올해 3월 예술의 전당에서 있었던 공연의 로열석은 13만 원, 제일 저렴한 좌석도 5만 원이었으니……. 파리의 공원, 런던의 기차역과 쇼핑몰을 방문했다가 거리에서 그녀의 연주를 듣게 된 사람들, 그녀라는 것을 알게 된 사람들이 얼마나 좋았을지 부럽기만 하다.

굳이 일찍부터 날짜를 기다려 티켓을 예매하지 않고 잘 차려입고 콘서트홀에 시간 맞춰 가지 않더라도 내가 지나는 거리에서, 나와 같은 편안한 복장을 입고 연주하는 그녀를 보게 되었다면 얼마나 기뻤을까.

내한공연을 하면 매진을 기록하는 그녀의 공연. 새벽 1시까지 그녀의 사인을 받으러 기다리는 우리나라의 팬들이 저 영상을 본다면 저 자리에 옹기종기 모여 있는 이들이 얼마나 부러울는지……

우리나라로 치면 조성진이나 손열음이 서울숲 피아노나 홍대거리의 피아노에서 연주하는 장면을 상상해보면 될까. 어느 날 갔던 서울숲에서 우연히 그의 연주를 듣게 되었다면 그날의 행운을 기억하며 사람들은 오래도록 기뻐지지 않을까.

영상을 보면 그녀의 복장은 편안하고 사람들 또한 미리 알고 기다렸던 느낌이 아니니, 미리 사람들에게 예고하고 시작하는 공연이 아니라 그냥 거리를 지나다 피아노를 발견하고 치는 누구나처럼 연주하는 듯하다. 이런 독특한 행보를 통해 클래식과 대중의 간극을 좁히려 노력하는 그녀가 참 고맙다.

이런 소통의 모습은 그녀가 직접 발행인이 되어 올리는 유튜브 영상을 통해서도 볼 수 있다. 그녀의 유튜브에는 연주 영상은 물론, 콘서트를 앞두고 피아노를 고르는 모습, 피아노 협주곡을 처음 악보를 뜯을 때부터 한 자리에서 초견으로 연습하는 3시간 20분짜리 영상, 한국 내한 연주 시 앵콜 곡인 베토벤의 〈엘리제를 위하여〉의 영상 등 328개의 동영상이 있다.

그녀의 유튜브를 통해 콘서트 피아니스트의 삶을 간접적으로 체험할 수 있게 되고, 연습하는 장면과 마스터클래스를 이끄는 모습을 보며 피아노 연습에 도움 받을 수도 있을 것이다.

내가 특히 좋아하는 영상은 2012년 예술의 전당에서의 내한 공연 시 빨간 드레스를 입고 앵콜 곡으로 연주하는 〈엘리제를 위하여〉이다. 이 영상을 보며 건반 위의 검투사라고 불리는 그녀의 다정하고 서정적인 면모를 재발견하게 되었다.

2012년 서울 예술의 전당 앵콜 곡 〈Fur Elise〉

앵콜 곡의 첫 소절을 들은 청중은 누구나 잘 아는 비교적 쉬운 곡에 반가움의 웃음을 터뜨렸다가, 그녀만의 해석이 곁들여진 따뜻하고 소박한 엘리제를 들은 후엔 지칠 줄 모르는 감동의 박수로 화답한다.

그녀의 유튜브 영상에는 그녀가 직접 쓴 장문의 글이 함께 올려져있다. 가능하다면 그 글과 댓글도 읽어보면 좋을 듯하다.

어렵고 불편하게 느껴지는 클래식 음악을 대중에게 편안하게 전달하고자, 늘 팬들과 소통하고자 노력하는 그녀의 유튜브, 새 영상 알람을 기다려 본다.

연주회 산책: 첼리스트 미샤 마이스키

세상 번뇌, 시름을 잊게 해주는 그의 음악

한때 집 앞에 CGV가 생기면서, 모바일 예매 후 5분 전에 집을 나서 여유롭게 보고 들어오던 때가 있었다. 수 년 동안 CGV의 연간 VIP가 되어 결재할인쿠폰의 쏠쏠한 기쁨을 누렸는데, 그때는 최신영화는 밤잠을 줄여서라도 꼭 보아야 하는 것이었다. 지금은 그때만큼의 열정도 마음의 여유도 없다면서 요즘엔 음악회에 간다. 올봄 롯데콘서트홀에서의 마태수난곡을 시작으로 바이올린과 피아노가 각각 리스트와 파가니니의 곡으로 연주하는 공연. 라르스 포그트와 로열 노던 심포니의 베토벤 협주곡과 교향곡 연주.

예술의 전당에서 있던 백건우 님의 베토벤 피아노 소나타 전곡 연주 8회 공연에 6회를, 그리고 9월은 미샤 마이스키의 연주회를 끝으로 이제 10월에 있을 라파우 블레하츠의 피아노 연주를 기다린다.

연주회 바람이 들었다. 9월 초 일주일간 매일 예술의 전당에 출근도장을 찍으며 피로에 시달렸던 터라 얼마 지나지도 않아 다시 공연에 가는 일은 지양하고 싶었지만 첼리스트 미샤 마이스키 씨가 자주 오는 것도 아니고, 나도 이렇게 부지런 떨며 피곤함을 이기고 음악회에 다니는 사람이 아님에도 불구하고 발동이 걸린 상황이기에 꾸역꾸역 지난번에 현장 예매했던 표를 들고 예술의 전당으로 갔다.

공연은 참으로 훌륭했다. 직장 분들이 같이 술 한잔 하자시던 말씀을 뿌리치고 다녀올 만 했다. 아침에 출근하니 지난 밤 음악으로 샤워한 귀를 가진 내게서 무언가 빛이 나는지 출근길에 만난 동료분이 내게 예쁘다 하시고, 술자리에 다녀오신 동료분은 하루 종일 너무나 피곤해하시는 모습이었다. 술자리에서 무슨 이야기가 오고갔는지 잘 모르겠다. 그 또한 어쩌면 꼭 필요한 일이었을지도 모른다.

내가 내 귀와 마음을 따뜻하고 열정적이며 재미있던 음악으로 감싸 온기를 느끼는 동안, 오고가는 술잔 속에 더 큰 계획과 미래가 그려졌을지, 냉혹한 세상 속 살아남기 위해 꼭 필요한 정보가 나누어졌을지 모르는 일이다.

간밤의 술자리로 힘들어하던 네 분은 점심 해장도 함께 하셨다. 내가 선택한 일이라 후회는 없지만, 나도 가끔은 술자리 기분을 좀 내보고 싶기도 하다. 소주를 못 마시는 관계로, 야쿠르트 아주머니께 새로 나온 조금 큰 병의 얼려먹는 야쿠르트를 달라고 했다. 그리고 은박 뚜껑 양쪽으로 구멍을 뚫고 한 모금씩 마실 때마다 소주잔 마시듯 손을 꺾어본다.

프로그램을 사서 정독하고 있다 보니 그분이 나오셨다. 미샤 마이스키 그리고 그의 여섯 자녀 중 큰딸인 피아니스트 릴리 마이스키. 부녀의 머리스타일이 같았다.

낭만시대의 곡이 이어지고 2부 마지막 벤자민 브리튼의 첼

로 소나타 가 시작되었다. 곡을 들으며 나의 몰입과 이해도
에 스스로 놀라게 되었다. 때는 앞서의 낭만곡의 분위기에
심드렁하고 있던 참이었는데, 브리튼의 곡이 나오자 나도 모
르게 빠져드는 것이었다. 무언가 말로 표현하기 어려운 느낌
이었고 곡에서 마음을 뗄 수가 없었다. 자꾸 관심이 가는 소
리와 선율이었다.

벤자민 브리튼은 거의 생소한 작곡가였다. 오페라 아카데
미에서 피터 그라임즈라는 오페라의 작곡가였다는 기억만 얼
핏 있는 작곡가. 그의 첼로소나타는 앞서의 곡들과 형식도
느낌도 달랐다. 소음과 같은 그런 현대곡도 아니지만 멜로디
가 뚜렷한 낭만이나 고전과도 다른, 그 사이 시대의 곡, 그런
데 눈을 뗄 수 없어 계속 마음을 기울여 듣게 되는 곡. 그동
안 알아왔던 바로크 시대나 고전과 낭만 시대의 곡을 들을
때 느낄 수 없던 느낌을 받고 그 시점에서 확연히 내가 현대
의 사람이라는 것을 알게 되었다. 그동안 왜 그런 곡들의 이
해가 어려웠는지도 자연스럽게 알게 되었다. 브리튼의 첼로

소나타를 들으며 나도 집에 얼른 가서 무언가 연주를 해보고 싶다는 마음이 강하게 들기도 했다.

3악장까지 즐겁게 듣고 무한 박수와 환호가 이어졌다. 청산에 살리라를 포함해 다섯 곡이나 앵콜 곡을 연주해준 미샤 마이스키. 한 곡 한 곡을 마칠 때마다 제발 이 음악이 끝나지 않기를, 계속 들을 수 있기를 바라는 마음이 간절했다.

차이코프스키의 곡을 마지막으로 전 공연이 마무리되었는데 특히 이 마지막 곡이 마음을 깊이 울리며, 베토벤 피아노 소나타 전곡 듣기로 다소 피곤했던 나날들을 따뜻하고 평온하게 안아주는 느낌을 받은 연주회라는 생각을 했다.

콘서트홀을 나오니 그의 포스터 밑 대자보에 앵콜 곡의 제목을 친절히 알려주고 있었다. 이 사진의 포스터는 곧 줄을 섰던 사람들 중 한 사람이 가져간다. 가져갈 수도 있다는 것을 그때 알았다. 아쉬웠다. 정말. 내 방에 둘 수도 있었을 텐데…… 그 아쉬움을 뒤로 하고 연주에 감동받은 다른 사람들처럼, 나도 그의 CD를 구입했다.

그리고 이 밤, 그 CD를 듣는다. 그의 음악은 다른

일을 할 수 없게 만드는 무언가가 있다. 다른 일을 하며 듣다가도 한순간 나를 돌아보아달라고, 잊지말아달라고, 순수하고 여린 모습으로 간절히 호소하는 아이처럼, 또는 우아한 아가씨처럼, 너무나 자연스럽게 타고난 흡입력으로 눈을 뗄 수 없게 하는 여배우를 생각나게 하는 면이 있다. 오로지 자신 외엔 다른 생각을 할 수 없게 만들어 그녀의 말과 아름다움에만 빠져들게 하니 세상사 온갖 힘들었던 일들을 떠올릴 여지를 주지 않는다.

군이 귀 기울여 들으려는 노력이 필요 없이 그의 부드럽고 따뜻한 음악을 틀어두기만 해도, 피로했던 하루를 잊고 편안히 쉴 수 있게 되는 마법 같은 편안함을 느끼게 된다. 그러고 보니 그가 앵콜 곡으로 고른 한국 가곡도 〈청산에 살리라〉였는데, 이 곡은 나에겐 고등학교 때 리코더 시험곡으로 불던 곡이고 참으로 좋아하는 곡이기도 했다.

나는 수풀 우거진 청산에 살으리라.
나의 마음 푸르러 청산에 살으리라.
이 봄도 산허리엔 초록빛 물들었네.
세상 번뇌 시름 잊고 청산에서 살리라.
길고 긴 세월 동안 온갖 세상 변하여도
청산은 의구하니 청산에 살으리라.

그의 연주가 주는 메시지가 이 가사에 들어있는 것 같다.

"나의 곡을 들으며 세상 번뇌, 시름을 한순간이라도 잊고, 편안해지길 바랍니다." 그의 음악이 내게 전하는 메시지는 이러했다. 요즘 퇴근 후 내 방에 발을 들이면 첫 번째로 하는 일이 그의 CD를 트는 일이 되었다.

CD나 라디오만이 아닌 그의 음악을 직접 들을 수 있어서 참 좋았다. 역시 음악이든 미술이든 대가의 연주를 직접 듣고 대가의 작품을 직접 보는 것만큼 감동을 느낄 수 있는 일은 없다는 것을 새삼 느꼈다. 이번 연주회 이후로 난 더욱 연주회 바람이 들 것만 같다. 피곤하지만 행복한, 겨우 시간을 만들어 가야만 하는, 또 다른 것은 포기하기도 해야 하는 연주회. 진정한 음악의 기쁨을 알게 될 시간. 너무 늦지는 않은 걸까 걱정이 앞서기도 한다. 그러나 그의 음악을 듣고 편안해진 내 마음속 한편에서는 '이제 시작이라 다행이다'는 생각도 든다. 음악이 끝나길 아쉬워하는 마음이 아니라 앞으로 알게 될 음악이 많으리라는 생각에 나도 모르게 행복한 함박웃음을 짓게 된다. 그리고 이 지점에서 생로불사의 꿈이 왜 나오게 되었는지도 충분히 이해할 수 있을 것만 같다. 그것은 세상의 아름다운 음악을 들을 수 있는 시간이 영원하길 바라는 마음이 아니었을까.

음악의 기쁨과 위안을 느끼게 해 준 미샤 마이스키 씨, 늘 건강하고 행복하시길 바라며, 다음 내한 공연을 기다려본다.

마르틴 슈타트펠트 피아노 리사이틀

육체와 정신을 씻어주는 소리의 경험

오랜만이다, 예술의 전당

미세미세 앱에서 그리도 공기가 좋다는 날이었다. 비온 뒤 청명한 바람을 느끼며 예술의 전당에 도착했다.

음악당과 미술관 사이 1층 무인주차공간이 제일 선호하는 주차장이다. 나지막한 언덕을 오르니 봄 같기도 가을 같기도 한 푸르름.

언덕을 올라와 코너를 도니 푸드 트럭 옆에 옹기종기 모여 있는 아이들이 있었다. 몇 년 전부터 종종 보이던 고양이들, 좀 큰 듯싶었다. 가까이 다가서는 나를 보고 경계를 늦추지 않았지만 도망가지도 않는 녀석들을 보며 언뜻 부러운 마음이 스쳐가기에 얼른 미술관 쪽으로 걸음을 옮겼다.

그림: 미술관 옆 아트샵

아트샵에서 오천 원을 주고 고흐의 〈밤의 카페에서〉가 그려진 마우스 패드를 구입했다. 제목을 알 수 없는 꽃그림이 참 마음에 들어 가격을 물으니 삼만 구천 원이란다. 고흐의 카페 그림은 칠만 구천 원. 마음에 드는 두 그림을 마음속에 오래 남기고 아트샵을 나왔다.

그동안 그림은 문외한이고 관심도 없었지만 사람들이 찾는 이유가 있겠거니 하고 꾸준히 그림서적은 읽어왔다. 예술의 전당에 올 때마다 열려진 전시회는 빠짐없이 훑어보기도 했지만 수년간 읽고 보아도 여전히 잘 몰랐었다. 계속 그렇게 지내다 올해 어쩐 일인지 그림이 눈에 들어오더니 쨍 하니 마음에 남는 그림들은 곁에 두고 싶어지기도 했다.

늘 내 주위에 있어왔지만 이제야 마음에 들어오는 '그림'이 라는 것. 그림도 음악도 늘 내 곁을 스쳐가고 있었고 세상 모든 것은 내가 그 의미를 부여함에 존재가치가 있다는 사실, 새삼 다시 깨닫는다.

대한음악사: 악보와 음악 굿즈

오랜만에 방문한 대한음악사에서 BWV645, 〈눈 뜨라 부르는 소리 있어〉를 빌헬름 캠프와 부조니 편곡 모두 구입했다. 어려운 악보지만 바흐의 곡 중 골드베르크 변주곡의 아리아와 이 곡은 잘 연주해보고 싶은 꿈이 있다. BWV645는 오르간 위주로 작곡되었기에 피아노 편곡에도 손이 세 개는 되어야 제대로 연주할 수 있을 것처럼 만들어졌다. 피아노로 어떻게 구현할지에 대해서는 계속 연구와 레슨이 필요할 듯하다.

그리고 이곳에 오면 음악 관련 굿즈를 지나칠 수가 없다. 처음엔 책밖에 없다가 점점 그 종류가 다양해진다. 이번에는 비엔나에서 가져온 악기 미니어처가 앙증맞게 예뻐 몇 가지 구입했다. 그랜드 피아노. 업라이트 피아노와 트럼펫.

오선을 그리는 볼펜이라든지 보면대에 붙이고 쓰는 자석

연필꽂이라든지, 악기  나 음표 열쇠고리, 음표 나 높은음자리표 볼펜 과 우산 등등 사고 싶 은 굿즈가 너무너무 많 았지만, 다음번에 왔을 때 더 행복해질 나를 위해 양보하기로 하며 아쉬운 마음을 달랜다.

음악분수, 광장의 하늘과 조명과 건물들

떨어지지 않는 발걸음을 옮겨 에스컬레이터를 타고 올라온 내 앞에 펼쳐지는 하늘과 경관에 감탄한다. 이 광경은 언제 나 나에게 의미 있다. 광장을 가득 채우는 음악분수 곡은 셀 린 디온의 〈The Power of Love〉였다. 감미로운 그녀의 목

소리가 녹아든 이 광경이 너무 아름답다.

드디어 콘서트홀로

7시 45분. 콘서트홀로 들어가 예매한 표를 교환하고 손에 든 짐을 보관했다. 팸플릿을 사고 2층 자리에 앉았다.

마르틴 슈타트펠트(Martin Stadtfeld)는 1980년생으로, 바흐 스페셜리스트로 알려져 있다. 국내에 그리 인기 있는 연주자 는 아닌 듯 하나 최근 클래식 FM에서 여러 번 소개하였고 소개를 들을수록 궁금해져 마침내 여기까지 온 것이다.

연주는 최고였다. 바흐를 연주한 60여 분이 꿈처럼 지나갔 다. 며칠째 긴장과 스트레스로 제대로 잠을 이루지 못하고 있던 참이었고, 연주를 보러오기 얼마 전에 들은 집안 소식으로 마음은 한없이 갑갑하기만 했었다. 그러나 연주를 듣는 동안 긴장과 불안이 사라지고 몸의 피로마저 편안히 풀리는 경험을 했다. 연주하며 느낀 모든 생각과 감정을 고스란히 글로 옮겨보고 싶기도 하고 아니고 싶기도 한 마음……

그의 바흐 연주는 한마디로 '씻김'이었다. 비오고 청명해진 공기와 바람도, 예술의 전당의 저녁 하늘과 조명도, 오페라 하우스와 음악당 처마지붕의 어우러짐도…… 그의 음악 안에서 모두 싱그럽고 평안했다.

그는 상당히 큰 키의 소유자. 바흐 곡으로 1부를 마친 그는 명상으로부터 겸손히 일어나 깊이 인사했고, 열광적인 세 번의 커튼콜에 고개 숙여 감사를 표했다. 세 번째 나왔던 그가 들어가고 문이 닫히자 난 1층 음악사로 달려가 그의 베스트앨범을 구입했다.

2부. 슈베르트의 소나타를 연주한 후 일어선 그를 향한 브라보와 앵콜, 박수갈채는 끊이지 않았다.

그는 앵콜곡으로 두 곡을 연주했다. 폭풍이 휘몰아치듯 처음부터 끝까지 리듬감 있는, 88개 건반을 전부 쓰는 현대 곡 한 곡과 명상적인 소품 하나. 더할 나위 없이 훌륭했다.

바흐를 아끼고 사랑하고 연구하며 연주하는 명상적인 그의 모습이 너무 감사하다. 다시 그의 연주회를 기다려본다. 그의 음반을 들으며 내한을 기다리다 보면 그 기다림조차 의미 있는 행복일 것이다.

eggmont 2015.09.18   신고
건반을, 선율을 어루만진다는 게 어떤 건지
알려주는 곡들. 아름다워요.

👍 1   👎 0   답글 0

Alleich 2010.01.22   신고
Ich liebe Musik..
소망하던 천국을 만났을 때의 느낌이 이럴까.
정말 너무너무 좋다.. 그의 음악을 들으면
아름답게 세상을 사랑할 수 있다. 내 일에
집중할 수도 있고, 내 삶을 따뜻하게 만들 수
있다. 공연에서 만난 그의 바리에이션에
감탄하고 돌아오면서 바흐는 내게 더
친근하게 다가온다. 작년 11월 출시했다는
그의 베토벤 음반도 수록되길 바란다.

〈평균율 앨범〉(2009) 감상평
—출처: 멜론

매년 크리스마스에는 〈호두까기인형〉

가성비 최고의 공연

예술의 전당에서 하는 발레공연 〈호두까기인형〉을 보고
왔다. 매년 함께 갔던 아들내미는 이제 컸다고 안 놀아준다
기에, 옛 생각에 그리워하며 꼬마제자들과 함께 다녀왔다.

올해는 3층 좌석을 예매하였다. 콘서트홀을 생각하며 조
금 걱정했었는데 오페라하우스의 3층은 볼만했다. 오히려 1
층보다 3층을 추천하고 싶은 이유가, 3층에서는 오케스트라

석과 지휘자까지 제대로 볼 수 있어서 꽤 흥미롭게 두루두루 공연을 감상할 수 있기 때문이다.

평일 저녁 공연임에도 불구하고 1, 2, 3, 4층 모두 꽉 찬 만석이었다. 나는 블루회원 할인을 받아 24,000원, 제자들은 초등학생 할인을 받아 21,000원에 보게 된 공연. 4층 좌석은 전석 10,000원이어서 예매가 벌써 마감되어 선택했던 3층이었는데 참 잘한 것 같다.

이 공연이 이렇게 만석인 이유는, 공연을 보게 되면 너무나 당연하다는 생각을 하게 된다. 아직까지 이 정도로 가성비가 좋은 공연은 만나본 적이 없다. 단 2만 몇 천 원 또는 1만 원으로 발레와 발레음악이라는 종합예술을 만날 수 있게 되는데 더욱이 내용은 그 유명한 〈호두까기인형〉이라니!

눈과 귀가 호강하고 돌아오는 밤, 시간은 늦었지만 피곤하

기보다 마냥 행복하기만 하다. 겨울이면, 12월이면, 다른 무엇보다 이 공연! 적극 추천하고 싶다.

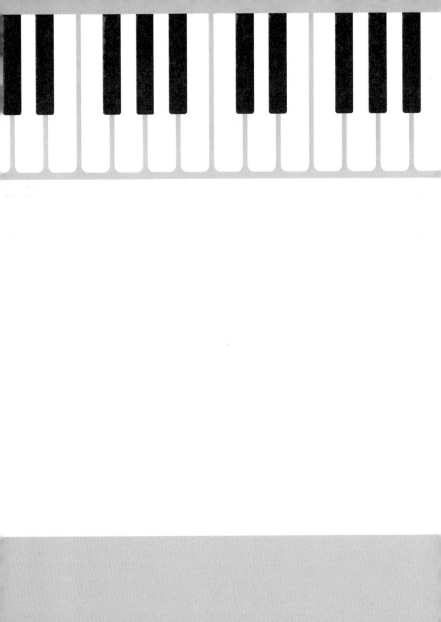

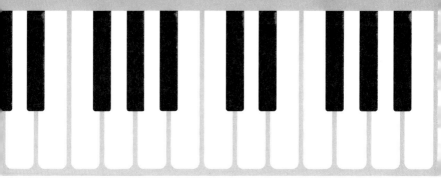

5

우리가 예술을 하는 이유

아파트 커뮤니티에 음악실을 권한다

음악과 색채로 다시금 충만해지는 삶터이길

예전에 발레리나 강수진 님의 자전적인 책『나는 내일을 기다리지 않는다』를 읽은 적이 있다. 이 제목의 뜻을 궁극적으로 말하자면 '몰입'이라고 할 수 있겠다. 선문답식의 불가의 이야기로 치면, 산은 산이요 물은 물이니 밥 먹을 때는 밥만 먹을 것이며 걸을 때는 걸음만 걸을 것이다. 즉, 순간순간 그 순간이 되어 충실하게 산다면 내일을 기다릴 이유가 없을 것이다.

연습으로 발가락 마디마디가 불거진 그녀의 발을 남편이 찍은 사진은 너무나 유명하다. 그녀는 책에서 말한다. 다음

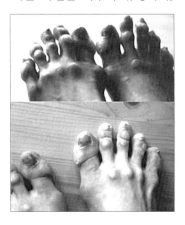

날 아침 일어났을 때 몸이 아픈 곳이 없다면 전날 연습을 열심히 하지 않았던 것이 아닌가 염려된다고. 죽도록 연습하였고, 인내하여 몸의 고통마저도 연습의 일부로 감내하는 승화된 정신력을 가진 사람이다.

요즘 왜 그녀의 책 제목이 계속 되뇌어지는지 가만히 들여다보니 삶에, 생활에, 미래에 대한 걱정에 조마조마하고 불안불안한 심경이 내 마음 안에 그늘을 드리우는 중이라 그런 것 같았다. '그녀처럼 순간에 몰입해 최선을 다해 살면 걱정할 시간도 없을 텐데……'라며 그래 보리라는 다짐을 해본다. 그리고 약간의 부러움이 담긴 착잡한 심경으로 그녀의 선언적인, 이 화두와 같은 문장을 자꾸 되뇌어본다.

예쁜 후배들이 몇 명 있는데 아이들이 다 어리다. 그녀들이 결혼 전 함께했던 것처럼 오랜만에 밥 한번 같이 먹고 싶어 전화를 했다. 그녀는 일주일에 오직 하루, 건강을 위해 퇴근 후 운동하는 시간이 유일하게 평일 저녁 시간을 낼 수 있는 날이라며, 혹시 내가 만나자고 할까봐 조마조마하는 마음이었다. 잠깐의 통화중에도 그 마음이 목소리로 전해져서 차마 얼굴 보자는 말을 못하고 끊었다. 아들이 중학생이 된 지금 나의 여유가 참 감사하기도 하고, 다 지나온 입장에서 그녀가 너무 힘들지 않았으면 하고 바란다. 아이 둘에 직장까지 다니니 얼마나 힘들까. 그녀가 대견하면서도 참 안쓰럽다. 어쨌든 지금 그 바쁘고 힘든 시간이 영원할 것 같지만 아니다. 어떻게 생각하면 짧은 시간이다. 부디 행복하게 보낼 수 있기를 바란다.

그녀는 명동의 피아노학원에서 만났다. 나도 스트레스가 많았고, 그녀도 많았다고 했다. 내가 회사 건물 아래 내려다

보이는 피아노학원에 등록했을 때 그녀는 이미 학원을 다닌 지 1년이 넘어 있었다. 음악을 참 좋아했던 그녀. 지금은 음악을 접하지 못하고, 건강을 위해 헬스장에서 유산소운동만 한다고 하는데, 그녀를 아는 나로서는 참 안타깝다. 지금처럼 그녀 어깨의 짐이 많을 때, 음악은 최고의 피로회복제가 되어 줄텐데…… . 물론 집에는 아파트에서 사용하기 좋은 소리 조절이 되는 디지털 피아노가 있지만, 올망졸망 아이들이 있는데 몰입할 여유는 분명 안 될 것이다. 아이들이 잘 때는 집안일이며 쪽잠으로 피로를 달래야 할 테니, 그때도 피아노 소리를 듣기는 어려울 것이다.

일주일 중 그녀가 쉴 수 있는 단 하루의 평일 저녁에 운동을 한다고 하는 그녀의 아파트 커뮤니티 헬스장은 깔끔하고 시설이 좋다. 그런데, 육아와 직장생활, 살림에 지친 그녀에게 가장 필요한 것이 과연 운동이었을까. 그녀에겐 운동도 필요했지만, 음악이 더 필요할지도 몰랐다. 아이가 어렸을 때 나의 경우는, 주체할 수 없는 스트레스가 쌓여 어찌할 수 없을 때엔 바로 아이를 만나지 않고, 연습실에서 30분이라도 연습을 하고 집으로 향 했다. 비록 짧은 시간이었지만, 의미를 찾지 못하고 종잇장처럼 얇아져 널브러져 있던 내 정신은 알 수 없는 힘으로 충만해져서 콧노래를 흥얼거리게도 되었다. 그리고 다시 그 힘으로 직장을 다니고 아이를 키웠던 것 같다. 잘 못 치는 피아노에, 악보를 못 읽어 스트레스를 받기도 했지만, 건반이 현을 울리는 음색을 듣다보면 나도 모르게 상처 입은 마음이 치유되고 다시 더 많은 것을 품을 수 있는 마음을 가질 수 있게 되었던 것이다.

운동을 한다고 하면 왠지 자기관리를 잘 하는 사람, 삶과 건강을 챙길 줄 아는 사람이라는 이미지가 떠오른다. 직장을 다닌다면 점심시간을 이용해서 식사 후 걷거나 아침 출근 전이나 퇴근 후 운동을 한다고 하면 건전하고 더 성실해 보인다. 운동은 필수적인 시간으로 시간 낭비와 소모의 이미지가 떠오르진 않는다. 그러나 출근 전 한 시간씩 피아노를 연습하고 온 다거나 점심식사 후 연습실에서 30분 피아노를 친다고, 퇴근 후 연습을 한다고 하면 어떻게 비추어질지 모르겠다. 그런 여유시간이 있다면 운동을 좀 해야지. 그래야 건강해지지. 라며 짐짓 위해 주시려는 말씀을 듣게 될지도 모르겠다.

음악은 일단 눈에 보이는 효과는 없는, 참으로 비실용적이고 비생산적인 일이다. 운동이라도 하면 근육도 생기고 소화도 쉽고 살도 빠지고 건강해질 텐데, 음악이야 소리로 날아가 사라지는 것이며, 더욱이 악보를 잘 못 봐 연주를 제대로 못 해서 받을 스트레스도 만만치 않다. 그런데 왜 음악일까. 과연 음악을 해서 얻는 게 무엇일까.

사람들은 언제나 실용주의를 고수한다. 그런데 그 억척스레 고수하는 실용주의는 과연 무엇을 위함일지 생각해보면, 우리가 지켜야 할 것들을 지키기 위함이다. 우리가 가장 지

키고 싶어 하는 것은. 무형의, 비실용적인, 실은 전혀 돈이
안 되는 몇몇 가치이다.

'가족을 위해' 내가 병이 생기지 않고 건강할 수 있도록, 면
역력을 키워줄 운동을 한다.

내가 '사랑하는 사람을 위해' 많은 것을 해줄 수 있는 '돈'을
벌기 위해 직장을 다닌다. 승진을 원한다.

"내가 사랑하는 사람과 나의 가족을 위해……."

경제성을 최우선으로 하는 실용주의의 궁극적인 목표는
실용이나 돈으로 따질 수 없는 가치를 지키기 위함이다. 그
것은 근원은 알 수 없고 말로 설명하기도 어렵지만, 나에게
생명처럼 소중한 것들이다. 마찬가지로, 실용과 돈으로 따질
수 없는 가치를, 난 음악에서 얻을 수 있다고 생각한다. 직장
과 육아와 살림을 하며, 일주일에 단 하루만 갖는 자신의 시
간에 커뮤니티 헬스장에서 운동을 한다는 그녀의 지금에,
음악이 얼마나 필요한 것인지 안다.

만약, 아파트 커뮤니티 헬스장 옆에 작은 연습실이 있다면
어떨까. 방음이 완벽히 된 실내에 어쿠스틱 피아노가 놓여있
다면 좋겠지만, 그냥 디지털 피아노 건반이라도 있다면 어떨
까. 운동을 끝낸 그녀가, 단 20분이라도 음악을 연주하고 스
스로 피아노 소리를 들은 후 집으로 돌아갈 수 있게 된다면.

돈으로 셀 수 없는 가치, 내 영혼을 충만케 해주는 소리를
듣고 돌아가는 그녀에게 생긴 여유는 아이들에게도 전달될
텐데. '사랑'이라는 돈으로 살 수 없는 가치를 지키기 위해 실

용적으로 사는 우리에게는, 실용주의 이상의, 돈으로 살 수 없을 아름다운 것들로 채워져야만 하는 '영혼'이라는 것이 있다. 어떤 이는 이 영혼을 '음악'으로 채우고, 어떤 이는 '색채'로 채울 것이다.

그래서 앞으로 아파트 커뮤니티에 헬스장과 골프장, 수영장과 독서실과 사우나와 카페를 짓는다면, -요즘에는 볼링장을 짓는 곳이 있다- 조금 더 나아가 음악연습실과 미술작업공간도 한편에 만들어지면 좋겠다고 생각해본다.

지친 하루를 보낸 후 사뭇 우울함으로 얄팍해진 영혼에게 음악과 색채라는 아름다운 선물을 주어 스스로 충만해져 집으로 돌아갈 수 있게 되는, 그런 삶터라면 좋겠다고 바래어본다.

나의 당당한 취미생활

Play, Learn, Earn!

    얼마 전 자주 들여다보는 카페에 재미있는 사진이 올라와서 올려본다. 이 아버님의 아드님은 서울대 의대 수석입학생이라고 한다.

    자기 방에 들어가면 책을 덮어요. 그러면 상식적으로 그게 만화책이거나 야 한 동영상이거나 그래야 할 것 아니에요.

보면 공업 수학을 풀고 있다가 들키죠.

    이 글에 달린 댓글은 더 재미있다. 친구 중에 수학을 좋아하는 친구가 있는데, 직장에서 스트레스를 받은 날은 퇴근하며 맥주 한 캔과 고3 수학 문제집을 사들고 간다고 한다. 맥주 한 캔 마시며 밤새 문제를 풀면 마음이 가라

앉아 스트레스가 풀리더란다. 법관 중에 취미로 수학을 푸는 사람도 많다고 하고, 공업수학을 풀 때 희열을 느낀다는 댓글도 있었다. 그러나 어떤 면에서 떳떳하지 못한(?) 취미이고 아버지에게조차 숨길 수밖에 없는 취미생활이었는데, 저런 반응은 슬프지만 학습효과에서 나타난 반응일 것이다. 아마도 나의 취미를 알게 된 대다수의 일반 사람으로부터 받은 '무언의 비난'이라는 학습효과.

나도 초등학교 때 클래식 에프엠을 듣고 싶다고 했다가 친구들로부터 무언의 비난을 받은 적이 있었기에 그 이후는 클래식 음악을 좋아한다고 말하기가 어려웠다. 그리고 이런 이야기를 함께 나눌 친구가 있었으면 하고 늘 바라왔는데 학창시절 내내 만날 수 없었다. 아마도, 동아리활동이라든지 적극적으로 찾아보기 위한 다른 노력이 필요했던 것 같다.

취미에 대한 이야기를 하기 주저하는 경우를 가끔 본다. 회사 업무 차 만난 고객 중에 두어 분 정도가 취미에 대해 언급만 하시고 마는 경우를 보았다. 두 분 다 오페라가 취미셨는데, 한 분은 부인께서 성악을 전공하여 집에서 늘 음악을 들어오신 분이고, 한 분은 미국 유학 때 메트로폴리탄 공연을 자주 보러 다니던 분이었다. 당시에는 내가 오페라에 대해 잘 모른다는 느낌을 받아서 더 이상 대화를 하지 않았던 것 같지만, 다른 느낌으로는 앞서 내가 느꼈던 '무언의 비난' 같은 그간의 학습경험으로 인한 화제 전환도 없지 않아 있었던 것 같다.

당시의 나는 여러 주제의 대화에 의견을 피력하는 것을 좋아하였고, 내가 잘 모르기 때문에 더는 그 주제에 대해 대화를 나눌 수 없다는 아쉬운 마음이 무척 컸다. 그래서 내게는 생소했던 '오페라'가 무엇이기에 그리 사람들이 좋아하는지 궁금하여 예술의 전당 아카데미의 오페라 강좌를 듣게 된 계기가 되었다.

대중적이지 않은 취미를 갖게 되면, 함께 대화를 나눌 수 있는 사람을 쉽게 만날 수 없다는 어려움이 있다. 그러나 대중적이지 않아 이해받기가 어려울 뿐이지 내가 그 취미 자체에서 얻는 기쁨은 매우 커서 굳이 다른 사람의 깊은 공감이 필요치 않기도 하다. 물론 함께 이야기할 수 있다면 더 즐겁겠지만 말이다.

요즘은 인터넷에서 어떤 정보든 찾을 수 있기 때문에 인터넷서핑을 하다 보면 나와 같은 취미, 같은 고민을 가진 사람들을 만나고 대화하기도 쉬워졌다. 또, 오프라인 서점에 가면 나의 관심분야에 대해 같은 흥미를 가진 사람들이 더 깊게 공부하고 알게 된 것들을 정리하고 나누고자 만든 수많은 저서들이 나와 있다.

더 나아가 학교에서 공부를 해 보는 것은 어떨까. 평생교육원 학점은행제는 직장을 가진 성인들이 다니기 충분한 시스템이다. 내가 좋아하는 것을 좋아하며 함께 이야기 나눌 수 있는 학우들을 만날 수 있다. 또 그 분야를 깊이 공부하신 교수님의 사고와 생활방식, 지식을 전달받는 즐거움도 있다. 또 학위를 따면 그 분야의 직업을 가지기도 좀 더 수월할 것이다.

무식하면 용감하다고, 작년에 혹시나 하며 준비했던 백석대학교 평생교육원 피아노과, 입학은 어렵지 않았지만, "입학하면 열심히 할 수 있으시죠?"라고 물으시던 시험관님 말씀이 떠오른다. 예술은 쉽지 않은 길이고 후회하고 또 다시 반복하며 벌써 4학기째, 2년이라는 시간이 참 금세 지났다. 이 시간에 아무것도 하지 않았다면 취미는 그저 취미로만 남았을 것이다. 가끔 클래식 음악을 듣고, 가끔 피아노 앞에 앉는.

입학 전, 음악은 내게 공기와 같이 중요하지만, 공기처럼 흔한 것이었다. 지금은 그 공기를 깊이 들이마시고 내쉬며 마음껏 음미하는 중이다. '바흐'를 좋아한다고 하면 '니콜라예바'를 소개해주는 학우가 있고, 오페라 〈삼손과 데릴라〉의 '그대 음성에 내 마음 열리고'를 좋아한다고 하면 '엘리나 가랑차'를 말하는 학우가 있다. 운이 좋아서 문화센터에서 기초 음악을 가르치며 나 스스로 배울 수 있는 기회도 갖게 되었다. 이렇게, 어린 시절의 부족했던 목마름을 채워갈 수 있게 되었다.

남들 앞에서 말하기 껄끄러웠던 취미……. 학교에서 그 취미를 나보다 더 사랑하는 학우들과 교수님을 만났고 많은 것을 배우고 이야기 나누었다. 배우고자 하는 시도는, 앞으로 경력으로 삼을 수 있을 가르침의 기회로 이어졌다. 직장생활의 스트레스를 관리하기 위해 매달렸던 취미가 공부가 되고 또 다른 경력이 되었다. 지난 2년을 돌아보면 매일매일은 쉽지 않았지만, 모이니 보람되다. 시도하지 않았다면 그냥 지나갔을 2년이다. 더 더 주저하지 말고, 눈치 보지 않고 즐기련다. 나의 당당한 취미생활을.

휴대할 수 없는 악기, 피아노

휴가지에서 피아노 찾기

거의 매일 쓰던 글인데, 휴가로 제주도에 와 있으니 모든 일정이 올스톱되었다. 직장인 모드, 글 쓰는 모드, 학생 모드, 선생 모드 모두 올스톱. 대신 새로 생긴 모드는 온전한 주부이자 제주도 유랑객 모드. 이렇게 한가한 시기가 내 인생에 또 언제 올까 싶을 정도로 내 인생의 일주일을 온전히 제주도 그리고 아이에 대해 알기 위한 시간을 보내고 있다.

비록 일주일이지만 온전히 내가 아이를 챙겨야 하니 신경 쓰고 새로 배워야 하는 일이 한두 가지가 아니라는 사실이 참 어려우면서도 행복하다. 나는 이번에 새로 나온 레토르트 식품을 렌지 없이 조리하는 법을 배웠고, 남은 음식은 내 배가 아닌 쓰레기통으로 가야 한다고 생각하던 생각을 고쳤다. 그리고 그동안 우리 아이는 반찬투정을 하지 않는 아이라고 알고 있었는데 밥이 맛이 없으면 아예 안 먹는 아이였다는 것도 새롭게 알게 되었다. 이건 엄마에게는 반찬투정보다 훨씬 무서운 일이다. 할머니가 해주시던 밥은 늘 두세 그릇씩 먹던 아이라 식성 좋은 아이라고 생각했는데 맛이 있고 없고의 차이를 참 세련되게 표현한다. 가차 없이 행동으로. 그나저나 이 여행이 끝나고 집에 도착하자마자 할머니 냉장고를

다 뒤질 듯한 태세이니 추석을 넉넉하게 지내실 수 있도록 준비해야겠다고 생각했다.

　내 여행에 가장 큰 우려를 표하신 두 분의 스승이 계시다. 일찌감치 "올 여름 휴가는 피아노 휴가가 어떠신가요." "네? 그게 뭐에요, 교수님?" "휴가기간 중 피아노 연습을 하는 것이죠."

　한 6월 즈음에 하시던 이야기. 이러저러 여러 모드에서 다 벗어나 온전히 피아노에 집중해본다. 굉장히 솔깃했다. 이런 시간을 거치면 부쩍 성장할 수 있을 거라고 생각하기도 했다. 그동안은 이미 내게 주어진 역할과 책임이 있기에, 찔끔 찔끔 시간들을 쪼개어 가장 최저 수준으로 턱걸이로 넘기고 넘어가는 식으로, 매우 느리고 느리게, 나아가고 뒷걸음질 치다가 다시 나아가는 생활들의 연속이지 않았나. 오로지 음대학생의 모드가 되어 홀로 외롭되 피아노와 음악이 있어 혼자이지 않은 시간들을 거친 이후의 내 모습을 기대해보고도 싶었다. 그러나 그 일은 제주도 유랑객 모드를 끝내고 꼭 경험해보기로 미루었다. 환상적인 2017년 추석 연휴 기간이 있으니 말이다. 그 연후에 교수님과 이야기 나눌 수 있을 것이다. 살아온 인생의 대부분을 피아노와 보내셨을 교수님. 그리고 단 사나흘 정도 온전한 음대생으로 보낸 내가 어떤 교감을 느낄지는 모르겠지만 말이다.

　다른 한 분의 스승은 일생을 피아노와 함께 하고 여전히

266

함께 하고 계시는 클라라 선생님이시다. 블로그 글에서 읽은 선생님의 음악에 대한 이해와 깊이 그리고 일상에 반해 휴가 일주일 전에 첫 레슨을 받았다. 서로 다른 원두로 만든 두 잔의 커피 그리고 독학하신 사주명리학으로 풀어주시는 이야기들에 홀딱 반했는데, 매주 서너 시간 일 년 반 동안 사주명리를 개인레슨 받은 나보다 훨씬 통변에 능하셨다. 피아노는 내 수준에 한 일 년 정도 연습해야 겨우 들을 만해질까 말까 할 듯한 곡의 악보를 초견으로 곡을 만드시고 해석해주시는 것을 보고 무조건 믿고 따르리라 결심하게 되었다. 수업을 허락받으며 이 여행에 대해서도 미리 허락받았으니 조건은 '여행 중 피아노를 찾아 연습할 것'이었다.

선생님과의 대화 중 예명인 '클라라'가 슈만과 브람스의 사랑을 받았던 피아니스트이자 작곡가인 클라라가 아니라 꼽추에 평생 병으로 고통 받았던 '클라라 하스킬'의 클라라였다는 사실이 인상적이었는데, 클라라 하스킬의 모차르트 연주는 모차르트의 연주가 그러하리라는 평을 듣는 연주이다. 바흐와 베토벤, 쇼팽과 리스트도 가르치시지만 사실 선생님의 마음속 오랜 이상은 모차르트가 아니었을까. 그리고 유기견 여섯 마리를 십 년 이상 키우시며 요즘 노견의 병구완에 지극정성이신 모습…… 그리고 예술과 공부, 교육에 대한 자부심까지. 여러 모로 애잔함이 느껴지는 스승이시다. 연습을 안 하고 자세가 부족해 아웃당한 제자들에 대한 이야기가 전해진다. 내 스스로 의욕적으로 시작할 때까지 하염없이 기

다려주시던 학교 교수님과는 다른 분인 것은 진즉 알고 여쭈었으니, 이번 휴가는 큰 고비인 셈이었으나 무사히 허락을 받아 안도의 심정이 있다.

그러나 휴가지에서 피아노를 찾는 일이 쉽지 않다. 겨우 하나 발견한 건반이 성산 일출봉 근처 떠돌이 식객이라는 횟집에서 장식용으로 둔 아리아 풍금.

다른 한 대는 섭지코지에 있는 지포라이터 박물관에서 찾은 라이터 속 화이트 그랜드 피아노.

진짜 칠 수 있을만한 피아노는 이 박물관 2층 카페 민트 객장에 있던 그랜드였으나 내가 연습하기는 불가능했다.

리조트에서도 피아노를 연습할 곳을 물었으나 있을 리가. 대신 가끔 이런 문의를 받는데 익숙한지 프런트의 여직원이 리조트 옆 마을에 피아노학원이 하나 있지만 연습할 수는 없을 것이라고 대답한다.

3박을 보내고 이동한 중문 근처의 리조트에도 피아노는 없다고 했다. 요즘은 욕실에 욕조가 없는 곳이 많아 집의 욕조

를 생각하며 필수조건이 욕조였던 숙소. 창밖으로는 수영장
이. 목욕실에는 자쿠지욕조가 있는 이곳은 왠지 피아노도
있을 듯한 비주얼이라 은근 기대해보았지만 원래 피아노는
의식주 그리고 가외로 첨가되는 의식주의 편안함과 편리함
에는 포함되지 않는, 있어도 없어도 살아가는데 하등의 불편
함이 없는 물건이라 리조트에 없는 게 너무나 당연했다.

오죽 마음이 피아노 연습에 가 있었으면 지나는 길에 슬쩍 본 영화 〈오션스13〉에 그들이 모여 작당하던 룸에 있던 1초 정도 비춰진 그랜드 피아노를 보았을까.

그렇다. 최고 호텔에 가장 좋은 스위트룸에는 피아노가 있을지도 모르고 어렵겠지만 방해되지 않는 시간에는 연습도 가능하겠다는 생각이 드니 그 정도까지는 불가능한 나의 가난함(?)이 아쉬운 대목이다. 사실, 내 입장에서 피아노를 공부할 수 있다는 사실만으로도 무한히 감사해야 할 일이지만 욕심이란 이렇게나 끝이 없는 것이다.

휴대할 수 없는 악기, 피아노라는 악기를 택한 음악인은 이렇게 피곤하다. 어디 휴가지에서 뿐일까. 피아노를 공부하는 사람은 악기의 질을 생각할 겨를조차 없다. 있기만 하면 다행인 악기 자체는 물론이고 기타나 바이올린처럼 음정을 내 스스로 조절하는 것도 불가능하니 내가 원하는 소리를 내고 싶다면 조율사의 도움이 필요하다.

리흐테르의 일화는 유명한데, 콘서트를 앞두고 피아노 앞에 앉은 그는 피아노를 쳐보지도 않고 일어섰다. 왜 소리를 들어보지 않는지 묻는 말에 그의 대답은 이러했다. "어차피 마음에 들지 않을테니까요."

자신만의 피아노를 찾는 일이 얼마나 어려운지 『굴드의 피아노』라는 책을 보면 알 수 있다. 이 책의 구성은 매우 독특

270

한데 단순히 글렌 굴드의 이야기가 아니다. 목차의 도시명은 연주자, 피아노, 조율사가 태어난 고향으로 시작된다. 각각의 탄생과 역사로 시작되고 이 셋의 만남과 그 이후의 이야기가 이어 지기 때문에 연주자 글렌 굴드가 주인공이 맞지만 그가 연주하고 사랑하던 피아노 그리고 그 피아노를 조율한 조율사들도 똑같은 비중의 역할로 조연이 아닌 주인공급인 것이다.

굴드, 그의 스타인웨이 CD318, 앞을 못 보는 조율사 에드 퀴스트의 탄생과 만남과 소멸에 이르는 이야기. 원제 『A Romance on Three Legs』를 읽어보면 피아니스트와 피아노 그리고 그 둘을 잇는 조율사에 대해 많은 생각을 하게 된다.

나도 평생에 내 피아노를 만나게 될 일은 어쩌면 없을지도, 굴드처럼 만나더라도 그 만남이 그다지 길지 않을는지도 모른다. 또 만나더라도 소유하지 못하고 바라만 보게 될는지도……

그래서 피아니스트는 익숙해져야 한다. 모든 피아노에. 단지 건반이 존재한다는 사실만으로도.

건반이 존재하기만 하다면 소리가 울거나 음정이 다소 안 맞는다는 조금 불편한 점은 감수해야 한다. 지금 심정으로는 정말 어디 내 곁에 있기만 하다면 충분히 감수할 수 있을 것만 같다.

휴가지에서 피아노 찾기. 쉽지 않다. 충분히, 확실히 재충

전하고 일상으로 복귀하는 날, 처음부터 차곡차곡 연습을
시작하기로 결심해본다.

음악과 함께 생명으로 1

인간은 영적인 존재, 음악은 영적인 것

어느 곳에 있든지 내가 교회를 친근한 마음으로 바라보게 되는 이유는 그곳에 가면 늘 피아노가 있기 때문이다. 신학대학교의 중요한 수업 중 하나가 음악이라고 한다. 전도를 위해 주변이 척박한 개척교회에 가게 될 수도 있는 특성상 피아노나 반주자가 갖추어지지 않은 곳이더라도 사역자가 찬송가를 선창할 수 있어야 되기 때문이다.

사무실 근처에서 성공회 교회를 보고 들어가 볼 용기를 내기까지 꽤 오랜 시간이 필요했다. 점심시간을 이용해서 피아노 연습을 할 수 있을만한 학원을 찾아보기도 했지만 여건이 맞지 않아 포기하던 올 봄 즈음, 용기를 내어 교회 문을 두드려보게 되었다.

성공회 교회는 처음 들어가 보았는데 일반 교회와 성당의 중간 즈음 되는 느낌이었다. 소박하며 경건한 느낌의 본당중앙에는 십자가 예수님이 계시고 좌측에 오르간과 피아노가 나란히 있었다. 교회 내에 있는 총 세 대의 피아노는 본당과 본당 2층의 합창연습실, 그리고 지하1층 예배당에 있었다.

부제님을 뵙고는, 어려웠지만 용기를 내어 이 근처에서 근

무하는 직장인인데 시간 날 때 잠깐씩 방문하여 피아노 연습을 해도 괜찮은지 여쭈었다. 부제님은 목사님께 여쭈어보시고 연락주신다고 하셨다. 부제님은 다음날 연락 주셔서 먼저 피아노가 조율 등이 잘 되어있는지 연습에도 괜찮을지 보아야 하지 않겠냐며 친절히 보여주셨고, 목사님께서는 시간 되면 와서 연습해도 좋다고 말씀을 주셨다.

사무실에 일찍 출근할 때는 7시 정도가 된다. 일찍 출근하는 날 오전 업무까지 시간여유가 있으면 잠시 본당에 들러 20분이라도 연습을 한다. 점심시간에는 거의 12시간을 사무실에서 보내느라 햇빛을 못 받기 때문에 밖에서 식사 후 짬을 내어 잠시 연습을 하곤 한다. 스케일과 아르페지오는 악보 없이도 가능하고 몇몇 외우는 곡들은 한 번 외웠더라도 연습하지 않으면 금세 잊히기 쉽기 때문에 또 연습해본다. 필요한 악보를 안 가져온 경우에는 휴대폰을 이용해 찾아보며 연습하기도 한다.

오늘은 오랜만에 목사님을 뵙게 되어 짧은 대화를 나눌 수 있었다. 목사님께서는 4월 부활절 즈음 처음 인사하던 내가 연습을 한다면 얼마나 꾸준히 오래 하게 될 지 반신반의하는 마음으로 승낙하셨다고 하셨다. 그런데 의외로 꾸준히 오는 모습에 참 열심이라고 생각하셨단다. 음악대학원도 가고 청중들 앞에서 좋은 음악을 연주하는 피아니스트가 되라고 격려해주신다. 더불어, 음악을 꾸준히 하는 일은 영적인 일이라고 말씀하셨다. 내 삶에 미치는 영향도 무시할 수 없을 것이라고 하셨다. 그러시며 꼭 청중들 앞에서 하는 연주 경험을 통해 더 음악을 배우고 나누게 된다면 좋겠다고 격려해주셨다.

그동안 사회에서 살아가야 하는 일이 무엇보다 우선이기에 경제활동에 도움이 될법한 것들을 많이 배워왔다. 컴퓨터 보안, 경제, 부동산, 외국어 등 교육 여건이 닿는 한 몸값을 높이고자, 스스로 불안하지 않고자 늘 배워왔다. 수료, 취득, 몇 점 등 이력서에 한 줄을 늘일 수 있는 것 위주로 해왔고, 그 분야에서 얕게라도 대화가 통할 정도라고는 인식되고자 끊임없이 노력해왔다.

그러나 이번에 배우는 피아노는 그런 일과는 전혀 상관이 없는 일이다. 물론 피상적으로는 학교를 졸업하게 되면 마찬가지로 이력서에 한 줄이 늘어나게 되겠지만 내 연습과 연주 실력 향상이라는 부분은 오롯이 나 자신의 문제이고 굳이 드러내 보일 일도 많지 않을 것이었다. 그리고 대개 음악으로 생계를 유지하는 일은 저 위대한 작곡가들에게조차 쉬이 허락되지 않던 일이었으니 이것을 아마추어가 생계를 위한 수단으로 삼기엔 터무니없이 부족한 부분이 많은 것이다. 그러니 지금 내가 하는 것은 경제활동과는 전혀 연관 없는 일이면서, 시간과 돈이 들어가는 일이니 어쩌면 여유 없이 바빠 사는 현대인의 생활 중에 최고로 사치스러운 일일는지도 모르겠다.

그래도 피아노를 고수할 수밖에 없던 일. 인생에서 힘든 시기를 겪어낼 때마다 피아노를 찾곤 했던 일. 그것은 나도 이유를 찾지 못했던 하나의 현상이었다. 그런데 오늘 목사님의 말씀 중에서 어렴풋이 그 이유를 알아차리게 된 것 같았다.

영적인 존재.

인간은 영적인 존재이기 때문이다.

그리고 내가 하고 있는 일은 경제활동이 아니라 그 당시 나에게 가장 필요하고 꼭 해야만 했던 생명활동이었기 때문이다.

피아노 연습을 하고 음악을 배우면서, 경제활동 중 스트레스가 많은 상황 속에 처해지더라도 스스로 심신을 치유하고 복구하며 내면을 잘 조절해나갔던 것이 아니었을까. 내게는 음악이 그것이었고 어릴 때 배웠던 피아노가 훌륭한 테라피스트가 되어주었던 것이 아니었나 곰곰이 생각해본다.

경제활동을 하며 음악을 진지하게 하는 일은 쉽지 않다. 그러나 생명활동이라는 깨달음을 얻게 되고 일과 중 짬을 내 잠시라도 피아노 연습을 할 수 있게 된 일에 참으로 감사한 마음이다 .

지나가던 낯선 이가 찾아와 부탁드린 일에 기꺼이 허락해주시고 격려해주신 사역자님들의 배려와 조용히 지켜보아주심이 감사하다. 음악을 하는 일은 일종의 구도자의 길이 아닐까 한다. 음악을 통해 내 영을 지키고 고양할 수 있는 길을 앞으로도 끊임없이 꾸준히 탐구하고 싶다.

음악과 함께 생명으로 2

나의 기타 이야기

송창식 님의 〈나의 기타 이야기〉라는 곡을 참 좋아한다. 노래방에 갈 때 간혹 부르게 되는데 어떤 노래를 불러도 동요티를 벗어날 수 없는 내게 나름 잘 어울리는 느낌의, 다정하고 사랑스러운 곡이다. 송창식 작사, 작곡의 이 노래는 멜로디도 좋지만 가사가 아름답고 아련한 곡이라 여운이 오래 간다.

내게도 오랜 기타 이야기가 있다. 어언 20년이 되어가는 신경숙 선생님과의 인연. 요즘은 같이 나이 들어가는 중 서로의 안부를 묻고 지켜보며 격려해주는 사이가 되었지만 20여 년 전 그때, 난 갓 사회생활을 시작한 햇병아리 사회초년병이었고 30대 중반이셨던 신 선생님은 직장인이자 클래식 기타 독주회를 열기도 한 연주자셨다.

기타를 배우고 싶은 마음이 들어 하이텔을 통해 수소문해 만나게 된 신 선생님. 일주일에 두 번, 선생님 댁에 가서 레슨을 받기로 하고 여덟 번째 회차까지 왔다. 선생님께선 늘 그러하시듯 오른손 손톱을 정성껏 손질해주셨고 이후에는 현을 퉁기며 소리를 들으셨다. 소리는 내가 들어야 한다고, 깊고 고운 소리를 내려면 어떻게 해야 하는지, 어떤 것이 좋은 소리였는지 계속 현을 퉁기게 하셨다.

　그리고 그날이 내 첫 번 째 기타 도전의 마지막 날이었다. 회사 일을 핑계로 지속할 수 없다고 말씀드렸다.

　이후 6년 즈음 지난 어느 날 난 다시 선생님을 찾았다. 부모님과 함께 사시다 종로의 빌라로 이사 가신 선생님을 뵙고 다시 자세부터 시작했다. 선생님은 다시 손톱을 정성껏 손질해주셨고 다시 현을 퉁겨 소리를 듣게 했다. 이번에는 세 번째 수업 이후 제대로 된 인사도 없이 수업을 안 가며 그렇게

또 두 번째 기타 배우기 시도도 흐지부지 되어버렸다.

2009년 즈음, 아무래도 오래 전 뽑은 칼로 무라도 썰어야 했는지, 도무지 포기가 안 되었던지, 나는 당시 자주 지나던 길목에 있던 강남기타학원이라는 곳에 등록하게 되었다. 첫 시간…… 도레미파솔라시도 자리를 배운 이후 한 시간 동안, 난 세 곡이나 칠 수 있게 되었다. 짧은 동요라지만 자그마치 세 곡이나.

갑자기 동안의 모든 의문이 풀리면서 신 선생님이 몹시 그리워지기 시작했다.

다시 선생님을 만난 건 2015년이다. 선생님은 오래 다니던 회사를 퇴직하신 후 문화센터에서 기타를 가르치고 계셨다. 마침 신사동 주민센터에서 주 1회 클래식 기타반이 개설 중이었고 늦은 퇴근 후 단 20분이라도 수업을 참여하게 되면 그 기타 연주 소리에 힘든 하루가 맑게 개는 기분을 느낄 수 있었다.

그리고 이때의 선생님 수업방식은 전과는 많이 달라져 있었다. 일대일 레슨이 아니기는 했지만 『기타 바이엘』을 교재로 정한 후 진도는 전과 비교할 수 없을 만큼 죽죽 나아갔고 금세 익히게 되었다. 단체 합주 때는 코드를 익혀 〈벚꽃 엔딩〉 노래에 맞추어 기타를 치기도 하였다.

선생님의 가르치는 스타일이 바뀌고 나도 하루 20분 정도는 꾸준히 연습을 해서인지, 어려웠지만 흥미를 잃지 않고 2

권까지 배울 수 있었다.

나의 오랜 기타 이야기, 신 선생님께 배우다 헤어지고 다시 만나 배우던 도돌이표는 여기까지이다. 선생님과는 가끔 얼굴 보며 안부를 묻는다. 얼마 전 대학동문회 기념 연주 사진으로 근황을 본다. 멋지다. 계속 연습해온 손은 쉽사리 굳어지지 않아 언제 어느 곳에서도 연주할 수 있다.

현악기나 관악기를 배운다면 소리를 곱게 내고자 많은 노력을 기울이게 될 수밖에 없다. 쉽사리 소리가 나지 않는 악기들도 많고 말이다. 그러나 건반악기의 경우는 다르다. 대부분의 사람들은 건반악기에서는 어려움 없이 소리를 잘 낸다. 건반을 누르기만 하면 잘 만들어진 액션이 정확하게 현을 두드리게 되어있으니 악기 중에 이보다 더 소리내기 쉬운 악기가 어디 있으랴.

그러나 이 너무나 쉬운 법을 다시 한번 생각해 볼 필요가 있다. 정말 그렇게 쉬운 걸까? 우리가 연주하는 소리와 피아니스트가 연주하는 소리의 차이가 있다면 무엇 때문일지 한번 생각해보는 것은 어떨까?

신 선생님과의 세 번의 레슨 시간 중 첫 번째와 두 번째를 생각해보면, 선생님은 현악기의 줄을 퉁겨 깊고 고운 소리를 내는 기본부터 충실히 가르치려 하셨다. 손가락과 손의 쓰임, 현을 퉁길 검지손톱을 잘 다듬는 법 등 매우 섬세하고 디테일하고 자상하고 느린 가르침이었다. 처음 배우기 시작할 때부터 악기의 올바른 소리를 내는 법을 정확하고 제대로 배우는 것이 옳은 방향이다. 이처럼 건반악기도 그 소리 내는 법을 처음부터 배워감이 옳다. 한 음 한 음 신중히 정성 들여 아름다운 소리를 내는 법을 배우는 것 그리고 그와 함께 중요한 것이 소리를 듣는 것이다.

한 사람에게 예술이란 과연 어떤 의미일까. 어떤 종류의 예술을 택하건 그것은 그 사람의 정신적인 부분에 있어 생존의 문제라는 생각이다. 채워지게 되기까지는, 자신의 근원을 찾아 되돌아가는 연어처럼 그는 다시 또 그 자리로 돌아가게 된다. 다만 나의 그러한 성향이 어느 단계에 도달하였는지는 사람마다 다르다. 단순히 내겐 지금 음악이 필요해서 듣고 싶은 사람, 한 번 연주해보고 싶은 악기가 생겨서 배워보고자 하는 사람, 음악이 없으면 못 살 것임을 알고 남은 삶을 음악과 함께할 것임을 어렴풋이 알게 된 사람, 그리하여 음악에 매일매일 시간을 내어 연습하여 스스로 그 기쁨으로 살아야겠다고 다짐한 사람 등 스스로 제대로 느끼지 못하는 단계의 사람도 있고 뼛속 깊이 내게 이것이 필요하고 인생과 함께 해 나갈 것이라고 인식하게 되는 사람 등 처한 상황이 다를 뿐이다.

연주를 통해 기쁨을 얻겠다고 생각했다면, 프로연주자가 아닌 아마추어라 해도 음악을 긴 호흡으로 대하며 겸손히 배워가고자 하는 자세, 음악에 진지한 마음, 음악에 나의 시간을 할애하여 발전하겠다는 마음은 참으로 중요하다. 그러나 진심으로 그런 마음을 온전히 갖게 되기까지 시간이 필요하다. 아주 많은 시간이. 그래서 선생님들의 가장 큰 덕목 중 하나는 지켜보고 기다려주는 것이 아닐까 싶기도 하다.

예술을 가르치는 사람은 내게 그것을 배우고자 하여 온 사람이 과연 지금 어떤 단계에 와 있는지 체크하고 그에 맞는 지도를 할 필요도 있다. 아직 찰랑찰랑한 바닷물에 발을 담그고 따사로운 햇빛 아래 고운 모래의 감촉을 느끼는 게 최고인 학생을 깊은 물에서 헤엄쳐보라고 하면 얼마나 언밸런스한 일인가. 그나마 해변을 거닐고자 했던 마음도 두려움과 겁에 질려 떠나고 싶기만 할지 모른다.

처음 받은 보너스로 내 첫 번째 피아노를 산 지 20년이 지났다. 이제야 음악에 진지한 마음을 가질 수 있다. 지난 2년 동안 음악이라는 거대한 바다 앞 찰랑찰랑한 바닷물에 발목만 적시고 있는 내게 저 깊은 곳으로 가라고 성급하게 등을 떠밀지 않으신 레슨선생님은 능력이 없어도 하고 싶은 곡을 선택하게 두었고 스스로 깨닫게 되기를 기다려 주었다. 그 덕분에 포기 없이 여기까지 올 수 있었다.

따뜻한 물에 적응도 되었고 이제 마음의 준비도 된 것 같다. 더 깊은 바다에서 흠뻑 그 아름다움을 느낄 준비. '희로애락'에서 가장 마지막에 오는 '락'이더라도 가는 여정 그 '희로애'를 피하지 않을 준비. 이끌어주시는 여정을 따르며 깊은 바다의 희로애락을 만나보리라는 결심. 그것은 나의 생존회로가 이끄는 길이라는 것을 깨달았다.

누구에게나 생존회로가 이끄는 길이 있다. 경제활동과는 별개로 내가 정말 하고 싶은 일 말이다. 오랜 시행착오를 겪더라도 기어코 찾으려 노력하고, 찾았다면 그에 따른 희로애락을 모두 감당해 내리라는 결심이 섰다면 남은 삶은 그 목표와 함께 명확해진다.

삶의 여러 갈림길이 있었고 내게 주어진 길은 바꿀 수 없는 과거의 일이 되어버렸다. 내가 바꿀 수 없는 것은 그대로 따르더라도 앞으로 내게 남은 미래는 나의 선택을 기다린다. 인생의 후반기에서 새로운 선택을 한다면 가능하다면 다른 비본질적인 것은 배제하고 생명활동을 기반으로 선택할 수 있기를. 하고 싶은 것을 하며 살 수 있기를 나에게 또 당신에게 바래본다.

내 품 안에 포옥 들어왔던
이상주 기타 40호와 함께

피아노 만화 『천재 조율사, 히루타』

홍즈, 하우스, 히루타

한국인으로서 일본에 대해 가장 불가항력적인 모순된 마음을 느끼게 하는 하나가 '만화'와 '애니메이션' 분야가 아닐까 한다.

『신의 물방울』 같은 와인 만화, 『갤러리 페이크』 같은 미술 만화를 비롯, 외교관계에 대한 『대사각하의 요리사』라든지 『미스터 초밥왕』 같은 요리 전문 만화도 훌륭한데, 오늘 소개할 만화는 음악 관련 만화이다. 음악에 관련된 일본 만화 중에는 드라마와 영화로도 만들어진 『노다메 칸타빌레』가 있고, 쇼팽 콩쿠르를 소재로 하여 숲의 피아노를 연주하던 '카이'의 이야기 『피아노의 숲』도 참 좋은 작품이다.

오늘 소개하고자하는 만화는 『피아노 벌레: 천재 조율사 히루타』라는 만화이다. 특이하게도 이 만화는 지금 1화씩 번역되어 웹에 오르고 있어 쉽게 찾아 읽을 수 있는 중이다.

조율 공부를 하긴 했지만 언제 실기자격증을 딸 수 있을지 모르는 내게 만화 속 조율전문가적 소견과 조율에 대한 이야기는 관심을 끄는 주제이기도 하지만, 조율을 잘 모르는 사람이 읽더라도 감동과 재미를 느낄 수 있다.

내가 이 작품을 읽으며 즐겨보던 의학미드 〈닥터 하우스〉

를 떠올릴 수 있었던 것은 단순한 우연만은 아니었을 것이다. 수많은 의학 미드 중에서도 〈닥터 하우스〉가 특히 끌린 이유는, 중학교 즈음부터 좋아하게 된 셜록 홈즈를 떠올리게 하는 하우스 박사의 면모 때문이었다. 홈즈에게 왓슨이 있듯이 하우스에게는 윌슨이 있고, 홈즈는 바이올린을 연주하는 대신 하우스는 피아노를 연주한다. 괴팍한 성격과 비상한 머리가 닮았고 둘 다 독신이며 둘 다 찾기 어려운 사건의 범인을 찾거나, 수수께끼 같은 병의 원인을 찾아낸다는 공통점을 가지고 있는데, 피아노 조율사인 히루타도 피아노 소리를 고치는 피아노 명의로 본다면, 그들과 같은 선상에 놓아도 충분해지는 것이다.

이야기도 위 두 작품의 특성과 같이 유닛으로 이루어져 매화 새로운 조율의뢰인이 있거나 조율과 관련된 새로운 에피소드로 채워지면서 독자들은 히루타라는 조율사에 대해 하나씩 알아지게 된다.

현재 63화까지 나와 있으며 무료로 볼 수 있는 사이트에는 36화까지 볼 수 있다. 피아노조율사의 세계와 피아노 조율에 대해 알게 되고 조율을 의뢰하는 사람들의 이야기와 그들의 피아노 이야기까지 곁들여지니, 그 무궁무진한 이야기들 속에 재미와 감동을 느낄 수 있는 좋은 작품이다.

소개를 마치고, 일본 만화와 애니메이션을 볼 때 느끼는 감정과 바람을 털어놓으며 글을 마치고자 한다.

"이렇게 좋은 만화들을 창작하는 일본인들이, 2차 대전의

If you want, It's born again.

전범이지만 진심으로 반성하는 삶을 살고 있는 독일인들처럼 역사 앞에 진실된 사과와 반성 및 재발방지 약속을 한다면, 이 애증 섞인 마음으로 책을 읽고 영화를 보는 마음이 많이 달래어질 텐데…….

아름다운 이야기를 만들어내는 사람들의 또 다른 면모들을 서로 매칭하기 어려워 어리둥절한 마음을 갖고 책을 읽어야 하는 애증 섞인 마음을 진정 책 읽는 기쁨으로 감사할 터인데……"

늘 갖는 나의 바람이다. 그저 작품에 만족하고 감사하기로 하나, 혹시나 바랄 수 있다면 말이다.

우리가 예술을 하는 이유:
죽어있는 오감을 살리는 일

무색성향미촉법, 무안이비설신의······ 가 아니다

요즈음 3년 만에 와인수업을 다시 듣고 있다. 2014년 초 WSET(wine & spirit education trust) level 2를 들을 때만 해도 강의가 거의 끝나갈 때까지도 "사람들이 왜 술을 먹는지 모르겠어요."라는 말을 토해내 모두를 경악하게 했던 나는 이제 와인을 통해 깨어나는 후각과 미각에 감사의 마음을 가질 수 있게 되었다.

올해 말까지 쓰지 않으면 안 되는 비용이 있어 갑자기 시작하게 된 Level 3 과정, 오랜만에 만나는 와인이 낯설고 테이스팅은 살짝 버거운 느낌이다. 그러나 한 시간 한 시간이 지날수록 차츰 그 미묘하고 섬세한 맛과 향의 차이를 찾아내고 느낄 수 있음이 큰 기쁨으로 다가온다.

테이스팅 잔에 여러 와인을 조금씩 담아둔 채로 수업을 듣다 보면 각각의 와인에서 흘러나오는 향이 공기 중에 떠돌아 합쳐지며 내 주위를 부드럽게 감싼다. 레몬, 황금, 자주, 루비의 맑고 투영한, 각각 와인 고유의 다양하고 깊은 색상이 내 눈을 즐겁게 하고, 시음할 때 느껴지는 맛과 향을 통해 와인들이 지닌 각자의 분위기를 알게 된다. 그것은 가볍고 즐거울 수도, 무겁고 섬세할 수도 있다. 내 눈과 귀는 선생님의 강의에 집중하고 있지만 강의 내내 와인들이 수줍게 내뿜는 아로마에 취하는 나는 모 선전에서 보이듯 와인의 공기방울에 감싸여 둥둥 떠다니는 느낌이 즐겁다.

Level 3 과정은 블라인드 테이스팅이 중요하다. 단계에 따라 외관, 후각, 미각, 품질의 특징에 대해 표현할 수 있어야 하기에 수업 시간에 와인시음연습이 필수이다. 섬세하게 맛과 향을 찾아내 표현할 수 있어야 하는 시험이다. 뿐만 아니라 세계와인생산지의 기후와 양조방법까지 정통해야 한다. 과연 통과할 수 있을지 걱정스럽다.

그러나 시작이 있으면 끝이 있으니, 이 과정은 2월 말의 테스트가 끝이다. 이런 시간은 아마 다시 내게 오지 못할 시간이라 생각하고 바짝 공부하여 합격의 의지를 다져본다.

천성적으로 술이 몸에서 안 받는 체질이라 와인은 배워보지만 사람들이 왜 술을 마시는지 궁금했다. 맥주 한두 잔 겨우 먹는 나에게 술은 그저 괴로운 것이었다.

　나: 사람들이 왜 술을 마시는지 모르겠어요.
　선생님: 술은 인류의 역사와 함께 시작되어 늘 함께 있던
것이랍니다.

　3년 전 4개월의 강의가 끝나갈 때 즈음 되어서야 술을 좋
아하는 함께하는 동기들과 이야기하고 좋은 시간을 가지면
서 어렴풋이 왜 와인을 마시는지 알 듯 말 듯 했다.
　이번 수업에서는 더 값진 깨달음을 얻었다.
　사실 앞서의 수업만으로도 와인라벨을 읽거나 포도품종을
알고 시음하는 과정은 배웠기에 어디 가서 와인을 보고 스
스로의 무지를 탓하지 않게 될 수준은 되었다. 이번에 상위
단계의 수업을 신청하며 문득 와인을 왜 배우는지 물으시던
선생님의 질문을 곰곰이 생각해보다가 내가 왜 이렇게 음악
에 목숨을 거는지, 또 그다지 내 삶에 실용적인 이득이 되지
않는 와인을 배우고 있는지, 왜 피곤한 몸을 이끌고 일부러
시간을 내어 공연을 감상하러 다니는지 퍼뜩 알게 되었다.
　피아노 공부를 시작한다고 할 때 담당 레슨 교수님은 첫
날, 이 공부의 목적을 물어보셨다. 그저 "아무 목적도 없고
실용의 의미는 더더욱 없습니다. 저 자신에게 음악이 필요한
것 같아서 좀 더 배워보고 싶었습니다."라고 답할 뿐이었다.
20년 전 직장생활을 시작하며 첫 상여금으로 할부로 피아노

를 샀을 때부터 늘 삶이 어렵고 힘들 때 기대고 찾던 것이 음악이었음을 인식하게 된 순간, 더 배우고 싶다는 마음을 품게 된 것이었다.

"왜 와인을 더 배우려 하는 거죠?"

어젯밤, 나는 이 질문에 대한 답을 알게 되었다. 어찌 보면 그저 방황처럼 보이는, 이 비실용적이고 의미도 없고 목적도 없이 하는 여러 일들에 대한 원인을 기어코 깨닫게 된 것 같았다.

대학을 동국대로 가기 전부터 우리 집은 불교 집안으로 조계사 학생회도 가입하여 활동하기도 하고 어릴 때도 『명심보감』이나 『채근담』, 『중용』 같은 책의 귀한 문구들을 종종 읽어왔다.

대학에서는 '불교의 이해' 과목이 필수여서 『마하반야바라밀다심경』은 지금도 다시 외울 수 있을 정도이다.

어젯밤 강의를 듣다 문득, 『마하반야바라밀다심경』의 한 구절이 마음에 떠올랐다.

"색즉시공, 공즉시색, 시제법공상, 사리자, 불생불멸, 불구부정, 부증불감, 무색성향미촉법, 무안이비설신의……."

舍利子 色不異空 空不異色 色卽是空 空卽是色 受想行識 亦

復如是

　사리자 색불이공 공불이색 색즉시공 공즉시색 수상행식 역
부여시

　사리자여! 색이 공과 다르지 않고, 공이 색과 다르지 않으며,
색이 곧 공이고 공이 곧 색이니, 감각, 생각, 행동, 의식도 그러
하니라.

舍利子 是諸法空相 不生不滅 不垢不淨 不增不減

　사리자 시제법공상 불생불멸 불구부정 부증불감

　사리자여! 모든 존재는 텅 빈 것이므로, 생겨나지도 없어지
지도 않으며, 더럽지도 깨끗하지도 않으며, 늘지도 줄지도 않
느니라.

是故 空中無色 無受想行識

　시고 공중무색 무수상행식

　그러므로 공의 관점에서는 실체가 없고 감각, 생각, 행동, 의
식도 없으며,

無眼耳鼻舌身意 無色聲香味觸法 無眼界 乃至 無意識界

　무안이비설신의 무색성향미촉법 무안계 내지 무의식계

　눈도, 귀도, 코도, 혀도, 몸도, 의식도 없고,

　색깔도, 소리도, 향기도, 맛도, 감촉도, 법도 없으며,

　눈의 경계도 의식의 경계까지도 없고,

無無明 亦無無明盡 乃至 無老死 亦無老死盡

무무명 역무무명진 내지 무노사 역무노사진

무명도 무명이 다함까지도 없으며, 늙고 죽음도 늙고 죽음이
다함까지도 없고,

無苦集滅道 無智亦無得

무고집멸도 무지역무득

고집멸도도 없으며, 지혜도 얻음도 없느니라.

以無所得故 菩提薩陀 依般若波羅蜜多故

이무소득고 보리살타 의반야바라밀다고

얻을 것이 없는 까닭에 보리살타는 반야바라밀다를 의지하
므로

心無罣碍 無罣碍故 無有恐怖 遠離顚倒夢想 究竟涅槃

심무가애 무가애고 무유공포 원리전도몽상 구경열반

마음에 걸림이 없고 걸림이 없으므로 두려움이 없어서, 뒤바
뀐 헛된 생각을 멀리 떠나 완전한 열반에 들어가며,

三世諸佛 依般若波羅密多 故得阿耨多羅三藐三菩提

삼세제불 의반야바라밀다고 득아뇩다라삼먁삼보리

삼세의 모든 부처님들도 반야바라밀다에 의지하므로 최상의
깨달음을 얻느니라.

인간에게는 오감이 있다. 생생히 살아있는 오감이. 그러나 일상의 중생들이 이 오감을 생생히 느끼며 생업에 종사하며 살기에는 너무나 버거운 현실이 있다. 시간적으로도 정서적으로도 여유가 없다. 차라리 무시하고 사는 편이 더 나을지도 모른다.

그래서 우리는 불가의 도를 깨닫지도 못했으나, 그와는 다른 의미로 그리고 너무나 자연스럽게 무안이비설신의와 무색성향미촉법을 따르게 되는 것이다. 현대 직장인의 삶에서는 당연하고 자연스럽고 유용하기까지 한 이것……

無眼耳鼻舌身意 無色聲香味觸法

색깔도, 소리도, 향기도, 맛도, 감촉도, 법도 없으며, 눈도, 귀도, 코도, 혀도, 몸도, 의식도 없고……

다시 읽어보아도 우리네 흔한 중생들이 살고 있는 삶 중의 일, 특히 직장인들의 일상생활을 잘 그려내고 있는 게 아닐까 하는 생각마저 들게 되는 부분이다. 오해하지 않으신다면 좋겠는데, 불교경전을 그로테스크하게 꼬아서 해석하려는 의도는 절대 없다. 단지 내 생활과 불교 경전 한 부분이 닮아있지 않았나 하는 이상한 발견이라고 말하고 싶은 것뿐이다.

집안내력과 학교에서의 경험으로 어릴 적부터 듣고 접해와 직접 생각하여 만든 사유의 과정이 생략된 채 암송하던 『마하반야바하밀다심경』의 한 구절 그리고 『논어』 속 중용이라는 훌륭한 생각을 잘못 해석한 폐단이 되겠으나, 그냥 일에 찌들고 지친 직장인이 문득 발견한 우연한 생각이니 한 번 웃어 넘기 자는 말이다.

그리하여 대개는 평상시 이러한 심정—무색성향미촉법, 무안이비설신의—으로 하루하루 먹을거리 입을 거리, 쉴 거리를 위해 내내 달리고 달리며 시간을 보내는 삶 중에 있기에, 잠시의 시간이 나면 피아노를 배우고, 공연장에 가고, 와인의 향취에 젖어보며 오감을 깨워본다.

말하자면 사람으로 '살기 위해서', '건강하게 살아내기 위해서'라고 필사적으로 매달리고 있다고 말할 수 있으려나.

모든 예술 활동은 오감을 깨우는 일이다. 글쓰기와 읽기는 의식을 깨우고, 음악은 귀를, 미술은 눈을, 와인은 미각과 후각을 깨우게 한다. 훌륭한 공연을 보며 눈과 귀가 호강하면, 마음은 그 감동의 여운으로 가득 채워져 죽어있던 오감과 의식을 생생하고 선명히 느끼게 한다.

강신주 씨의 『감정수업』이라는 책을 재미있게 읽었으나 마지막에 조금 답답했던 순간이 있었다. 모두가 그렇게 감정을 제대로 느끼고 표현하고 행동하고 살 수 없고 그러지도 못하는 것인데, 어떻게 하라는 말일까. 잘못하여 선을 넘어가면 돌이키기 어려운 결과를 가져올 수도 있는, 내 감정을 컨트롤하는 일.

어찌되었던 내 감정의 표현과 발산을 아무 제약 없이 자유롭게 하는 일은 결코 쉬운 일이 아니다. 그러니 다른 방법을 통해, 예술 활동을 통해 죽어있듯 잔잔하던 오감을 깨워 나 스스로 내가 살아있음을 느껴보는 것, 나의 숨기고 억눌러 져있던 감정을 어린아이 달래듯 달래어주는 건 어떨까.

음악 감상, 미술 관람, 공연 관람이나, 글쓰기, 책읽기, 악기 연주하기, 그림 그리기, 와인 배우기 등 오감을 깨우는 예술 활동과 레포츠 활동을 통해 숨죽여 살게 하는 현대사회의 스트레스를 건전히 해소하고, 건강한 사람으로 거듭 태어나 살아가는 일, 지금의 우리의 삶에 가장 필요한 일이 아닐까 생각해본다.

리뷰 말고 책을, 연주곡 말고, 악보를 스스로 찾는 기쁨

감기를 심하게 앓고 나니 2018 새해의 덕담은 그야말로 "감기 조심하세요."가 아닐까 싶다. 의욕이 심하게 줄어들고 힘이 없고 만사가 귀찮아지는 병은 처음인 것 같다.

게다가 시간을 보내자며 집어든 책이 하필이면 심히 정신 건강을 해치는 첩보소설로, 책을 구입할 때는 스티그 라르슨의 밀레니엄의 여주인공인 리스베트 살란데르를 기대했다가 분야가 완전히 다르다는 느낌에다 꾸역꾸역 3권까지 읽고 나서는 그 잔여파가 쉽게 가라앉지 않는 상태가 되어버렸다.

이런 의욕상실과 충격파의 와중에 유일하게 마음을 달랠 수 있던 부분은 슈만의 〈어린이를 위한 앨범 op.68〉 중 38번 〈겨울시절에〉였는데 이곡은 클라라 선생님께 배우는 슈만 곡집 중에서 12번 〈루돌프〉 이후 두 번째 배우게 되는 곡이다.

두 개의 연곡 중 첫 번째 곡은 그야말로 한겨울의 와중에 있는, 춥고 서러워 더할 수 없는 슬픔을 느끼게 하는 곡이고 두 번째 곡은 살얼음판을 걷듯이 조용조용 거니는 겨울시절, 잠잠히 그 시절을 지내고 난 이후 조금씩 깨어나고 일어나는 기운을 찾아가는 겨울의 끝자락에 맞이하게 될 봄에 대한 기대를 비추고 있다.

의욕상실을 야기하는 독감을 앓는 중에도 가끔씩 힘을 내어 일어나 이 곡의 악보를 더듬어 연습해보며, 곡의 선율과 화성을 따라가며 내 마음에 느껴지는 감정을 챙기다보면 무어라 말할 수 없는 감동이 마음속에 잔잔히 퍼져갔다.

겨우 감기를 추스른 어제는, 구석으로 던져버린 첩보소설 다음에 읽을 책을 책장에서 고르는데 오래 전 사두고 책장에서 제목만 쳐다보던 가브리엘 가르시아 마르케스의『백 년 동안의 고독』을 집어 들게 되었다. 감기로 조금 우울해진 나의 마음을 달래어줄 듯하여, 백 년 동안 고독한 사람이라면 얼마나 고독하고 외로울까 상상하며 집어든 책 내용은 역설적이게도 너무나 즐거웠고 재미로 가득했다. 그래서 잠자리에 펼쳐들었던 이 책 덕분에 우울했던 마음이 과하지 않은 수다와 순박한 사람들로 가득 찬 이야기에 빠져들어 조금은 밝아졌으니 아침에 일어나 출근길 지하철에서도 읽겠노라 안 집어올 수가 없었던 것이다.

제목과 전혀 매칭 되지 않는 내용이 계속되고 있어서 궁금해죽겠다. 이 책의 리뷰와 줄거리를 인터넷에서 찾아보고 싶은 강한 호기심이 생긴다.

그리고 이즈음에 클라라 선생님의 불호령 같은 목소리가 떠오른다. 최근 2년 음악을 배운 모든 시간에서보다 최근 3개월 동안 뵈었던 클라라 선생님의 강력한 리더십과 열정에 더 많은 것을 배운 듯한데, 리뷰를 읽고 싶은 내 호기심을 억누르고 자제할 수 있는 이유는 선생님의 가르침 덕분이다.

처음 슈만의 어린이를 위한 앨범 op.68 중에서 〈미뇽〉을 배운 후 다음 시간, 아무 생각 없이 이 곡을 유튜브를 통해 다른 사람들이 연주한 곡을 들어보았고 사람마다 어떻게 연주하는지 어떤 느낌으로 하는지 들었다고 말씀드렸었는데 선생님께서는 매우 화를 내셨다.

곡을 접하면, 연주자라면 악보를 보고 읽을 줄 알아야 하고, 내 연주를 통해 곡을 해석할 줄 알아야 한다고 하셨다. 그리고 나의 해석이 어느 정도 내 마음에 든 이후에 다른 사람의 연주를 한 번 들어볼 수 있는 것이라고 말씀하셨다.

새로운 곡을 대하고 그 곡에 곧 익숙해지기 위해 처음부터 곡의 연주를 여기저기서 찾아 들어보는 태도를 극구 지양하라고 하셨다. 그것은 남이 전해준 해석과 아웃라인이지, 내 스스로 작곡자의 악보를 읽고 공부하며 한 음 한 음 만들어내면서 내 마음 속에 일어나는 감정과 감동을 찾아가는 길이 아니라고 하셨다. 연주가의 자존심이라고 말씀하셨다.

그 불호령과 그 속에 담긴 뜻을 십분 이해하고 난 이후로 나는 이전에 악보를 처음 받고나면 으레히 연주된 곡을 찾아 미리 들어보던 습관을 버리게 되었다.

시간이 들어도 내 스스로 직접 악보와 직면하며 작곡자의 마음을 알아보리라는 다짐으로 음표 하나와 화성 하나 박자 하나를 소중히 생각하며 핑거링을 하고 음을 다루는 습관을 가지기 위해 노력하게 되었다.

가브리엘 마르케스의 『백 년 동안의 고독』을 읽는 일도 마찬가지로 궁금하지만 조금 더 기다리며 부단히 읽어보려 한다. 즐거운 수다와 소박한 사람들이 가득한 이야기에 왜 작가는 이런 제목을 붙였는지 스스로 한 걸음 한 걸음 나아가다 보면 알 수 있겠지 기대해본다.

의욕이 없어지는 것이 무엇인지 처음 알게 된 B형 인플루엔자는 너무 무서운 감기였다. 가장 약하고 예민할 때 슈만의 〈겨울시절〉이라는 좋은 곡에서 아름다움을 찾고 정신건강을 돌볼 수 있어 참 다행이었던 것 같다.

이언 매큐언의 『칠드런 액트』를 읽고

HEARTBREAKING……

책과 음악.

어릴 때부터 '취미란'에는 짐짓 무언가 있어 보이는 듯 '독서'라고만 줄곧 적어왔다. 기억을 더듬어보면 초등학교 2학년 즈음 취미라는 단어가 무언지도 잘 모를 적에 학교에 무언가 적어내야 했던 서류가 있었던 것 같다.어머니께 물어보고는 어머니가 적어주신 내용대로 받아 옮겼던 것이 그냥 그대로 내 진짜 취미가 되어버렸다.

지지난 주말, 이언 매큐언 작 『칠드런 액트』를 읽은 후 아직 결말의 충격이 가시지 않아 마음이 미묘한 상태가 계속되는 듯하다. 사둔 지는 한참 전이나 책의 시작이 지루한 느낌이라 여러 번 손을 놓았다 다시 잡기를 반복했었다. 읽던 중간에 책을 분실하였는데 한참 주인공의 피아노 연주 연습에 대한 내용이 나와서 참지 못하고 e북을 다운받아 평온히 결말로 향하게 되었다. 참 아름다웠다. 주인공이 살려낸 아이는 건강을 회복해 학교생활을 하고 있고 주인공은 연주회도 성공적으로 마쳤다.

평화로웠다. 일요일 밤 조용한 불빛 아래 침대에 엎드려 책장을 넘기며 다시 평온한 일상으로 회복될 주인공들을 기다렸다. 그러나 책은, 마치 잘 연주 중이던 그랜드 피아노 위로 천정에서 떨어진 샹들리에로 엉망이 된 연주회장을……. 아니, 피아노는 여전히 연주중이지만 한순간 듣는 이들의 귀가 모두 들리지 않게 되어버리는 연주회장의 풍경을 느끼게 했고. 나 또한 그대로 진공상태로 까무룩 잠에 빠져들었다. 다음날은 출근해야 했고, 열흘이나 지난 오늘에서야 어떻게 내 마음을 추스를까 늘 생각해왔던 것을 깨달으며, 오랜만에 글을 그려본다.

참…… 어렵다. 젊고 섬세한, 때 묻지 않은 순결함에 어린 열정이란……. 지나온 나날의 굴레에 여전히 매인 지극히 사회적이고 이성적이어야 하는 그녀에게 그가 할 수 있는 일이 과연 이런 방식이어야만 했을까.

판사인 그녀가 평생 지니고 살아야 할 트라우마가 하나 추가되었다. 아니, 이전의 샴쌍둥이분리 수술건의 연장선상에 그가 있다. 타인의 삶에 깊이 관여하여 판결을 내려야 하는 그녀가 가진 직업적 숙명일 뿐이나, 과연 그녀가 잘 견디고 버텨낼 수 있기만을 바랄 뿐이다. 그를 다시 살리게 함에 음악이 있었듯이, 그녀가 버티고 견디게 하는 힘의 근원에 바로 음악이 함께할 것임을 믿어 의심치 않는다.

그리고 생각이 여기에 다다른 지금, 난 비로소 열흘간 부유했던 미묘한 진공상태에서 서서히 벗어날 수 있을 것만 같다. 지난주 다시 구입한 종이책 『칠드런 액트』, 이번엔 마음 단단히 먹고 긴장의 끈을 놓지 않고 시작해봐야겠다. 또다시 Heartbreaking 되면 안 되니까⋯⋯.

영화 〈침묵〉과 〈까로 미오 벤〉,
그리고 그녀의 미소 영원히……

밤새도록 〈Caro mio ben〉을 연주했다. 밤새 마음이 먹먹했다. 엔딩 크레디트가 올라가며 흐르는 이 곡은 처연하고 한편으로 따뜻했다.

두 사람의 쓸쓸함이 고스란히 느껴졌다.

영원히 내 마음에 남을 그녀의 미소……

한 방에, 마지막에, 다함이 없는 말을 침묵 속에, 음악 속에 녹여낸 감독과 두 배우에게 감사와 갈채를 보내며……